Ranka Nikolić

MORD MIT MEERBLICK

Buch

In der kroatischen Stadt Rijeka wird ein Mann namens Anton Paulić erstochen aufgefunden. Inspektor Sandra Horvat, die Leiterin der Ermittlungen, hat mit Zelenika und Milić zwei erfahrene Kollegen an der Hand, nur leider hegen die beiden eine leidenschaftliche Hassliebe füreinander und sorgen immer wieder für so manch schräge Situation.

Als wäre das nicht schon genug, muss Sandra auch noch einen neuen Kollegen ins Boot holen: Danijel Sedlar ist ein Mann mit unverrückbaren Standpunkten, was zwischen ihm und Sandra für jede Menge Zündstoff, aber auch für das ein oder andere Knistern sorgt. Dass er zudem noch unverschämt attraktiv ist, macht die Sache nicht gerade leichter. Gemeinsam ermitteln die vier in der sengenden kroatischen Sommerhitze, verhören Familie und Bekannte des Ermordeten und legen Paulićs abgründiges Leben Schicht für Schicht frei …

Autorin

Ranka Nikolić wurde 1966 in Rijeka geboren, kam im Alter von drei Jahren nach Deutschland und lebt heute mit ihrer Familie in München – allerdings nicht, ohne ihrer Heimat Kroatien, der sie sich nach wie vor sehr verbunden fühlt, mindestens drei Besuche im Jahr abzustatten. Sie begann bereits als Jugendliche mit dem Schreiben von Gedichten und Kurzgeschichten und gibt ihre Erfahrung heute als Leiterin von Schreibseminaren weiter. *Mord mit Meerblick* ist ihr erster Kriminalroman im Blanvalet Verlag.

So ist Rijeka, völlig schizophren: Kirche, Gefängnis und Kneipe zusammen auf ein paar Quadratmetern. Sünde, Strafe und Vergebung (…) Rijeka ist eine Stadt, die mehr Geschichte verschlungen hat, als sie verdauen kann, was man bei jedem Schritt spürt – und man kann nicht behaupten, dass das alles nicht einen eigenen Charme hätte.

Luka Benčić, Journalist

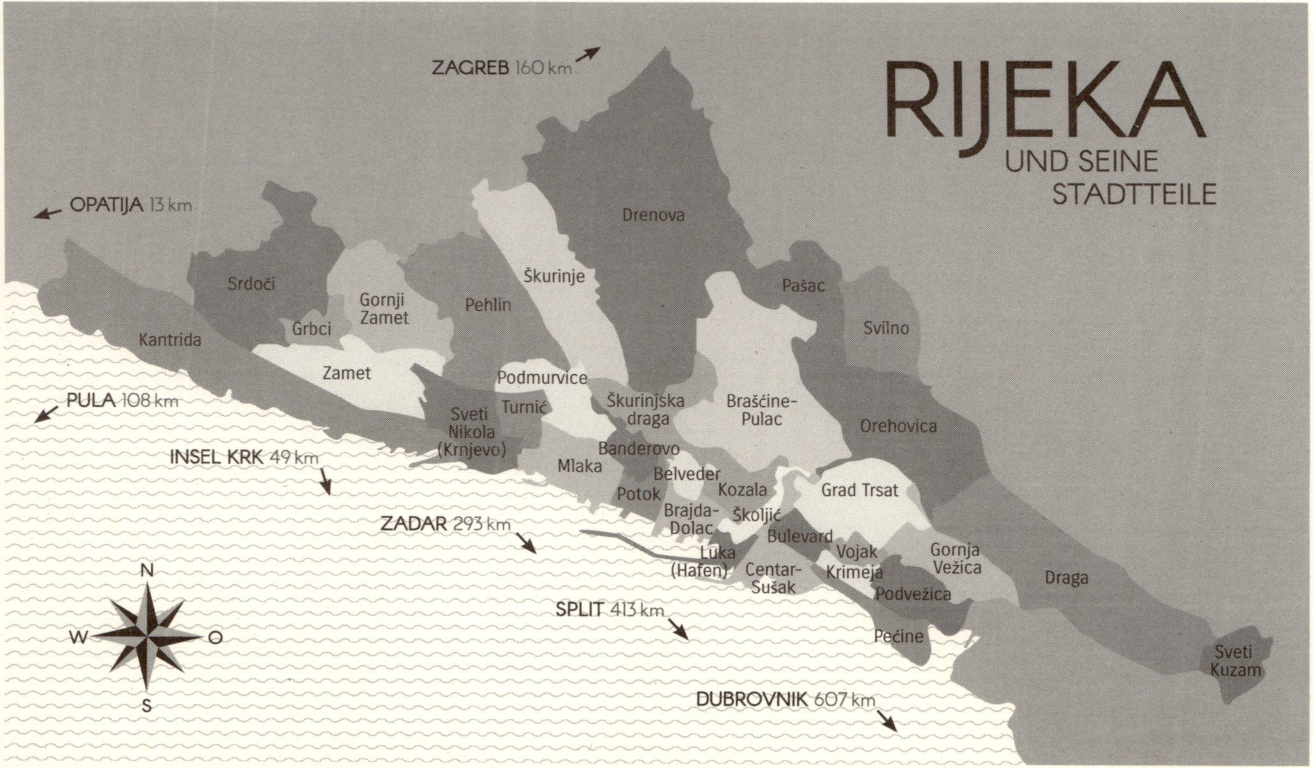
RIJEKA
UND SEINE
STADTTEILE
ZAGREB 160 km
OPATIJA 13 km
PULA 108 km
INSEL KRK 49 km
ZADAR 293 km
SPLIT 413 km
DUBROVNIK 607 km
Drenova
Škurinje
Srdoči
Gornji Zamet
Pehlin
Grbci
Kantrida
Zamet
Podmurvice
Turnić
Sveti Nikola (Krnjevo)
Škurinjska draga
Brašćine-Pulac
Pašac
Svilno
Orehovica
Banderovo
Mlaka
Belveder
Potok
Kozala
Grad Trsat
Brajda-Dolac
Školjić
Bulevard
Luka (Hafen)
Centar-Sušak
Vojak
Krimeja
Gornja Vežica
Podvežica
Draga
Pećine
Sveti Kuzam
N
W
O
S

Personenregister

Die Hauptfiguren:

Sandra Horvat, die ermittelnde Inspektorin der Mordkommission in Rijeka. Sie mag ihren Job, neigt aber auch zu Grübeleien.

Danijel Sedlar, der Neue im Revier. Er ist attraktiv, intelligent und denkt rational. Da er das Kino liebt, vergleicht er Menschen gerne mit Schauspielern oder Filmfiguren.

Mihajlo Zelenika, Sandras exzentrischer Kollege serbischer Abstammung. Sein derber Humor lockert so manche Situation auf.

Jakov Milić, ein weiterer Kollege von Sandra, der niemandem einen bissigen Kommentar schuldig bleibt. Er ist ein Muttersöhnchen und wohnt im Hotel Mama – und er steht dazu.

Vladimir Mandić, Sandras eigenwilliger aber fairer Vorgesetzter.

Ika, die Polizeirevier-Putzfrau: eine gute Seele, die ihre eigene Art hat, mit dem Leben fertig zu werden.

Nataša Horvat, Sandras Schwester, die für den großen Trip in die USA spart. Mit ihrer Schwester hat sie nur wenig gemeinsam.

Irma Horvat, Sandras Mutter, die es nicht lassen kann, an ihren Kindern herumzunörgeln und sie mit so manchen Skurrilitäten zu konfrontieren.

Weitere Personen:

Jelena Jurić, Freundin und Nachbarin von Sandra, arbeitet als Kellnerin im Restaurant »Mornar«.

Tamara Ibrahimović, Schreibkraft bei der Mordkommission, spricht ausschließlich im Telegrammstil.

Ilija Perica, Gerichtsmediziner, lässt sich gerne um seine Meinung bitten.

Sikirica arbeitet bei der Spurensicherung, mit seinen gerade mal einssechzig kann man ihn schnell übersehen.

Sowie:

Anton Paulić, Mordopfer

Eva Jakšić, Prostituierte, wohnt in dem Mietshaus, in dem der Mord geschah.

Ana und Albert Marković, altes Ehepaar, Nachbarn aus dem Haus

Iva und Ron Travić, Ehepaar aus Opatija mit Zweitwohnung in Rijeka

Fabijan Novosel und **Mirko Rak**, Freunde von Anton Paulić

Odri Rendulić, Ex-Freundin von Anton Paulić

Leonard **Bičanić**, Besitzer des Midnight Café

Elvira Veluka, Mordopfer aus dem Schnellkochtopf-Fall

Mato Vlastić, Mitarbeiter der Straßenreinigung

I

Mato Vlastić steckte sich eine Zigarette zwischen die rauen Lippen. Im Radio lief in den frühen Morgenstunden immer Musik aus den Fünfziger- und Sechzigerjahren. *Wahrscheinlich wegen all der Greise,* dachte er, *die unter Schlaflosigkeit leiden und um diese Zeit Tee trinkend im Nachthemd Radio hören.* Mato schlief immer von sechs Uhr morgens bis zwölf Uhr mittags, nachdem er von der Arbeit nach Hause gekommen war.

Das Dröhnen des Motors nahm er nach zweiundzwanzig Jahren gar nicht mehr richtig wahr. Er mochte seine Arbeit, obwohl das die meisten Leute, die er kannte, nicht verstehen konnten. Die wenigen Verwandten und Freunde, die er hatte, wurden nicht müde, ihn über offene Stellen zu informieren. Während er mitten in der Nacht durch Rijeka fuhr und die Straßen der Stadt säuberte, saß er friedlich in seinem Wagen, ließ hin und wieder Wasser auf den Asphalt spritzen und hatte danach das Gefühl, etwas Nützliches getan zu haben. Ihm war es zu verdanken, dass die Einwohner und Touristen Rijekas durch saubere Straßen spazierten, jeden Tag aufs Neue. Was sollte daran schlecht sein? Aber ihm war klar, dass es Leute gab, die seine Arbeit nicht würdigten, ja, sie sogar für minderwertig hielten. Dabei waren sie sich nicht im Klaren darüber, was für eine Freiheit er dabei genoss. Mato hatte keinen Vorgesetzten, der ihn in einer Tour anpfiff, und er musste sich mit keiner Kundschaft herumplagen. Doch das Schönste an seiner

Arbeit war, dass er nicht freundlich sein musste und für sich alleine sein konnte. Mato hörte die Musik, die er wollte, rauchte so viele Zigaretten, wie er Lust hatte, und musste nicht lächeln, um irgendjemandem zu gefallen.

Er hasste die Menschen nicht, aber er fand es anstrengend, sich mit ihnen abzugeben. In seinem Appartement hatte er zwei Katzen und einen Fernseher, das reichte ihm zum Leben. Seine kleine Welt machte ihn zufrieden, manchmal sogar glücklich. Es gab nichts, was ihm fehlte, außer etwas mehr Geld vielleicht, aber wer hätte das nicht von sich behaupten können?

Frühmorgens war die Stadt jedes Mal wie ausgestorben. Nur selten fuhr ein Auto vorbei, und auf den Gehsteigen bekam man kaum eine Menschenseele zu Gesicht. Gemächlich tuckerte Mato an der Placa vorbei, wo es in ein paar Stunden hoch hergehen würde. Komisch, dachte er, dass niemand das kroatische Wort *tržnica* für den Marktplatz verwendete. Aufgrund der italienischen Minderheit im Land hatte man zahlreiche italienische Wörter in den Sprachgebrauch übernommen, wenn auch in abgewandelter Form. Aber sie hörten sich immer noch ähnlich an – so wie eben Piazza und Placa. Die Einwohner Rijekas kauften hier ihr Obst, ihr Gemüse und ihren Fisch. Die weniger gut Betuchten suchten nach allen möglichen Dingen, die es billiger gab als in den Kaufhäusern. Mato beispielsweise erstand seine Socken, Unterwäsche und Schuhe an den zahllosen kleinen Ständen. Allerdings war das Obst und Gemüse längst nicht mehr so erschwinglich wie früher. Heute bekam man das pestizidgespritzte Zeug im Supermarkt oft günstiger. Und erst der Fisch! Für einen einfachen Mann wie ihn kostete er ein Vermögen. Manchmal schlenderte Mato nach der Arbeit über die Placa und sah den Verkäufern zu, wie sie ihre Ware aufbauten und sich auf das bunte Treiben vorbereiteten, oder er schlenderte in den Pavillons herum und kaufte Käse. Die ausgestellten Tierleichen versuchte er dabei so gut es ging zu ignorieren. Am liebsten ging er in die Fischhalle, wegen der schönen Atmosphäre. Von innen sah sie ein bisschen wie eine Kirche oder ein Theater aus, fand er. Wenn er eine der Verkäuferinnen um fünf Sardinen bat, guckten sie für eine Sekunde irritiert, reagierten aber freundlich. Einmal hatte ihm eine ältere Dame drei Sardinen zusätzlich draufgelegt. »Die schenke ich Ihnen«, hatte sie gesagt. Das hatte er sehr nett gefunden, sich aber gleichzeitig gefühlt, als würde er Almosen entgegennehmen. Hin und wieder setzte er sich nach den Einkäufen für einen Moment auf die Parkbank vor dem Nationaltheater, das sich direkt neben der Placa befand, und fütterte Tauben.

Der Vollmond stand hell am Himmel, was Mato besonders mochte. Vollmondnächte hatten etwas Mystisches, was die Menschen empfänglicher zu machen schien. Mato zog ein letztes Mal an seiner Zigarette und drückte sie dann in einem winzigen Aschenbecher aus. *Schon wieder alles voll mit Touristenautos.* Von Juni bis August verstopften sie die Straßen, und am Hafen wurden sie von ihren Besitzern oft über mehrere Tage abgestellt. Mato mochte diesen Abschnitt, rechts die Placa und links der Hafen. Früher war Rijeka einer der wichtigsten Umschlagplätze Europas gewesen und heute noch der größte Kroatiens. Hier wurde Handel in Containern betrieben mit Erz, Erd- und Mineralöl, Baumaterial, Getreide und vielem mehr. Am Passagierterminal brachten die Fähren Fluten von Menschen in andere Städte oder auf die umliegenden Inseln.

Mato hielt einen Moment inne und bewunderte den Anblick, wie sich der Mond im Meer spiegelte. Das Einzige, was ihn während seiner Nachtschichten manchmal nervte, waren die jungen Leute, die sich scharenweise ins Nachtleben stürzten, in ihre Rockfestivals und Clubs. Im Radio hatte er gehört, dass gerade wieder irgendwo ein »Electro Club« aufgemacht hatte, was immer das sein mochte. Für manche stellte gerade die Tatsache, dass in Rijeka nicht um Mitternacht die Bürgersteige hochgeklappt wurden, eine besondere Attraktion dar. Für Mato nicht. Wenn es nach ihm gegangen wäre, hätte das Jungvolk die dreizehn Kilometer nach Opatija weiterfahren können. Besonders hoch her ging es zu Maškare[1], da war die Stadt regelrecht im Ausnahmezustand. Obwohl er währenddessen jedes Mal viel zu putzen und zu reinigen hatte, mochte er die Straßenfeste, mischte sich ins bunte Treiben der verrückt gewordenen Menschenmassen und fühlte sich wohl.

Während er so dahinfuhr, blickte er nach links zum Hafen, wo ein riesiges Schiff namens Marco Polo vor Anker lag. Marco Polo! Über dessen Herkunft stritten sich die Kroaten und Italiener noch heute, über diesen Kerl, der angeblich die ganze Welt bereist hatte. Die Kroaten sagten, er sei auf Korčula geboren, für die Italiener hingegen war er einer der ihren. Als gäbe es nichts Wichtigeres auf der Welt ...

Kein Zweifel, Mato liebte die Hafenatmosphäre, ganz besonders an Silvester, wenn die Sirenen der Schiffe ertönten und überall Raketen abgefeuert wurden. Für ihn eindeutig die schönste Nacht des Jahres. Das fröhliche Stimmengewirr, das von den Schiffssirenen übertönt wurde. Seit einigen Jahren gab es hier sogar Partyschiffe und ein Botel.

Leider hatten sie gerade erst August, und Silvester lag noch in weiter Ferne. Jetzt, zur Sommerzeit, ging er nach der Arbeit gerne an den Strand, wenn das Meer noch ruhig

1 Karneval

vor ihm lag. In der Stadt konnte man an manchen Stellen baden, aber er fuhr am liebsten mit dem Bus nach Lovran, hinter Opatija, oder nach Kostrena, beides etwas außerhalb. Dort konnte er in aller Ruhe aufs Meer hinausblicken und über das Leben nachdenken. Am späten Vormittag, wenn es laut wurde und Touristen und Einheimische mit ihren tragbaren Kühlschränken und ausklappbaren Stühlen kamen, packte er seine Sachen zusammen und ergriff die Flucht.

Mato blickte nach rechts, zu den Mietshäusern. Etwas ließ ihn innehalten und aus seinen Gedanken auftauchen. Etwas, das ihm die Kehle zuschnürte.

Er drückte auf die Bremse, und der Wagen kam abrupt zum Stehen. Eine Weile saß Mato wie vom Donner gerührt da und starrte auf ein gepflegtes gelbes Mietshaus. Die Eingangstür war gestern entfernt worden und würde wohl heute oder morgen durch eine neue ersetzt werden. Auf dem Fliesenboden im Inneren des Hauses war eine große Lache zu sehen, daneben die Umrisse von etwas, das er in der Dunkelheit nicht erkennen konnte. Angst machte sich in ihm breit, kroch ganz langsam von seinen Beinen hinauf zum Herzen und dann in seinen Kopf, wo er sie am wenigsten ertragen konnte.

Bitte mach, dass es kein Blut ist…

Blut lähmte seinen Körper und seinen Geist. Mato schluckte. Er wusste nicht weshalb, doch er spürte das Unheil in den Gliedern. Das Gefühl wurde immer stärker. Aber er konnte doch nicht einfach weiterfahren, als hätte er nichts gesehen! Er reckte den Kopf aus dem Beifahrerfenster.

Was, wenn das dort ein Mensch war, der noch lebte? *Und was, wenn ihm selbst jemand ein Messer in den Rücken stieß, sobald er sich in den Hauseingang traute?*

Unsinn, versuchte er sich zu beruhigen. Rijeka war kein amerikanischer Großstadtmoloch, wo ständig jemand Amok lief oder mordete. Er überwand sich und stieg aus dem Wagen.

Sein Herz fing an zu hämmern, und sein Mund wurde trocken. Mato näherte sich dem Hauseingang und sah, was er im tiefsten Inneren befürchtet hatte: Einen leblosen Körper.

»Oh, mein Gott!« Mato eilte neben die Gestalt, rief: »Hallo, können Sie mich hören?«, obwohl er wusste, dass es unsinnig war. Die Welt begann sich zu drehen, und er erbrach sich auf den Gehsteig. Er wischte sich den Mund am Jackenärmel ab und lief zum Wagen. Dort rief er mit seinem Handy die Polizei, die sein atemloses Gestotter kaum verstehen konnte.

2

Das einzig Gute an diesem Morgen war, dass sie früh um halb vier noch nicht mit dem Verkehr kämpfen musste. Sandras Laune war miserabel, und das nicht so sehr, weil man sie wegen eines Mordes in aller Herrgottsfrühe aus dem Bett geklingelt hatte, schließlich geschah das nicht zum ersten Mal. Nein, ihr Unmut rührte von ihrem Kaffeedefizit her. Wenn sie etwas hasste, dann einen Morgen ohne Koffein. Seit sie nicht mehr rauchte, hatte sich ihre Sucht von Nikotin auf Koffein verlagert. Aber fünf Tassen Kaffee waren immer noch besser als ein Päckchen Walter Wolf. Früher hätten bestimmt schon drei zerdrückte Kippen in ihrem Aschenbecher gelegen. Manchmal fehlte ihr das Rauchen, besonders wenn sie angespannt war.

Sie hatte nur zwei Stunden geschlafen, weil sie mit ihrer Nachbarin Jelena über deren blöden Freund Siniša geredet und seine Unzuverlässigkeit analysiert hatte. Dabei war es der Kerl gar nicht wert, dass man so viel über ihn sprach. Komisch, dachte sie, Jelena war eine kluge Frau, die Fehler und Schwächen anderer Menschen mit bewundernswerter Schärfe analysieren konnte, aber was Siniša anging, war sie eine Meisterin im Verdrängen.

Am Ende des Hafens bog Sandra in die Riva Boduli ein, die neben der Placa verlief. Zelenika hatte gesagt, das Mietshaus läge zwischen einem Delikatessengeschäft und einem Laden für Angelbedarf. Schon von weitem sah sie die Polizeiautos und die Absperrung. Ihr Blick fiel auf das glitzernde Wasser im Hafen und die Schiffe, die vor Anker lagen. Sie hatte keine allzu große Affinität zum Meer, was etwas untypisch für eine Kroatin war, doch im Moment wäre sie tausend Mal lieber auf einem dieser Touristenschiffe gewesen, als einen Mordfall zu untersuchen. Aber ihre Arbeit ließ ihr ohnehin kaum Zeit für Mußestunden am Strand. Im Gegensatz zu den kalten Scheinwerfern der Polizeiautos wirkten die Lichter auf den Schiffen einladend. Sie fror ein wenig. Nachts konnte es manchmal recht kühl sein, bis es gegen sieben langsam anfing, wärmer zu werden, und sich schließlich um neun eine mitunter unerträgliche Hitze über die Stadt legte.

Sie brachte ihren Wagen am Ufer zum Stehen und gähnte noch einmal kräftig, bevor sie ausstieg.

Ilija Perica, der Gerichtsmediziner, nickte ihr schon von Weitem lächelnd zu. Zumindest schien er das zu glauben. Um wirklich zu lächeln, war er zu cool. Er stand neben den anderen im Hauseingang und trug noch seine Handschuhe.

»Guten Morgen, wenn man das so sagen kann«, rief er in Sandras Richtung. Bei ihm hörte sich jedes Wort auf eine merkwürdige Art gewichtig an, so als hätte es einen tieferen Sinn. Sie kannte niemanden, bei dem dieses Phänomen so ausgeprägt war wie bei Perica.

Sie lächelte gequält. »Morgen. Ja, um diese Uhrzeit können wir uns eigentlich nur gegenseitig bemitleiden.« Sie sah zu ihren Kollegen Mihajlo Zelenika und Jakov Milić hinüber, hob kurz die Hand zum Gruß und wandte sich dann wieder an den Gerichtsmediziner, der gerade auf die Leiche deutete.

»Du lieber Gott«, stöhnte Sandra beim Anblick des vielen Bluts.

»Och, nennen Sie mich doch Milić«, hörte sie eine Stimme hinter sich.

Ihr Kollege grinste sie an. Sein trockener Humor hatte schon so manche anstrengende Nacht erträglicher gemacht. Mit seinen lustigen braunen Knopfaugen hinter der randlosen Brille und den dunklen Locken sah er eher aus, als würde er in einem Kindergarten arbeiten als bei der Mordkommission.

Mihajlo Zelenika beendete sein Gespräch mit einem Uniformierten und trat ebenfalls zu ihnen. »Hey, Horvat. Wie geht's«, sagte er, ohne wirklich eine Antwort zu erwarten.

Mihajlo Zelenika war serbischer Abstammung und machte einen guten Job. Sandra fand es bedauerlich, dass er sein Alkoholproblem auch nach mehrmaligen Versuchen noch nicht im Griff hatte. Mittlerweile sah man ihm die Trinkerei an, sein Gesicht wirkte müde und war von feinen roten Äderchen durchzogen. Er wäre ein attraktiver Mann gewesen, groß und kräftig, mit honigfarbenem Haar und den grünsten Augen, die sie je gesehen hatte. Eine greise Zeugin hatte mal zu ihm gesagt: »Sie haben die Augen einer Hexe. Vielleicht haben Sie den bösen Blick!« Zelenika hatte erwidert, seine Frau würde das schon lange vermuten.

»Sie haben Glück, Horvat«, sagte Perica, während er mit seinen behandschuhten Händen herumfuchtelte, »das Opfer hatte einen Ausweis dabei.«

»Ach ja?« Sandra warf einen Blick ins Innere des Hauses. Die Spurensicherung war immer noch bei der Arbeit.

Zelenika meldete sich zu Wort: »Sein Name ist Anton Paulić.« Er deutete lässig auf das Mordopfer, als würde er ihr das neueste Automodell vorführen. Nach den vielen Jahren bei der Mordkommission war Zelenika sichtlich abgebrüht. »Der Kerl ist einunddreißig.«

»Darf ich?« Sandra griff nach der großen Taschenlampe, die Sikirica von der Spurensicherung in der Hand hielt.

»Natürlich«, nickte der Kollege schüchtern. Sikirica war

nicht größer als einssechzig und wog vielleicht fünfzig Kilo. Im Präsidium hatte Zelenika mal laut gerufen: »Ist Sikirica noch da? Oder hat er sich in einer Schublade versteckt?« Sikirica war gekränkt gewesen, und Sandra hatte Zelenika gebeten, künftig auf solche Späßchen zu verzichten. Alles in allem hatte Sandra noch nie mehr als drei Worte am Stück von Sikirica gehört.

Sandra besah sich den Toten. Man hatte ihm die Kehle durchgeschnitten. Der Schnitt verlief mitten durch eine Tätowierung, die sich bis zum Kinn zog. Durch das viele Blut konnte man das Motiv nicht mehr erkennen. Der Mann hatte mittellanges schwarzes Haar. Sein Gesicht war auf eine primitive Art attraktiv. Sie sah auf den ersten Blick, dass es sich nicht gerade um einen Sohn aus gutem Hause handelte. Wenn sie etwas konnte, dann in Gesichtern lesen. In diesem hier lag Schmerz und Wut. Sie merkte immer, wenn jemand vom Leben gebeutelt war, egal, wie viel Armani und Gucci die Fassade hergab. Wahrscheinlich brachte das der Job mit sich, auch wenn Milić der Ansicht war, dass sie ein besonderes Talent dafür hatte.

»Bestimmt ein Junkie«, bemerkte Milić.

Sandra sah ihn an und schüttelte dann den Kopf. »Ich weiß nicht recht. Er sieht mir gut genährt aus. Auch sein Gesicht lässt nicht auf harten Drogenkonsum schließen.« Sie gab Sikirica die Taschenlampe zurück.

»Danke«, murmelte er und lächelte wieder schüchtern.

»Was?«, meinte Sandra, in Gedanken noch immer bei dem Opfer. »Wofür?«

»Wegen der Taschenlampe. Weil Sie sie mir zurückge... ach, egal.«

»Ach so, ja. Bitte sehr, Sikirica.«

Zelenika blickte von einem zum anderen. »Seid ihr beide auf Valium, oder was?«

»He, es ist ziemlich früh am Morgen«, grummelte Sandra und fügte dann hinzu: »Jedenfalls sieht mir unsere Leiche nicht nach einem Junkie aus. Dafür ist der Typ viel zu kräftig und gepflegt.«

»Ja«, murmelte Milić. »Außerdem hatte er zweitausend Kuna[2] und hundertfünfzig Euro bei sich. Hat den Täter nicht interessiert.«

»Hm … verstehe.«

»Seltsam, so was«, brummte Zelenika vor sich hin. »Ich meine, wenn ich schon jemanden absteche, dann nehm ich doch auch das Geld, oder?«

»Du schon«, warf Milić ein, »du würdest deine eigene Großmutter für ein paar neue Reifen verkaufen.«

Genervt rollte Zelenika mit den Augen. »Denk doch einfach mal logisch, ja?«

»Tolle Idee«, sagte Milić ironisch. »Das versuche ich normalerweise zu vermeiden.«

Zelenika ging nicht darauf ein. »Der Mörder denkt sich: Was soll's, der Kerl braucht's doch eh nicht mehr. Und schlimmer als Mord ist Diebstahl ja nun nicht. Die paar Scheine machen das Kraut auch nicht mehr fett.«

Sikirica lachte leise auf und senkte dann den Blick. Für Perica war das Gespräch sowieso unter seiner Würde.

»Ach, übrigens«, meinte Milić plötzlich an Sandra gewandt. »Ich hoffe, Sie haben sich Freitag, an Velika Gospa[3], nicht freigenommen.«

»Nein, habe ich nicht.« Sandra war nicht gerade eine Vorzeigekatholikin, sehr zum Missfallen ihres Vaters – und noch mehr ihrer Mutter. Immerhin feierte sie Weihnachten und Ostern und hatte ein Kruzifix in der Küche hängen,

2 1 € entspricht ca. 7,5 Kuna

3 Mariä Himmelfahrt

das sie von ihrer Mutter zu ihrem dreißigsten Geburtstag geschenkt bekommen hatte. Sandra war nur einmal auf Trsat gewesen, obwohl es der älteste Marienwallfahrtsort Kroatiens war und die Menschen am 15. August von überall herbei pilgerten. 2003 war das gewesen, als der Papst zu Besuch war. Wie oft hatte sie sich schon vorgenommen, ihre Mutter mal wieder zu begleiten, aber ihre Arbeit ließ es meistens nicht zu.

»Wieso?«, hakte Sandra nach. »Haben *Sie* sich denn freigenommen?«

»Na ja«, wand sich Milić, »ich habe meiner Mutter versprochen, wenn es irgendwie geht …, nehme ich mir einen Tag Urlaub.«

»Nur zu. Ich habe Anfang September zwei Wochen Urlaub.« Bei diesem Gedanken löste sich Sandras Anspannung für einen Moment. »Jelena und ich fliegen für eine Woche nach Sizilien.«

Alle kannten ihre Freundin, weil Sandra sie auf jede Weihnachtsfeier mitnahm. Jelena war seit drei Jahren wieder zurück in ihrer Geburtsstadt. Im Alter von zwei Jahren war sie mit ihren Eltern nach München ausgewandert und dort aufgewachsen. Während eines Sommerurlaubs hier in Rijeka hatte sie sich Hals über Kopf in Ivica verliebt, sich Knall auf Fall in München abgemeldet und geheiratet. Nach nur zehn Monaten war die Ehe geschieden worden. Ivica hatte sich als aggressiv, untreu und spielsüchtig entpuppt. Zurück nach Deutschland wollte Jelena nun nicht mehr, denn sie hatte keine Kraft mehr, wieder bei null anzufangen.

An Jelena war etwas Mütterliches, das jeden auf Anhieb für sie einnahm. Milić hatte ihr letztes Jahr auf der Weihnachtsfeier Avancen gemacht, doch er war ihr nicht »Manns genug« gewesen, wie sie sich ausgedrückt hatte. »Das ist bestimmt einer, der dich 'ne Stunde streichelt, dir jede Strähne aus dem Gesicht streicht und jede einzelne Sommersprosse abküsst, bevor er zur Sache kommt.«

»Jelena!«, hatte Sandra schaudernd gerufen. Zu spät: Tagelang hatte sie das Bild des sich zärtlich-anbiedernden Milić nicht mehr aus dem Kopf bekommen, und jedes Mal, wenn er ihr über den Weg gelaufen war, war Unbehagen in ihr aufgestiegen.

»Na toll, ich habe erst im Dezember wieder Urlaub«, seufzte Zelenika.

Milić sah ihn an. »Selber schuld, wenn du deinen ganzen Urlaub im Juni verpulverst.«

»Ich nehme im Juni Urlaub, weil wir dieses verdammte Ferienhäuschen auf Mali Lošinj haben, das meine Frau geerbt hat.«

»Ja«, entgegnete Milić, »und das scheint dich unglaublich glücklich zu machen.«

»Wer hat Paulić eigentlich gefunden?« Sandra versuchte, das Gespräch wieder auf die Arbeit zu lenken. Ihre beiden Kollegen konnten sich gnadenlos in ihre Wortgefechte hineinsteigern. Zelenika hatte Milić sogar schon mal vor die Füße gespuckt, um später zu behaupten, er hätte ein Haar im Mund gehabt.

»Unser Braveheart da drüben.« Milić machte eine Kopfbewegung Richtung Hafen. Sandra erblickte ein Fahrzeug der Straßenreinigung und daneben einen Mann, der nervös rauchend auf und ab ging.

»Der scheint ziemlich runter mit den Nerven.« Sandra wusste, dass nicht jeder einen Leichenfund verkraftete. Aber ihre Kollegen hatten nicht immer Verständnis dafür, dass andere weniger abgebrüht waren als sie selbst.

»Ja«, murmelte Zelenika. »Ich glaube, er hat in einer halben Stunde ein halbes Päckchen geraucht.«

»Wie heißt er?«, wollte Sandra wissen.

Zelenika warf einen Blick auf seinen Notizblock. »Mato Vlastić.«

Sandra ging zu dem fahrig umherlaufenden Mann. Je näher sie ihm kam, desto größer und besorgter schienen seine Augen zu werden.

»Herr Vlastić?«

»Ja?«, erwiderte er aufgeregt. »Hören Sie, ich habe den Mord nicht gesehen, und ich habe außerdem schon alles erzählt.« Gierig zog er an seiner Zigarette. »So, wie Sie den Mann da sehen, habe ich ihn gefunden. Das schwöre ich beim Grab meiner Stiefmutter. Verstehen Sie, ich weiß von nichts!«

»Okay«, antwortete Sandra beruhigend. »Geht es Ihnen denn gut?«

»Könnte besser sein.« Er musterte sie von oben bis unten. »Wer sind Sie überhaupt?«

»Ich bin Inspektor Sandra Horvat. Ich leite die Ermittlungen in diesem Fall.«

Matos Stirn legte sich in Falten. Er sah aus, als hätte sie ihm soeben offenbart, dass sie die Königin von Saba war. »Sie sind ein Inspektor?«

»Nun ja, eine Inspektor*in*.«

»Ist das nicht gefährlich? Was sagen denn Ihre armen Eltern dazu?«

»Äh, Herr Vlastić, vielleicht könnten wir uns wieder auf den Toten konzentrieren.«

»Entschuldigung.« Er zog wieder an seiner Zigarette und blickte auf seine Schuhe.

»Kein Problem.« Sie lächelte ihm freundlich zu. »Wie und wann haben Sie die Leiche gefunden?«

Als Mato zu seinem Bericht ansetzte, war Sandra enttäuscht, dass er nicht mehr gesehen hatte. »Als Sie die Straße hier entlangfuhren«, versuchte sie es noch einmal, »ist

Ihnen da niemand begegnet? Kurz bevor Sie den Toten gefunden haben?«

»Nein, ich glaube nicht.«

»Denken Sie noch mal gründlich nach. Vielleicht haben Sie ja doch etwas gesehen und es nur nicht richtig registriert.«

Er dachte nur kurz nach. »Na ja, es geht schon hin und wieder mal jemand durch die Straßen, aber ich guck da nicht so genau hin, wissen Sie.«

»Es wäre aber wichtig«, beharrte Sandra, »ich kann gut verstehen, dass Sie sich gerade nicht konzentrieren können. Schlafen Sie eine Nacht darüber und denken Sie dann noch mal gründlich nach.«

»In Ordnung, Frau Inspektor. Ihr Kollege da drüben, der mit dem zerknitterten Gesicht …«

»Zelenika?«

»Ja, genau. Der hat mir seine Karte gegeben, falls mir noch was einfällt oder so.«

Sandra nickte und fügte hinzu: »Und jetzt beruhigen Sie sich. Sie brauchen keine Angst zu haben.«

Er hob den Kopf und sah sie an. »Ich ertrage solche Situationen nicht. Als ich klein war, da …, na ja, egal.« Er winkte ab.

»Schon gut. Fahren Sie nach Hause. Allerdings müssen wir noch einen Vernehmungstermin ausmachen.«

Erschrocken riss er die Augen auf. »Wieso?«

»Sie sind ein wichtiger Zeuge und haben ein Mordopfer gefunden. Ich werde mich später bei Ihnen melden, dann vereinbaren wir einen Termin, ja?«

»Wenn's sein muss.« Mato schnippte seine Zigarette weg und seufzte müde.

Sandra hatte sich schon halb abgewandt, als sie noch einmal innehielt und fragte: »Sie werfen Ihre Kippe auf die Straße? Das wundert mich, bei Ihrem Beruf.«

»Na was glauben Sie denn, wer das morgen früh sauber macht?«

Sandra zuckte die Schultern. »Okay, schon klar.« Sie verabschiedete sich und ging wieder zu ihren Kollegen hinüber. »Perica? Können Sie schon etwas sagen?«

Der Gerichtsmediziner holte tief Luft, warf einen Blick auf die Leiche und sah dann von Sandra zu Milić und schließlich zu Zelenika. Wer ihn kannte, wusste, dass Perica diese theatralischen Momente brauchte wie die Luft zum Atmen.

»Hey, Perica, soll ich dir ein Mikrofon hol…« Weiter kam Zelenika nicht, weil Milić ihn in die Rippen stieß. »Nimm die Leute doch einfach mal so, wie sie sind«, flüsterte er.

»Wenn ich das nicht täte, wärst du längst 'ne Politesse.«

»Psst«, machte Sandra und sah die beiden verärgert an. Sie sehnte sich mehr denn je nach ein bisschen Ruhe und einem doppelten Espresso. »Wenn ihr nicht endlich still seid, lass ich euch von euren Eltern abholen.«

Ein paar der Uniformierten grinsten. Sandra wandte sich wieder an den Gerichtsmediziner: »Also, Perica. Schießen Sie los.«

»Nun ja, das Ganze scheint mir eher ein Akt der Angst gewesen zu sein. Wie Sie sehen, verläuft der Schnitt unterhalb des Kiefers. Ein Profi hätte wohl eher seitlich zwischen Kiefer und Schulter zugestochen.«

Milić nickte. »Und warum nicht ein schneller Stich in den Brustkorb statt in den Hals?«

Zelenika drehte seinen Stift zwischen den Fingern. »Der Täter könnte Angst gehabt haben, dass sein Opfer noch um Hilfe schreit. Bei einer durchgeschnittenen Kehle geht das nicht mehr.«

»Möglich«, meinte Perica nur knapp.

Sandra klappte den Kragen ihres schwarzen Blazers hoch. »Ja, das kann durchaus sein. Wann ist es denn ungefähr passiert?«

Perica hob nachdenklich den Kopf und genoss die vielen Blicke, die auf ihm ruhten. »Ich muss erst noch ein paar Untersuchungen vornehmen, aber ich würde sagen, vor etwa einer Stunde, weil das Blut bisher nur dort getrocknet ist, wo es dünne Rinnsale gebildet hat. Alles Weitere dann im Laufe des Tages, Horvat.« Er zog sich die Handschuhe aus und drehte sich um.

»Danke, Perica.« Sie sprach noch kurz mit Sikirica von der Spurensicherung, der ihr aber noch nichts von Belang mitteilen konnte.

»Warum steht hier eigentlich keiner der Nachbarn blöd rum wie sonst auch immer?«, fragte Sandra an ihre beiden Mitarbeiter gewandt.

Zelenika grinste. »Ein altes Ehepaar war bis gerade eben noch da. Die wohnen aber im dritten Stock und haben nichts gehört. Sind beide ziemlich taub. Wir konnten sie erst nach dem fünften Klingeln aus dem Bett holen.«

»Nein«, warf Milić ein, »die sind nicht beide taub.«

»Na gut, taub und blind.«

»Er ist *fast* taub, und sie ist *fast* blind. Das haben mir die beiden selbst gesagt.«

»Das haben sie dir gesagt?« Zelenika grinste ungläubig. »Wir sind *fast* taub und *fast* blind?«

»Nein, die Frau sagte: Ich sehe ganz, ganz schlecht, und mein Mann ist so gut wie taub.«

»Wie heißen die beiden?«, wollte Sandra wissen.

»Ana und Albert …« Zelenika blickte auf seine Notizen. »Marković. Sie haben uns auch über die anderen Mieter aufgeklärt. Zwei Parteien sind über die Feiertage weg, eine Wohnung steht gerade leer, und im ersten Stock links wohnt ein junges Paar, das die Wohnung als Stadtwohnung nutzt, ansonsten aber in Opatija wohnt. Und dann ist da noch die Frau, die aussieht wie eine Tunte.«

»Wie bitte?« Sandra hoffte, sich verhört zu haben.

»Eine Frau, die aussieht wie eine Tunte«, wiederholte Zelenika. »Wie heißt sie noch mal, Milić? Du hast es dir doch aufgeschrieben.«

Milić blätterte in seinem Block und sagte schließlich: »Eva Jakšić.«

»Aha«, sagte Sandra. »Haben Sie mit ihr gesprochen?«

»Mit der Tunte? Ja, aber die sagt, sie hat nichts gehört, weil sie nachts immer Ohrenstöpsel trägt.«

»Aber sie hat euch doch auch klingeln gehört.«

Zelenika zog eine Grimasse. »Angeblich ist ihr in der Zwischenzeit ein Stöpsel rausgefallen. Tja, so was liest sich immer lustig im Bericht, nicht wahr?«

»Und das Ehepaar, das eigentlich in Opatija lebt?«, fragte Sandra weiter.

»Offenbar nicht da. Es hat niemand aufgemacht.«

Sandra seufzte. »Also nur die seltsame Frau und die zwei Alten, die nichts gesehen haben und noch dazu schlecht hören?«

»Nein«, meldete sich Milić wieder, »*er* hört schlecht, aber *sie* ...«

»Ja, Milić, wir haben's kapiert«, rief Zelenika.

Sandra sah auf die Uhr. Es war zu spät, um noch mal nach Hause zu fahren, und zu früh, um ins Büro zu gehen.

Zelenika gähnte. »Was ist? Gehen wir auf einen Kaffee in den Drecksladen um die Ecke? Ich glaube, der hat die ganze Nacht auf.«

»Drecksladen klingt verlockend«, meinte Milić.

Beim Stichwort Kaffee setzte Sandra sich in Bewegung. »Gehen wir.«

3

Als Sandra die Tür des Lokals öffnete, stellte sie fest, dass Zelenika mit dem »Drecksladen« nicht übertrieben hatte. Kroatische Gastronomen investierten normalerweise viel Geld in eine geschmackvolle Einrichtung und achteten auf Sauberkeit, doch dieser Schuppen hier war an Nachlässigkeit nicht zu überbieten. Das Mobiliar stammte noch aus der Zeit Jugoslawiens, bestehend aus Spanplatten in Eiche-Optik. Braune Stühle mit schwarzen Metallbeinen, gelbliche Wände, die mal weiß gewesen sein mussten, und Gardinen in derselben Farbe. Wenn in einem Restaurant schon Gardinen an den Fenstern hingen … Sandra schüttelte sich. Die Tische waren nicht abgewischt, und in den Aschenbechern türmten sich Kippen. Früher durfte man überall rauchen, danach galt pauschal das Nichtrauchergesetz. Seit einiger Zeit durfte man in einigen Lokalen wieder rauchen, wenn der Gastwirt eine geeignete Lüftung installiert hatte. Manche Lokale machten sich das zunutze, andere ließen ihren Laden bewusst rauchfrei. Nur Milić war ein noch militanterer Nichtraucher als Sandra. Im Gegensatz zu ihr hatte er noch nie im Leben eine Zigarette geraucht.

Sie setzten sich an den saubersten Tisch, ans Fenster.

Zelenika zündete sich eine Zigarette an. Offenbar hatte er das Gefühl, sich anpassen zu müssen. »Das Opfer kommt mir bekannt vor, aber ich habe keine Ahnung, weshalb.« Genüsslich blies er den Rauch aus.

»Mal sehen, was der Computer so hergibt«, meinte Sandra. »Wir finden sicher etwas. Der Typ ist ja recht markant. Tattoos, verlebtes Gesicht, machohaftes Outfit, viel Kohle im Geldbeutel, Rolex und manikürte Hände.«

Milić zog seine Jacke aus. »Hey, Zelenika, schrei doch bitte mal prollmäßig nach der Bedienung. Das kannst du so schön.«

Sandra grinste, doch Zelenika, gänzlich unbeeindruckt, tat Milić den Gefallen. »Hey, Bedienung! Muss man sich seinen Kaffee hier selber kochen, oder was?«

Eine etwa fünfzigjährige Frau mit strähnigem Haar und grellrotem Lippenstift schlurfte zu ihrem Tisch. »Sie sind ja sehr charmant.«

Milić nickte. »Und heute ist einer seiner guten Tage.«

»Was darf's sein?«, fragte sie genervt.

Zelenika musste gar nicht erst fragen. »Zwei doppelte Espresso für die beiden. Mir bringen Sie einen Milchkaffee mit aufgeschäumter Milch, aber nicht in der Tasse, sondern im Glas. Und tun Sie noch einen extra Schuss Milch rein, aber keine kalte. Obendrauf kommt etwas Kakaopulver. Und wenn Sie noch einen Keks dazu hätten, wäre ich überglücklich.«

Die Kellnerin legte die Stirn in Falten, sah ihn an, als hätte er gerade vor ihren Augen einen Kanarienvogel verschluckt, und stapfte dann zum Tresen zurück.

Sandra dachte nach und fragte an Zelenika gewandt: »Glaubst du nur, dass du den Toten kennst, oder hattest du vielleicht schon mal mit ihm zu tun?«

»Kann ich nicht sagen. Ich komme momentan nicht drauf, aber irgendwas in meinem Kopf bringt ihn mit einer Straftat in Verbindung.«

Sandra überlegte. »Hatte er sonst noch etwas bei sich?«

Zelenika schüttelte den Kopf. »Nur seinen Geldbeutel.

Darin waren sein Pass und das Geld. Außerdem ein Mitgliedsausweis vom Fitnessclub und eine Monatskarte für den Bus.« Er nahm einen letzten tiefen Zug aus seiner Zigarette.

»Kein Autoschlüssel?«

»Nein«, meldete sich Milić zu Wort, »das hat uns auch gewundert. Wahrscheinlich wohnt er in der Nähe, oder er hat gar kein Auto.«

Ein Kroate ohne Auto? Das war praktisch undenkbar, überlegte Sandra. Ein Mann musste weiß Gott nicht alles haben, aber ohne Auto war er unten durch.

»Er hat sich mit jemandem getroffen«, fuhr Zelenika fort. »Ziemlich ungewöhnliche Zeit, und warum in einem Mietshaus?«

Milić nickte. »Der Mord war geplant, ganz klar. Was hätte er sonst alleine in dem Hauseingang verloren, und das Geld ist auch noch da. Muss also Rache oder ein ähnliches Motiv gewesen sein.«

Die Bedienung brachte den Kaffee. In Zelenikas Glas steckte ein Strohhalm. »Was soll ich denn damit?«, schimpfte er und warf ihn angewidert auf den Tisch. »Ich bin doch kein nuckelndes Kleinkind.«

»Wie ich sehe, tragen Sie einen Ehering«, sagte die Bedienung unvermittelt. »Wo haben Sie Ihre Frau denn kennengelernt? Im Dschungel, da wo Sie aufgewachsen sind?«

»Nein«, erwiderte Zelenika amüsiert. »In der Bibliothek. Bei den Ratgebern für den Umgang mit schwierigen Mitmenschen.«

Die Bedienung nickte, gespielt einsichtig. »Viel hat's nicht gebracht, aber zumindest haben Sie's versucht.« Sie drehte sich um und schlurfte davon.

»Warum kannst du nicht ein bisschen freundlicher zu den Leuten sein?«, fragte Milić.

Zelenika sah ihn gespielt unschuldig an. »Ich bin doch freundlich.«

Milić kniff die Augen zusammen. »Das soll wohl ein Witz sein?«

»Ich kann doch nichts dafür, wenn die anderen Leute sich so dämlich anstellen.« Er machte eine kleine Pause. »Ich ... na ja, ich versuche gerade, nichts mehr zu trinken. Vielleicht bin ich deshalb etwas griesgrämiger als sonst.«

Sie schwiegen eine Weile. Sandra tätschelte seine Hand und sagte: »Wenn man will, kann man alles schaffen.« Dasselbe hatte er ihr vor siebzehn Monaten gesagt, als sie die schlimmste Zeit ihres Lebens durchgemacht hatte. Er hatte sich um sie gekümmert, ihr Suppe vorbeigebracht und ihr auf eine unbeholfene Art ebenfalls die Hand getätschelt. Sie arbeiteten schon lange zusammen, und er war der einzige Kollege, der auch ihre andere Seite kannte, ihre verletzliche, die sie sonst niemandem zeigte. Zelenika gegenüber hatte sie keine Angst, Autorität einzubüßen. Er hatte sie durch die Anfangszeit bei der Mordkommission gebracht und sie vor den Chauvi-Sprüchen ihrer männlichen Kollegen beschützt. Zelenika hatte jedem das Maul gestopft, der ihr nicht den nötigen Respekt entgegengebracht hatte. Das würde sie ihm nie vergessen.

Zelenika schluckte. »Vorgestern stand meine Frau mit zwei gepackten Koffern vor mir. Sie sagte, entweder der Alkohol oder sie. Das hat mich beinahe umgebracht. Wenn ich nicht endlich versprechen würde aufzuhören, dann sei es für immer vorbei.« Er lächelte bitter. »Sie hat jetzt einen Psychofritzen für mich gefunden, da muss ich dreimal die Woche hin.«

»Wann hast du eigentlich damit angefangen?«, fragte Milić.

»Das kann ich nicht genau sagen.« Zelenika spielte mit

dem Strohhalm, der auf dem Tisch lag. »Das war so eine schleichende Sache. Irgendwie ist es immer mehr geworden, und irgendwann habe ich gemerkt, dass ich das Zeug brauche.«

Milić nippte an seinem Kaffee. »Du packst das schon.«

Sandra sah Zelenika an. »Du hast eine tolle Familie und du hast uns. Wir stehen zu dir, und du kannst jederzeit mit uns reden, Zelenika.«

»Danke. Aber bitte erzählt es nicht weiter. Wenn ich es nicht schaffe, stehe ich als totaler Versager da.«

»Du wirst es schaffen. Aber wir erzählen es nicht weiter, wenn du das nicht möchtest. Nicht wahr, Milić?«

»Ist doch Ehrensache.« Milić blickte auf seine zierlichen Hände. »Da scheint ja vorgestern ein übler Tag für uns beide gewesen zu sein.«

»Wieso?« Zelenika nahm einen kräftigen Schluck aus seinem Glas.

»Dolores hat Schluss gemacht.«

Zelenika und Sandra sahen ihn schweigend an, und als Milić nicht weitersprach, sagte Zelenika: »Hör zu, mein Freund. Ich habe es dir immer und immer wieder gesagt, aber du scheinst es einfach nicht zu kapieren.«

»Eine Frau soll mich so akzeptieren, wie ich bin, mit all meinen Ecken und Kanten.«

»Milić ...«

»Und ich dachte wirklich, Dolores sei anders.«

Zelenika schnaubte verächtlich. »Wann wirst du endlich begreifen, dass Frauen keine Muttersöhnchen wollen?«

Milić setzte sich kerzengerade hin. »Ich bin kein Muttersöhnchen.« Er wandte sich an Sandra. »Was ist denn bitteschön schlimm daran, dass ich noch bei meiner Mutter wohne? Einer Frau sollte der Respekt, den ich für meine Mutter empfinde, doch wohl eher imponieren, oder nicht?«

Sandra atmete hörbar aus. »Na ja …« In Kroatien war es nichts Ungewöhnliches, bei den Eltern zu wohnen, bis man heiratete, was auch am Wohnungsmangel lag. So manchem ging es allerdings eher um seine Bequemlichkeit. In den letzten Jahren, in etwa seit der Jahrtausendwende, waren immer mehr Paare unverheiratet zusammengezogen und hatten Kinder bekommen. Bis dahin wäre es für kroatische Eltern ein mittelschweres Drama gewesen, wenn die Kinder in wilder Ehe eine Familie gegründet hätten.

»Blödsinn!«, warf Zelenika ein. »Das ist doch abtörnend. Was sagst du denn einer Frau nach einer heißen Nacht? Tut mir leid, aber ich muss jetzt nach Hause, sonst macht Mami sich Sorgen?«

»Quatsch! Ich kann nach Hause kommen, wann ich will.«

»Dass du das extra erwähnst, macht mir Angst.«

»Also, nur so aus Neugierde, Milić.« Sandra beugte sich vor. »Was machen Sie eigentlich, wenn Sie Feierabend haben? Diese Serien für alte Damen müssen Sie doch entsetzlich langweilen, oder?«

»Ich habe einen eigenen Fernseher in meinem Zimmer.«

»In deinem Kinderzimmer wolltest du wohl sagen«, bemerkte Zelenika. »Hoffentlich habt ihr in der Zwischenzeit die Cowboytapeten und das Gitterbettchen ausgetauscht.«

Milić zog eine genervte Grimasse. »Ich habe dir gerade erzählt, dass Dolores Schluss gemacht hat, und du kritisierst nur an mir herum.«

Zelenikas Gesichtszüge wurden weicher. »Tut mir leid. Ich mag Dolores, das weißt du.«

Milić schien über etwas nachzudenken: »Vielleicht sollte ich sie noch mal anrufen … Vielleicht sollte ich zu ihr ziehen?«

Zelenika grinste. »Nimmst du deine Mutter dann mit?«

»Das wäre natürlich ideal«, erwiderte Milić unbeeindruckt, »aber darauf lässt sich Dolores wahrscheinlich nicht ein.«

Zelenika und Sandra warfen sich einen Blick zu. Zelenika stützte verzweifelt den Kopf in die Hände und sah Milić an. »Ich gebe dir nur einen einzigen Rat mit auf den Weg, und das, obwohl ich wahrscheinlich ein größerer Verlierer bin als du.«

»Ich liebe deine Art, Menschen zu motivieren.«

»Pack deine Klamotten zusammen, küss deiner Mutter die Hand und mach die Socken scharf, Kumpel.«

»Das würde meiner Mutter das Herz brechen.« Milić sah seinen Kollegen verständnislos an.

Zelenika machte das Victoryzeichen. »Glücklich derjenige, der niemals erwachsen wird.«

4

Sandra hatte sich nach dem »Drecksladenbesuch« umsonst auf ihr sauberes Büro gefreut. Als sie die Tür öffnete, sah es darin noch genauso aus wie gestern. Der Papierkorb quoll über, und auf ihrem Schreibtisch war immer noch der Kaffeering zu sehen. Normalerweise war Ika eine zuverlässige Putzfrau, aber langsam kam sie in die Jahre und wurde immer vergesslicher. Letzte Woche hatte sie zum Beispiel nicht daran gedacht, die Damentoilette zu reinigen und Klopapier aufzufüllen. Bedauerlicherweise hatte sie am nächsten Tag auch noch frei gehabt. Aber irgendwie schaffte Sandra es nicht, sie zu kritisieren, weil Ika ihr immer selbst gebackenen Kuchen und manchmal auch Gemüse aus ihrem kleinen Garten mitbrachte. Abgesehen davon waren Ikas Launen allseits gefürchtet. Sie konnte einem ganz schön über den Mund fahren. Aus irgendeinem Grund hatte sie einen gewissen Einfluss auf die Leute hier. Mandić, ihr Chef, befolgte brav jeden Ayurveda-Rat, den er von ihr bekam, und seine Frau betrachtete Ika mittlerweile als eine Art Gesundheitsguru. Die beiden waren vor vielen Jahren mal ins Gespräch gekommen und seitdem telefonierten sie regelmäßig miteinander. Frau Mandić brachte ihre Dankbarkeit sogar durch gelegentliche Geschenke zum Ausdruck. Sandra musste darüber lächeln, dass die Chef-Gemahlin und die Putzfrau so gute Freundinnen geworden waren. Als sie das Zelenika gegenüber mal geäußert hatte, hatte sein Kommentar darauf gelautet: »Für irgendetwas muss der Sozialismus ja gut gewesen sein, und sei es dafür, dass die Putzfrau unserem Chef den Ernährungsplan diktiert. Das ist Ironie in ihrer reinsten Form.«

Sandra stellte den Pappbecher mit Kaffee auf ihrem Schreibtisch ab und warf ihre Schultertasche auf den Boden. Nun gut, dann würde sie eben selbst saubermachen. Sie war wahrlich keine Pedantin, aber durchaus ordnungsliebend. Obwohl ihr Schreibtisch uralt war, hatte er keinen einzigen Kratzer. Davon abgesehen hatte Sandra den Raum seinerzeit mit nur wenigen Details sichtlich aufgepeppt. In der Ecke stand ein Ficus Benjamini, denn Pflanzen hauchten nun mal jedem Raum Leben ein und mochte er noch so trostlos sein. Der Parkettboden wirkte mit dem flauschigen, kleinen Teppich viel freundlicher, und auch das Schwarz-Weiß-Poster von Rijeka vor hundert Jahren machte was her. Sie sah es sich immer wieder gerne an und sie konnte nicht leugnen, dass auch in ihr ein kleines bisschen Lokalpatriotin steckte. Die Kvarner-Bucht war einfach ein wunderschönes Fleckchen Erde und Rijeka nach Zagreb und Split die drittgrößte Stadt in diesem Land. Auch wenn sie keine Sommerfanatikerin war: Sandra betrachtete es als großes Privileg, hier geboren und aufgewachsen zu sein. Mütterlicherseits stammten ihre Ahnen, soweit man es zurückverfolgen konnte, allesamt aus Rijeka und Umgebung. Ihr Vater hingegen war als junger Mann aus Virovitica in Slawonien hergekommen. Seine Eltern wiederum stammten aus der Region Lika, bei den Plitvicer Seen.

Rijeka war eine Art Einwandererstadt gewesen, weshalb man hier zum Großteil liberal eingestellt war. Diejenigen, die diese Liberalität nicht als Pluspunkt betrachteten, nannten die Zugezogenen abschätzig »Die Roten«. Bei den meisten handelte es sich um Italiener, Serben, Bosniaken, Albaner, Tschechen, Slowenen, Slowaken, Roma und Deutsche. Auch wenn Rijeka immer noch zu Dreiviertel aus Kroaten bestand, war Sandra doch irgendwie stolz darauf, in einer fast schon multikulturellen Stadt zu leben, einem mediterranen Schmelztiegel, in dem man, bis auf gelegentliche Animositäten, friedlich miteinander lebte, und in der es eine orthodoxe Kirche, eine Synagoge und eine der schönsten Moscheen Europas zu bestaunen gab. Ihr Urgroßvater mütterlicherseits hatte hier »so manches kommen und gehen sehen«, wie er sich auszudrücken pflegte: die österreichisch-ungarische Monarchie, den unabhängigen Freistaat Fiune, das Königreich Italien, die Okkupation der Deutschen während des Zweiten Weltkriegs, Jugoslawien und schließlich die Republik Kroatien. Er kannte Rijeka noch unter dem Namen Fiume und erzählte, dass die Stadt für die Deutschen einst St. Veit am Flaum geheißen hatte. Um das frühe zwanzigste Jahrhundert hatte man hier vier Sprachen gesprochen. Neben Kroatisch auch Italienisch, Ungarisch und Deutsch.

Jedenfalls hatte Sandra ihr Büro heimisch eingerichtet, und dazu gehörte vor allem auch das Poster, auf dem gedruckt stand: *Rijeka, moj grad* – Rijeka, meine Stadt.

Vor einiger Zeit hatte sie Mandić gefragt, ob sie die Wand grün streichen dürfte, aber das hatte er nicht erlaubt und mit den Worten abgewehrt: »Und dann kommt der Nächste und will seine eigene Dusche im Büro. Wo soll das hinführen ...«

Während sie mit einem Feuchttuch über den Tisch wischte und leise vor sich hin fluchte, weil das eigentlich Ikas Job war, klingelte das Telefon. Bevor sie abhob, nahm sie einen großen Schluck Kaffee aus ihrem mitgebrachten Pappbecher.

»Horvat«, meldete sie sich gereizt.

»Hier Nataša. Hast du kurz Zeit? Du hörst dich ein bisschen aggressiv an.« Ihre Schwester war für alles Negative empfänglich, und Sandra versuchte, Unannehmlichkeiten so gut es ging von ihr fernzuhalten. Aber es gelang ihr nicht immer. Sie kannte kein anderes Geschwisterpaar, das sich gleichzeitig so liebte und das Leben des anderen so wenig verstand, wie es bei ihnen beiden der Fall war.

»Mit mir ist alles okay. Hab mich nur über Ika aufgeregt, weil sie mein Büro vergessen hat. Zurechtweisen kann ich sie nicht, weil sie dann tagelang schmollt.«

»Warum lässt du dich von so banalen Dingen aus der Bahn werfen? Wenn du mal zu uns ins *Vital-Center* kommen würdest …«

»Ach, Nataša. Bitte, nicht schon wieder.« Sandra trank nebenbei ihren Kaffee, während sie telefonierte.

»Wie du meinst«, entgegnete ihre Schwester mit ihrer leisen, zarten Stimme. Sandra sah ihr verständnisloses Kopfschütteln förmlich vor sich. »Eigentlich wollte ich nur fragen, wie es mit Velika Gospa aussieht. Kannst du am Freitag? Wenn nicht, dann … muss ich mir wohl freinehmen.«

»Du musst gar nichts, wenn du nicht willst.«

»Wir sind es ihnen schuldig«, erwiderte Nataša mahnend.

»Ich wusste, dass du das sagen würdest. Aber ich ertrage das einfach nicht mehr. Ich komme mir jedes Mal wie in einem Film vor, den ich schon hundert Mal gesehen habe.« Sandra seufzte und lehnte sich zurück. »Ich kann es nicht mehr hören, Nataša. Warum sollten wir unseren Eltern unser ganzes Leben etwas schuldig sein? Hört das denn nie auf? Abgesehen davon sind wir ihnen gegenüber doch schon tolerant genug.«

»Jeder Mensch hat das Recht auf seine Macken, Sandra. Die beiden haben uns großgezogen und ihr Bestes gegeben.« Sandra wusste, dass das nicht stimmte. Ihr Vater hatte seine

Arbeit als Mathematik- und Physiklehrer am hiesigen Gymnasium sehr ernst genommen, aber als Vaterfigur war er nicht einmal präsent gewesen, wenn er zu Hause war.

Ihre Mutter war Deutsch- und Englischlehrerin und stand inzwischen kurz vor der Pensionierung. Ein Lehrerpaar als Eltern zu haben, war manchmal der blanke Horror gewesen. Alles wurde kontrolliert, und sie hatten ihre Eltern nicht mal anschwindeln können, wie andere Kinder es taten, denn die beiden wussten in Sachen Schule einfach über alles Bescheid und kannten ihre Lehrerinnen und Lehrer nicht selten persönlich.

Sandra hatte von beiden einen gewissen Ehrgeiz geerbt, während Nataša rebelliert und stets das Gegenteil von dem getan hatte, was von ihr verlangt wurde – wenn es sein musste mit der Brechstange. Irgendwann hatten die Schwestern die Rollen getauscht. Nataša hatte Mitgefühl und Verständnis für die Eltern entwickelt, während Sandra sich auch heute noch wie das schwarze Schaf fühlte, das permanent mit ihnen in Streit geriet. Aber was erwartete Nataša von ihr? Dass sie ihre Eltern idealisierte? Sandra nippte an ihrem Kaffeebecher. »Im Rahmen ihrer Möglichkeiten haben sie wahrscheinlich ihr Bestes gegeben, okay. Ich habe auch nicht das Gegenteil behauptet.«

»Aber du könntest etwas toleranter sein. Wer weiß, wie es dir geht, wenn du alt bist. Du wirst nicht immer tough, cool und modern bleiben können, Sandra. Spätestens, wenn …«

»Hör zu, auf mich wartet eine Menge Arbeit. Ich rufe dich zurück. Vielleicht erwische ich dich ja in einer meditationsfreien Minute.« Sandra legte auf und fühlte sich schon im nächsten Moment mies. Warum konnte kein Gespräch mit Nataša ohne Seitenhiebe, Vorwürfe oder Kritik verlaufen? Als kleines Kind hatte ihre Schwester sie vergöttert. Aber irgendwann mit sechzehn oder siebzehn hatte sie sich verändert und einen Weg eingeschlagen, der ganz anders als der von Sandra war. Nataša war eine Träumerin, die für einen großen Trip nach Kalifornien sparte. Sie arbeitete als Kosmetikerin und nebenbei im *Vital-Center*, einer Art Wellnessclub. Sie ernährte sich vegetarisch, was ihre Mutter zur Verzweiflung trieb, weil sie nie wusste, was sie für Nataša kochen sollte, wenn diese zu Besuch kam.

Plötzlich stand Ika in der Tür. »Guten Morgen.« Ihrer Stimme nach zu urteilen war sie guter Laune. »Ich glaube, ich habe dich heute vergessen.«

»Ja«, entgegnete Sandra knapp. Sie sah Ika grimmig an. Aber wie sie Ika kannte, würde sie das kaum kränken.

»Na ja, dafür mache ich später dann ganz gründlich sauber. Ich werde sogar das Parkett bohnern.«

»Wirklich?«

»Nein.«

Sandra verkniff sich ein Grinsen. Mit ihrem gewaltigen Körper, eine Hand auf der Hüfte, füllte Ika den Türrahmen komplett aus, während sie mit der anderen den Stiel eines Wischmopps hielt. Sie war Dalmatinerin, aus Zadar, aber sie lebte schon seit Jahrzehnten in Rijeka. Früher hatte sie dalmatinischen Dialekt gesprochen, was Sandra gefiel, aber mittlerweile hatte Ika sich angepasst. Wohl eher unabsichtlich, denn die Putzfrau war eine kapriziöse Rebellin, für die ihr unterprivilegierter Status nur auf dem Papier existierte. Für Ika waren alle gleich, weshalb sie auch jeden duzte. Diesen ganzen »Inspektoren- und Doktoren-Krimskrams« könne sie sich sowieso nicht merken, meinte sie. Einmal, als sie einem Mordverdächtigen im Flur begegnet war, hatte Ika gesagt: »An deiner Stelle hätte ich den Chef auch abgeknallt. Glaub mir, ich war auch schon ein paarmal kurz davor.« Der Mann hatte sie fassungslos angesehen. So war das mit Ika. Sie konnte sogar Mörder verblüffen.

Sandra musterte sie. »Kannst du dich nicht einfach dafür entschuldigen, dass du mich vergessen hast?«

Ika lachte laut auf. »Pah! Was hast du denn davon? Und jetzt reite nicht länger drauf rum. Sogar deine männlichen Kollegen sind nicht so empfindlich wie du.«

Nun musste Sandra doch grinsen. »*Sogar*? Wie meinst du das?«

»Ach, Schätzchen«, winkte Ika ab, »diese Augen ...«, sie deutete mit Mittel- und Zeigefinger auf ihr Gesicht, »... haben schon so viel gesehen, da glaub ich nicht mehr alles, was behauptet wird. Männer sind nichts anderes als Diven mit Eiern.«

Sandra warf den leeren Pappbecher in den Papierkorb und sah Ika amüsiert an. »Ich nehme an, du sprichst aus Erfahrung?«

Ika nickte. »Mein Mann kann keine Spritze sehen, und wehe, wenn er mal die Grippe hat. Aber am weinerlichsten ist er, wenn ich nicht jeden seiner Handgriffe bewundere.« Sie zuckte die Schultern. »Ich meine, erwartet er den Nobelpreis, wenn er den Wasserhahn repariert?«

Zelenika schob sich an Ika vorbei, die ihn zwar sah, aber keinen Zentimeter zur Seite wich. »Na, na, na ... wie wäre es mit einem: ›Tschuldigung, die Dame, darf ich mal vorbei?‹«

»Ika, beweg deine Dinotreter Richtung Flur.«

»Dir werd ich noch den Nacken massieren, du Tölpel.« Mit einem Grummeln schloss Ika die Tür hinter sich – ein Grummeln, aus dem man deutlich einen vulgären, kroatischen Fluch heraushören konnte.

Zelenika drehte den Kopf zu Sandra. »Horvat, der Chef will dich sprechen.«

»Hab ich mir schon gedacht. Wir müssen den neuen Fall besprechen.«

Zelenika schnalzte mit der Zunge. »Ich glaube, es geht noch um was anderes.«

»Um was anderes? Und was?«

»Keine Ahnung. Mir sagt er's natürlich nicht, bevor er es nicht dir sagt, aber ...«

»Aber?«, bohrte Sandra nach.

»Es ist nicht so, dass ich gelauscht hätte. Aber auf dem Weg zum Kopierraum bin ich ganz zufällig an seinem Büro vorbeigekommen.« Er kratzte sich den blonden Kopf. »Ich glaube, uns wird jemand zugeteilt.«

Sandra stöhnte. »Ein Frischling?«

»Ich glaube nicht. Da hat sich offenbar jemand versetzen lassen.«

»Und mit dem soll ich mich jetzt rumschlagen? Na wunderbar.« Sie stand auf, ging an Zelenika vorbei und den Flur entlang bis zum Büro von Vladimir Mandić. Nach einem kurzen Anklopfen trat sie ein. »Guten Morgen, Chef.«

Mandić blickte auf. »Ah, Horvat. Sehr schön. Setzen Sie sich, bitte.« Er lächelte und faltete die Hände über dem Papierstapel vor sich. Er sah immer irgendwie gebeutelt aus, fand Sandra. Wenn er tief in Gedanken versunken war, ließ er die Mundwinkel hängen und senkte den Blick. Er wirkte dann, als würde er jeden Moment anfangen zu weinen. Aber wenn es jemanden gab, der einen täuschen konnte, dann er. Mandić war hart im Nehmen und immer souverän. Seine traurige Miene stand in krassem Gegensatz zu seinem robusten Wesen. »Ich will nicht lange um den heißen Brei herumreden.« Er schloss für eine Sekunde die Augen. »Sie sollen sich um einen Neuzugang kümmern und ihn bei sich über die Schulter schauen lassen. Er ist neu bei der Mordkommission, aber nicht bei der Polizei. Er ist früher

Streife gefahren und hat sich dann langsam hochgearbeitet und weitergebildet. Er soll ein helles Köpfchen sein, hab ich mir sagen lassen. Sein Name ist Danijel Sedlar.«

»Wie alt ist er?«, wollte Sandra wissen.

»Einunddreißig. Er kommt aus Pula.«

»Pula?« Sandra dachte kurz nach. »Da hat Zelenika doch früher gearbeitet.«

Mandić nickte. »Richtig. Ich hoffe, die beiden können sich riechen. Ich habe nämlich keine Lust auf irgendwelche offenen Rechnungen, verstehen Sie?«

»Absolut.« Sandra nickte und meinte: »Na gut, ich werde mein Bestes tun. Werden wir mit der ganzen Truppe zusammenarbeiten?«

Mandić stand auf und ging zu der Kommode, wo seine Thermoskanne stand. Er schenkte sich eine Flüssigkeit von undefinierbarer Farbe in eine Glastasse. »Ich würde Ihnen ja auch eine Tasse anbieten, aber ich denke, Sie wollen keinen Blasen- und Nierentee?«

Sie verzog den Mund. »Sehr verlockend, aber nein, vielen Dank.«

Er kam wieder zurück an seinen Schreibtisch und setzte sich. »Ich möchte, dass Sie sich gemeinsam mit Sedlar um den Fall Anton Paulić kümmern. Zelenika und Milić werden Sie zwar weiterhin unterstützen, aber ich habe den beiden noch einen anderen Mordfall zugeteilt.« Er nahm einen kräftigen Schluck von seinem Tee und verzog das Gesicht, das jetzt noch trauriger wirkte als vorher. »Pfui Teufel! Was tun die denn da rein? Kuhscheiße?«

Sandra kniff den Mund zusammen, dann meinte sie: »Na ja, die bringt ja auch Salat und Tulpen zum Erblühen.«

Er sah sie missmutig an. »Seit zwei Jahren geht's bergab, seit meinem fünfzigsten Geburtstag. Dabei sagt man doch, das sei das beste Alter.« Er sah sie erwartungsvoll an und hoffte wohl, sie würde ein paar tröstende Worte finden. Aber das konnte Sandra jetzt nicht. Die Sache mit dem neuen Kollegen machte ihr zu schaffen, weil sie solche Situationen verabscheute, obwohl sie wusste, dass jeder da mal durchmusste.

»Tja«, stieß Mandić schließlich aus, »jeder wird mal fünfzig, oder? Sagen wir, fast jeder. Die Leute, deren Morde wir bearbeiten, vielleicht nicht, aber im Normalfall, meine ich.«

Sandra nickte. »Wie geht es denn mit Ihrer Diät voran, Chef?«

Er blickte sie über den Rand seiner Tasse hinweg zerknirscht an. »Der Diät geht's gut, aber mir geht es dreckig dabei. Meine Frau schwört auf diesen idiotischen Veganismus, aber sie kapiert nicht, dass ich mein Fleisch mit Kartoffeln haben will. Wissen Sie, was wir essen, wenn wir bei Freunden zum Grillen eingeladen sind? Tofuwürstchen und gegrilltes Gemüse. Zucchini, wenn ich das schon höre, das hat mein Großvater früher an seine Schweine verfüttert! Ich schwöre Ihnen, der nächste Mordfall, den wir hier bearbeiten, wird der an meiner Frau sein. Dann wird die auch keine fünfzig mehr.«

Sandra lachte auf. Ihr Chef schien sich von seiner Frau einiges vorschreiben zu lassen, aber sie war zu klug, um das zu kommentieren.

»Jedenfalls werden Sie mit Sedlar an dem Fall arbeiten, mit Unterstützung von Zelenika und Milić. Wie genau Sie die beiden einsetzen, überlasse ich Ihnen. Und ich möchte, dass Sedlar die erste Zeit mit Ihnen das Büro teilt. Ich veranlasse, dass noch ein Schreibtisch dazugestellt wird.«

Sandra hoffte, dass der Fall schnell zu Ende gebracht würde, damit sie ihr Büro nicht allzu lange teilen musste. Außerdem war sie so an Zelenika und Milić gewöhnt, dass sie sich mit dem Gedanken an einen anderen Kollegen nicht so recht anfreunden konnte. »Wann kommt denn dieser Sedlar?«

Mandić warf einen Blick auf seine Armbanduhr. »In etwa einer Stunde.«

»Was?«, rief Sandra eine Spur zu laut. »So schnell schon?«

»Ja«, meinte ihr Chef unbeeindruckt und nahm wieder einen Schluck von seinem Tee. Diesmal fiel seine Grimasse weniger angeekelt aus. »Noch Fragen?«

»Nein, nein. Keine Fragen«, meinte sie nachdenklich.

»Ich nehme an, zu dem neuen Fall haben Sie noch nichts Interessantes zu berichten?«

»Nicht wirklich.« Sie stand auf.

»Dann sprechen wir ein anderes Mal darüber. Ich muss mich jetzt nämlich um so wichtige Dinge wie Personalfirlefanz kümmern.« Er rollte mit den Augen.

»Keine Sorge, Chef. Die Informationen zu dem neuen Fall können noch ein Weilchen warten.«

»Sehr gut. Viel Glück.« Er wandte sich ab und fing an, Papiere zu sortieren.

Sandra war schon beinahe aus der Tür, als Mandić rief: »Ach, hätte ich beinahe vergessen, Horvat.«

Etwa noch eine erquickende Nachricht? Sie versuchte, freundlich zu klingen. »Ja, Chef?«

»Ihre Schwester arbeitet doch im *Vital-Center*. Meine Frau hält es für eine gute Idee, wenn ich es mal mit Yoga probiere. Wann laufen da abends diese Yogastunden?«

Konnte sie Nataša das antun? Ihr den jammernden Chef schicken? Aber sie konnte es ihm ja auch schlecht verbieten. »Um achtzehn Uhr, jeden Tag außer Sonntag.«

»Na prima, dann gehe ich da heute mal hin.« Er wirkte regelrecht begeistert. »Meine Frau sagt, das wäre gut für die Entspannung. Ich werde mich auf Sie berufen, wenn's recht ist.«

»Natürlich, Chef.« Bei dem Gedanken versagte ihr die Stimme und sie räusperte sich. Ihm schien ihr Unwohlsein nicht aufgefallen zu sein, denn ihr Chef lächelte ihr noch mal freundlich zu, als sie aus seinem Büro ging.

Sandra trat in den Flur und erblickte Tamara, die Schreibkraft, die ihr einen mitleidigen Blick zuwarf. Tamara war wohl das, was man eine Kindfrau nannte. Klein, dünn, ein hübsches Puppengesicht mit einem Kurzhaarschnitt. Manchmal nannte Mandić sie Ibra-Baby, weil sie mit Nachnamen Ibrahimović hieß.

»Es gibt Schlimmeres als einen neuen Kollegen«, rief sie Sandra zu. Tamara bekam durch die geschlossene Tür so einiges mit. Entweder hatte sie in Mandićs Büro eine Wanze installiert, oder die Tür konnte eine bessere Abdichtung gebrauchen.

»Na ja, es gibt immer Steigerungen.«

Tamara lachte kurz auf.

Sandra ging in Zelenikas Büro, der mit Milić gerade eine Akte durchsah. Es ging wohl um den anderen Fall, den Mandić ihnen zugeteilt hatte. Als sie Sandra hereinkommen hörten, drehten sie die Köpfe.

»Arbeitet ihr euch in den anderen Fall ein?«

»Ja«, meinte Zelenika, »weil die Kollegen nicht weitergekommen sind, sollen wir uns jetzt darum kümmern. Wenn wir ebenfalls nicht weiterkommen, wird der Fall zu den Akten gelegt.«

Sandra trat näher zu ihnen heran. »Worum geht es denn dabei?«

»Vor drei Wochen wurde eine Fünfundsiebzigjährige in ihrer Wohnung erschlagen, mit dem Schnellkochtopf.«

Sandra starrte ihn an. »Mit dem Schnellkochtopf?«

Zelenika nickte. »Deshalb nenne ich ihn ab jetzt den Schnellkochtopf-Fall. Muss eine ziemliche Sauerei in der

Küche gewesen sein. Die Karottenstückchen hingen ihr in den Haaren und so. Man hat ihr mit dem Ding eins übergebraten. Schädelbruch.«

»Die arme Frau«, meinte Sandra. »So brutal, einer alten Frau gegenüber.«

Zelenika machte eine relativierende Handbewegung. »Morde sind immer brutal. Genau genommen.«

Sandra sah ihn leicht genervt an. »Ich weiß es zu schätzen, wenn du mir die Welt erklärst, mein Freund.«

Milić lachte kurz auf, wurde aber sofort still, als er Sandras Gesichtsausdruck sah.

»Wurde denn etwas gestohlen?«, wollte Sandra wissen.

»Das ist ja das Verrückte.« Zelenikas Gesicht nahm einen ungläubigen Ausdruck an. »Auch hier kein Diebstahl. Was ist nur mit den Mördern los? Die haben's wohl nicht mehr nötig, was?«

Sandra lächelte. »Also kein drogenabhängiger Enkel, der Geld brauchte.«

»Sie hatte keine Kinder, also auch keine Enkel.«

»Der Fall ist so gut wie aussichtslos«, meldete Milić sich zu Wort, »niemand hat irgendwas gesehen oder gehört, und es gibt keine Fingerabdrücke. Die Frau hat anscheinend nie Besuch bekommen.«

»Ist das nicht merkwürdig?«, meinte Sandra nachdenklich und ging auf und ab. »In beiden Fällen wurde nichts gestohlen, sondern nur kaltblütig gemordet.«

Zelenika und Milić sahen sie an.

»Nur so ein Gedanke«, murmelte Sandra vor sich hin.

Milić schloss die Akte, als sei sein Kommentar dazu symbolisch. »Zwischen den beiden Fällen kann es kaum einen Zusammenhang geben, Inspektor. Das ist ziemlich unwahrscheinlich.«

»Warum?« Sandra sah ihn an.

»Nun ja ... Völlig verschiedene Welten, in denen die Opfer lebten. Paulić, ein Kleinkrimineller und Schmarotzer, und dann Elvira Veluka, ein biederes und spießiges altes Frauchen.« Er überlegte eine Weile, dann fuhr er fort: »Natürlich, unmöglich ist es nicht, falls es sich um einen geisteskranken Serientäter handeln sollte, aber unwahrscheinlich, wenn ein handfestes Motiv dahintersteckt.«

»Die Frau lebte allein, war Rentnerin ...« Sandra dachte laut nach.

»Ja«, antwortete Milić.

»Aber jemand muss was gegen sie gehabt haben, und zwar richtig. Wer bringt denn eine einsame alte Frau um, ohne etwas zu stehlen?«

»Wenn ich das wüsste, hätte ich den Fall bereits abgeschlossen«, warf Zelenika ein, woraufhin ihm Sandra einen strengen Blick zuwarf. »Sieh mich doch nicht so an«, fügte er schnell hinzu. »Kleiner Scherz am Rande.«

Sandra setzte sich auf Zelenikas Schreibtisch. »Was hat sie früher gemacht?«

»Die Nachbarn sagen, sie war Floristin.« Zelenika verschränkte die Arme vor der Brust. »Aber seit sie vor zehn Jahren in Rente ist, hat sie hin und wieder bei Leuten geputzt, schwarz natürlich.«

»Weiß man, bei wem?«

Er schüttelte den Kopf. »Sie hatte zu niemandem wirklich Kontakt.« Plötzlich klatschte Zelenika in die Hände.

Sandra erschrak ein wenig.

»Horvat, ich habe Neuigkeiten«, verkündete er.

»Ach, du auch? Ich hoffe, es sind angenehmere als die, die ich eben vom Chef verkündet bekommen habe. Ich soll mit dem Neuen an dem Fall arbeiten, gemeinsam mit euch, aber hauptsächlich mit ihm zusammen. Ich soll sogar mein Büro mit ihm teilen.«

Zelenika verzog den Mund. »Na, das geht auch vorbei. Die anderen konnten uns damals auch nicht ausstehen, als wir angefangen haben.«

Milić steckte die Hände in die Hosentaschen. »Die konnten dich nicht ausstehen? Verstehe ich gut.« Er grinste zufrieden. »Also, mich mochten sie.«

Zelenika lachte ironisch. »Du kannst dich ja auch hervorragend einschleimen, wenn du es gerade brauchst. Ich habe gehört, die haben eine Woche vor Freude auf den Tischen getanzt, als du aus Zagreb weg warst.« Er ging zu einer Kommode, auf der ein Mixer und mehrere Packungen aus der Drogerie standen.

»Der war gestern aber noch nicht da«, stellte Sandra fest und zeigte auf den Mixer.

Zelenika schüttete Milch hinein und murmelte: »Meine Frau sagt, ich soll Eiweißshakes trinken.« Er gab zwei Esslöffel Eiweißpulver dazu, eine Banane, Haferflocken und Kakaopulver. Sandra und Milić sahen staunend zu.

»Schmeiß doch gleich noch ein Pfund Hackfleisch dazu, dann sparst du dir das Mittagessen«, sagte Milić.

»Sehr witzig.«

Milić grinste. »Ich finde, deine Frau und die von Mandić sollten sich mal kennenlernen. Die hätten sich bestimmt viel zu erzählen über die Gesundheit ihrer Ehemänner.«

»Du wirst lachen, sie haben schon miteinander telefoniert. Ika hat alle hier mit ihrem Gesundheitsdreck infiziert.«

»Vielleicht …« Weiter kam Milić nicht. Zelenika schloss die Augen und meinte: »Ich möchte nicht darüber reden.«

An Sandra gewandt, fuhr er fort: »Und? Wer ist unser Neuling?« Er schaltete den Mixer an.

Sie schüttelte den Kopf. »Du kennst ihn.«

Er riss verwundert die Augen auf. »So?«

»Sein Name ist Danijel Sedlar.«

Er sah überrascht und fast freudig aus. »Sedlar? Na so was. Ich dachte, er wäre bis ans Ende seiner Tage in Pula verwurzelt. Warum kommt er nach Rijeka?«

»Habe ich nicht gefragt. Hattest du mit ihm zu tun?«

»Nicht direkt. Er fuhr ja Streife, aber wir kannten uns ein bisschen.« Zelenika schüttete seinen Proteindrink in ein großes Glas und nahm einen Schluck.

»Na, wie ist es?«, wollte Milić wissen.

Zelenika wischte sich mit dem Handrücken den Mund ab und tat begeistert. »Verdammt gut. Ein Wundermittel. Ich wünschte, ich hätte es früher entdeckt.«

»Aber sicher doch«, murmelte Milić ironisch.

»Und ist er in Ordnung, dieser Danijel Sedlar?«, hakte Sandra nach.

Warum zögerte Zelenika? Würde Sedlar sich als anstrengender Kollege entpuppen? Wenn man Tag für Tag mit jemandem zusammenarbeiten musste und die Chemie nicht stimmte, konnte das zum ernsten Problem werden.

»Ja«, sagte Zelenika endlich, »Sedlar ist in Ordnung. Manchmal vielleicht ein bisschen eigenwillig und stur, aber in Ordnung.«

»Na gut. Ich darf gespannt sein«, meinte Sandra.

Zelenika nahm noch einen Zug seines Getränks.

»Übrigens, du sagtest eben, du hättest Neuigkeiten für mich?« Sandra sah Zelenika an. »Tut mir leid, dass wir dich unterbrochen haben.«

»Macht nichts.« Er stellte sein Glas ab, nahm ein paar Papiere von seinem Schreibtisch und reichte sie ihr. »Unser Opfer, Anton Paulić, ist vorbestraft. Er war zweimal im Knast. Das erste Mal wegen Körperverletzung, weil er einen Kneipenwirt verprügelt hat, als der ihm nicht mehr nachschenken wollte. Das zweite Mal wegen Einbruchs.«

»Drogen?«, fragte Sandra.

»Nein danke, Sandra. Ich hab doch schon ein Alkoholproblem«, witzelte er, dann fuhr er ernster fort: »Paulić wurde mal mit Marihuana aufgegriffen, war aber nicht viel, also wahrscheinlich Eigenbedarf.«

»Hat er Angehörige?«

»Mutter und drei Geschwister.«

»Weiß sie es schon?« Eines der schlimmsten Dinge für einen Polizeibeamten war, die Angehörigen eines Mordopfers zu informieren. Es nahm Sandra immer sehr mit und hing ihr tagelang nach. Sie wusste, dass ihre eigene Mutter nie über den Tod eines ihrer Kinder hinwegkommen würde.

»Ja«, antwortete Zelenika, »die Nachricht wurde ihr vor zwei Stunden überbracht. Sie hat die Leiche identifiziert.« Er tippte auf eine Stelle des Blattes, das sie in der Hand hielt. »Das ist seine zuletzt registrierte Adresse.«

»Gut. Ich und der Neue werden der Mutter einen Besuch abstatten, und ihr beide fahrt zu dieser letzten Adresse und stellt alles auf den Kopf. Ich komme dann mit Sedlar nach.« Sie sprang vom Schreibtisch. »Ach ja, und noch was: Ich will eine Aufstellung der Nummern, die Paulić über sein Handy angewählt hat. Außerdem müssen wir uns die Mieter des Tatorts vorknöpfen.«

Zelenika seufzte. »Das kann lustig werden. Taub, blind und tuntig.«

Sandra grinste. »Aber vielleicht ist das Ehepaar aus Opatija normal.«

»Juhuuu«, jauchzte Zelenika gespielt begeistert und streckte die Arme in die Luft. »Das hab ich ja noch gar nicht bedacht! Nach Opatija dürfen wir heute also auch noch rausfahren? Super!«

5

Kurz darauf betrat Sandra ihr Büro und stellte fest, dass Ika in der Zwischenzeit ganze Arbeit geleistet hatte. Auf ihrem Schreibtisch lag eine Dinkel-Praline. Sandra lächelte vor sich hin. Genau deshalb konnte man ihr nie wirklich böse sein. Sandras Freude wurde etwas getrübt, als ihr Blick auf den zweiten Schreibtisch fiel, der nun dort stand, doch sie versuchte, sich ihre Laune nicht verderben zu lassen.

Was Zelenika über den Neuen gesagt hatte, gefiel ihr allerdings weniger. Eigenwillig und stur. Andererseits hatte sie die Erfahrung gemacht, dass jeder auf seine Weise sein Bestes versuchte und man es eben manchmal nicht merkte, wenn man sich falsch verhielt. Als sie hier angefangen hatte, hatte sie einige Sticheleien zu hören bekommen, meistens deshalb, weil sie eine Frau war. Das ging so lange, bis sie begonnen hatte, zurückzuschlagen, statt lächelnd darauf zu hoffen, dass es sich irgendwann legen würde. Als sie mit den Kollegen immer besser zurechtgekommen war, hatte sie allmählich begriffen, dass die Bemerkungen nie verletzend oder degradierend gemeint gewesen waren. Hier herrschte einfach ein rauerer Umgangston als da draußen, und es war für alle eine ungewohnte Situation gewesen. Jetzt würde sie ihre Arbeit und ihre Leute um nichts auf der Welt tauschen wollen. Sie wurde respektiert und respektierte die anderen.

Allerdings war es manchmal anstrengend, die starke

Inspektorin zu spielen und ihre Autorität aufrechtzuerhalten. Hin und wieder fragte sie sich, wie es wäre, in der Arbeit ganz und gar sie selbst zu sein. Wie oft hatte sie Lust, ihre weibliche Seite nach außen zu kehren, aber das war riskant. Mit hohen Schuhen, einem knappen Rock und mehr Make-up zur Arbeit zu kommen, hätte ihre Glaubwürdigkeit bei den Kollegen nicht gerade untermauert. Trotzdem hätte sie sich ab und an gerne ein bisschen aufgehübscht. Sie liebte Schmuck und Röcke und sie war einfach gerne eine Frau. Wenn sie Mitleid mit den Tätern empfand oder von irgendetwas berührt war, behielt sie es für sich und verschob das Grübeln auf den Abend. Nur keine Schwäche zeigen, das Mitgefühl unterdrücken und den Fall nüchtern zu Ende bringen. Manchmal sprach sie mit Jelena darüber, und die meinte, sie hätte vielleicht den falschen Beruf gewählt. Hatte sie nicht, aber die unangenehmen Nebenerscheinungen störten sie.

Sie sah auf die Uhr. Wenn sie Perica jetzt schon in der Gerichtsmedizin anrief, riskierte sie bissige Kommentare. Abgesehen davon musste sie sowieso erst mal auf diesen Danijel Sedlar warten, bevor sie irgendetwas in Angriff nehmen konnte.

Sandra sah die Papiere durch, die Zelenika ihr überreicht hatte. Anton Paulić war in Hamburg geboren. Das war nichts Ungewöhnliches. Wahrscheinlich hatten seine Eltern dort gearbeitet. Es gab etwa viereinhalb Millionen Kroaten außerhalb Kroatiens, genauso viele wie in Kroatien selbst. Sie waren in alle Richtungen verstreut: USA, Kanada, Australien, Neuseeland, Chile, Argentinien, Deutschland, Österreich, Schweden …

Seine Adressen hatte Paulić beinahe so häufig gewechselt wie seine Socken. Er war alle paar Monate umgezogen. Sehr ungewöhnlich, besonders wenn man bedachte, dass in

Rijeka Wohnungsmangel herrschte. Aber wahrscheinlich hatte er meistens zur Untermiete gewohnt.

Jemand klopfte zaghaft an ihre Tür. Das konnte nur der Neue sein, die anderen pflegten einfach so einzutreten. »Kommen Sie rein, bitte!«, rief Sandra.

Die Tür ging auf. »Guten Tag. Ich bin Danijel Sedlar.« Er schloss die Tür hinter sich und trat an ihren Schreibtisch. Sandra brauchte eine Weile, um sich zu sammeln. Sie versuchte, sich nicht anmerken zu lassen, wie sehr sein Anblick sie aus der Fassung brachte. Vielleicht lag es daran, dass sie schon lange keinen Freund mehr gehabt hatte. Die Sache mit Marin war siebzehn Monate her. Aber warum musste ihr das Schicksal einen Kollegen schicken, der sie schon auf den ersten Blick umhaute? So ein verfluchter Mist. Sedlar war schlank, aber nicht zu dünn, groß, und sein Gesicht hatte diese gewisse Härte, die sie sexy fand. Sandra schob den Gedanken beiseite und bemühte sich um ein sachliches Auftreten. Sie ging um ihren Schreibtisch herum. »Sandra Horvat. Willkommen.«

Er schüttelte ihre Hand mit kräftigem Druck und bedankte sich.

Sie zeigte auf den zweiten Schreibtisch. »Sie sollen mit mir zusammenarbeiten, aber das wissen Sie bestimmt schon.«

»Ja.« Er sah sie an. Du lieber Himmel. Nicht gerade die hässlichsten Augen, nein.

»Leider haben Sie keinen separaten Telefonanschluss.«

»Kein Problem«, erwiderte er. »Ein Apparat wird reichen.«

»Ja, das denke ich auch.«

Sie schwieg verlegen. Verdammt, irgendetwas musste ihr einfallen, sonst würde sie weiterhin wie eine Idiotin hier rumstehen. Wie gerne hätte sie jetzt einen Kaffee! Im Gegensatz zum Rest der Menschheit wurde sie ruhiger, wenn

Koffein durch ihre Adern strömte. »Sind Sie über unseren Fall informiert worden?« Sie ging wieder zu ihrem Schreibtisch und setzte sich.

Er blieb, wo er war. »Im Groben. Aber viel weiß man ja ohnehin noch nicht.«

»Der Mord ist heute passiert, in den frühen Morgenstunden. Wir fahren jetzt erst mal zu der Mutter des Opfers. Danach treffen wir uns mit den Kollegen in der Wohnung des Toten. Ich wollte nur noch auf Sie warten.«

»Alles klar.«

Fünf Minuten später stiegen sie in den Dienstwagen. »Vielleicht möchten lieber Sie fahren?«, fragte Sandra.

»Also, mir ist das ziemlich egal. Fahren Sie nicht gerne?«

»Doch, ich meine, mir ist es auch egal, wissen Sie.«

»Na, dann brausen Sie mal los.« Er grinste.

Gut, Ehrfurcht hatte er nicht gerade vor ihr. Er schien locker und selbstbewusst. Keine Spur von Unsicherheit, wie sie Neulinge manchmal an sich hatten.

Sie mussten rauf nach Turnić und durch den Vormittagsverkehr. Sedlar besah sich die CDs auf der Ablage hinter dem Ganghebel. »Sie mögen Van Morrison und Jethro Tull?«

»Ja, unter anderem. Mein Musikgeschmack ist sehr gemischt.« Sie warf ihm ein kurzes Lächeln zu. Durch die Small-Talk-Phase, wie Milić das gerne nannte, mussten sie durch, da gab es kein Dranrütteln.

»Das heißt?«

Sandra war für einen Moment überrascht. Interessierte ihn das wirklich? »Ach, ich mag vieles, von Pop bis Hardrock. Dire Straits, Deep Purple, Bob Dylan, Cat Stevens ... Aber auch R.E.M. und The Clash.«

»Musikalisch gesehen sind Sie in den Siebzigerjahren stehen geblieben, was?«

Sie zuckte zusammen. »Bitte? Nein, ich bin voll auf dem Laufenden, aber ich finde, Musik aus dieser Zeit war irgendwie die beste. Die Achtzigerjahre waren auch noch ganz gut, aber spätestens in den Neunzigern ging's bergab.«

»Und was hören Sie nach einem anstrengenden Tag?«

Sandra überlegte, während sie den Wagen über die kurvenreiche Strecke lenkte. »Na ja, da brauchen die meisten Leute etwas Entspannendes, aber bei mir ist es genau umgekehrt. Wenn ich ordentlich gestresst bin, höre ich New Order oder Whitesnake.«

»Wow, Whitesnake. Da fahren Sie ja die ganz harte Schiene.«

Sie warf ihm einen kurzen Seitenblick zu. »Na ja. Da gibt's schon noch härteren Rock'n Roll, oder? Was für Musik hören Sie denn?«

»Wenn ich positiv gestresst bin, Tina Turner. Wenn ich negativ gestresst bin, Abba.«

»Ah ja.« Sie nickte, obwohl sie den Zusammenhang überhaupt nicht kapierte. »Wie es aussieht, bin nicht nur ich in den Siebzigern stecken geblieben. Ich meine … Echt? Abba?«

»Ich hab Sie mir ganz anders vorgestellt«, sagte er unvermittelt. Sie spürte, wie sein Blick über sie glitt. Leider war es ihr ganz und gar nicht egal, welchen Eindruck sie auf ihn machte. Vielleicht lag es daran, dass sie in Zukunft viel Zeit miteinander verbringen würden, überlegte sie.

»Wie denn? Spießig und bieder? Verbittert und betagt? Eine Art Miss Marple?«

Er lachte. Sie versuchte, die Tatsache zu ignorieren, dass er nicht gerade das hässlichste Lachen hatte, das sie je gehört hatte. »Nicht ganz, aber …«

»Okay, verstehe.«

»Darf ich fragen, wie alt Sie sind, Inspektor? Ich bin ein neugieriger Mensch, wissen Sie.« In seiner Stimme lag ein sarkastischer Unterton.

Sie blinzelte, um ihre Irritation zu demonstrieren. »Ein bisschen indiskret, oder?«

Sedlar tat verständnisvoll. »Ja, ich weiß.«

Pause.

»Verraten Sie es mir trotzdem?«

Sie atmete hörbar aus, dann antwortete sie: »Siebenunddreißig.«

»Nicht möglich«, rief er gespielt entsetzt, »Sie sehen keinen Tag älter aus als achtundzwanzig. Wirklich. Höchstens. Allerhöchstens.«

»Auch wenn es nicht ernst gemeint ist, danke.«

»Es ist ernst gemeint.«

Sandra wandte sich ihm zu. »Wissen Sie was? Mein Alter ist mir ziemlich egal.«

»Ist es nicht.«

»Wie bitte?«

»Das kann Ihnen unmöglich egal sein. Sie sind eine Frau.«

»Äh … Doch, ist es.«

»Schade.«

»Außerdem sollten Sie mich weniger als Frau und mehr als Inspektorin sehen. Und wissen Sie was? Eigentlich finde ich es nicht besonders toll, dass ich das extra erwähnen muss.«

»Sie haben recht. Tut mir leid.«

Sandra brachte den Wagen vor einer Ampel zum Stehen. »Darf ich Ihnen etwas sagen?«

Er zuckte mit den Schultern. »Nicht, dass Sie es nicht sowieso tun würden, aber bitte sehr. Sie dürfen.«

»Sie haben eine merkwürdige Art, Ihren ersten Arbeitstag zu beginnen.«

»Ich unterhalte mich halt gerne.«

Ihr Blick ruhte auf seinem Gesicht, bis er sagte: »Ich verstehe ja, dass Sie nicht anders können, als mich anzusehen, aber wir haben schon ziemlich lange grün. Der Fahrer hinter uns hat Ihnen gerade den Mittelfinger gezeigt.«

Sie trat verärgert aufs Gaspedal, versuchte, cool zu bleiben und Überlegenheit zu vermitteln.

»Ich wollte die Situation nur etwas auflockern«, lenkte er ein. »Sie müssen keine Angst haben, dass Sie jetzt monatelang einen Unsinn quatschenden Idioten an Ihrer Seite haben.«

Sie hatte den Blick abgewandt, aber sie wusste, dass er lächelte. Der Kerl hatte einen Knall, ganz klar. »Wenn Sie das sagen ...«

Sedlar ließ das Fenster zur Hälfte herunterfahren. »Ist die Klimaanlage kaputt?«

»Nein, sie funktioniert einwandfrei.«

»Ach echt?«

»Ich hab sie nicht voll aufgedreht, weil ich mich dann immer erkälte. Machen Sie das Fenster zu, ich stelle sie höher, aber nicht aufs Maximum.«

»Immerhin.« Er ließ das Fenster wieder hochfahren.

»Ich weiß, es ist ein extrem heißer Monat.«

»Wissen Sie, an wen mich das Opfer erinnert?«, meinte Sedlar übergangslos. »Robert de Niro in *Kap der Angst*.«

Sandra dachte eine Weile nach. »Das könnte in etwa hinkommen. Wie kommen Sie darauf? Das würde mir im Leben nicht einfallen.«

»Keine Ahnung, das war schon immer so bei mir.« Er klang jetzt ernsthafter als vorher. »Ich bin ein totaler Kinofan, und solche Vergleiche kommen mir wie von selbst.«

Sandra konnte nicht umhin, ihn zu fragen: »Und an wen

erinnere ich Sie?« Sie versuchte, ihr Interesse nicht allzu deutlich zu zeigen.

»Ganz klar, Jamie Lee Curtis in ihrer besten Zeit, auch wegen der schulterlangen Haare. Mit einem Hauch Debra Winger. Das war eine der besten und hübschesten Schauspielerinnen der Achtziger.«

Ihr Herz klopfte etwas schneller. »Nie von der gehört«, meinte sie betont lässig.

»*Zeit der Zärtlichkeit* sagt Ihnen nichts?«

Sandra klopfte mit den Fingern aufs Lenkrad. »Doch, aber den habe ich nie gesehen.«

»Aber *Ein Offizier und Gentleman* kennen Sie doch bestimmt?«

»War das die Blonde, wegen der sich der eine Kerl erhängt hat?«

»Nein, das war die Brünette, die am Ende von Richard Gere aus der Fabrik getragen wird.«

»Aha.« So eine seltsame Unterhaltung hatte sie schon lange nicht geführt. Eigentlich noch nie.

Er stellte keine Gegenfrage, und das war ihr sehr recht. Nur ungern hätte sie zugegeben, dass er irgendwie wie Kevin Bacon aussah, denn Kevin Bacon fand sie ziemlich gut.

Sandra fuhr langsamer und hielt nach Hausnummer dreißig Ausschau. Sie befanden sich in Turnić, wo es keine Touristen gab, nur Mietshaus nach Mietshaus und zwischendurch ein paar Geschäfte, Cafés und Tankstellen. Auch wenn Turnić nicht zu den attraktivsten Vierteln zählte, so war es doch immerhin auf einer Anhöhe gelegen, und wenn man hier wohnte, hatte man einen wunderbaren Meerblick. Je näher man dem Zentrum kam, desto mehr Palmen tauchten auf, und auch die Häuser wurden schöner, weil eben auch älter. Außerdem wurde im Zentrum mehr in die Architektur investiert. Bei Dunkelheit fuhr sie gerne hoch über Rijeka oder auf der Küstenstraße. Der Blick auf Opatija war einfach bezaubernd. Sandra hatte Rijeka nur für wenige Jahre den Rücken gekehrt, als sie ihre Ausbildung in Zagreb absolviert hatte. Dort hatte sie sich zwar wohlgefühlt und eine aufregende Zeit verbracht, aber sie hatte auch immer ein wenig Heimweh verspürt.

»Wissen Sie, ich fahre gerne Rad …«, fing Sedlar an. Hatte sie nicht gerade gedacht, dass der Kerl einen Knall hatte? Hier hatte sie die Bestätigung, dachte Sandra. »Aber diese Stadt ist so hügelig. Ich glaube, ich muss das Radfahren aufgeben.«

Sie kniff die Lippen in gespielter Anteilnahme zusammen und meinte: »Wenn Sie darüber reden wollen, wir haben einen ausgezeichneten Psychologen auf dem Präsidium.«

In gespielter Dankbarkeit nickte er heftig. »Danke. Das bedeutet mir viel.«

Herrje. Was würde ihr mit diesem Verrückten noch bevorstehen?

»Hier ist es«, rief Sedlar plötzlich, »Nummer dreißig.« Er hörte sich wieder normal an.

6

Das Mietshaus, in dem die Mutter von Anton Paulić wohnte, gehörte zu den viereckigen Betonbauten, die in den Sechzigerjahren massenweise hochgezogen worden waren. Damals waren Arbeiter von überall her in die Stadt geströmt, um in den Fabriken Arbeit zu finden. Da sich die Fabriken damals in kommunistischer Staatshand befunden hatten, hatten sie den Arbeitern für wenig Miete ein Dach über dem Kopf gegeben. Als Jugoslawien zusammenbrach, hatten die Mieter die Möglichkeit bekommen, die Wohnungen zu kaufen, für lächerliche mehrere Tausend Deutsche Mark. Das war ohnehin die eigentliche damalige Währung gewesen, nur in den Geschäften war in Dinar bezahlt worden, alles andere wurde in Mark umgerechnet und unter der Hand geregelt.

Die Wohnung, die sie suchten, war im ersten Stock. Sandra musste dreimal klingeln, bevor geöffnet wurde. Die kleine Frau, die ihnen gegenüberstand, sah aus wie eine Greisin. Doch aller Wahrscheinlichkeit nach war sie nicht weit über sechzig, wenn man das Alter ihres Sohnes in Betracht zog. »Frau Paulić?«

»Ja.«

»Inspektor Sandra Horvat. Das ist Danijel Sedlar, Polizei Rijeka.« Sie machte eine Handbewegung in seine Richtung. Er lehnte lässig an der Wand. »Wir sind von der Mordkommission.«

Frau Paulić trat zur Seite und gewährte ihnen wortlos Eintritt.

»Danke.« Sandra sah sich um. Hier konnte man vom Boden essen. Alles war auf seinem Platz, überall lagen gehäkelte Spitzendeckchen herum, und es roch nach Zitronenreiniger. Sandra beschlich der Verdacht, dass die Frau erst kürzlich geputzt hatte. Selbst das beste Putzmittel konnte nicht tagelang seinen Duft verströmen. Hatte die Mutter wirklich den Nerv gehabt, erst mal in aller Ruhe die Wohnung zu putzen, nachdem ihr Sohn ermordet worden war? Andererseits: Sandra konnte nichts mehr überraschen. Sie hatte in ihrem Beruf schon die verrücktesten und unerklärlichsten Dinge erlebt.

Frau Paulić bot ihnen mit einer Handbewegung einen Platz auf der Couch in dem kleinen Wohnzimmer an. Kurz hoffte Sandra, die Dame des Hauses würde ihr einen Kaffee anbieten.

»Es tut mir leid, dass wir Sie jetzt schon belästigen müssen. Sie haben die Nachricht ja erst vor ein paar Stunden erhalten. Aber damit wir den Täter kriegen, müssen wir …«

»Sie brauchen mir nichts zu erklären.« Frau Paulić hob die Hand, um Sandra am Weitersprechen zu hindern. Ihre Stimme wirkte zerbrechlich, genau wie ihre Statur. »Ich verstehe das.« Als sie nickte, wippten ihre weißen Locken auf und ab. In ihrem Gesicht sah Sandra, dass diese Frau schon viel durchgemacht hatte. Ihre Hände waren harte Arbeit gewöhnt und konnten zupacken.

»Sie haben noch weitere Kinder?«, fragte Sandra.

»Ja, noch drei. Anton war der Älteste. Meine beiden anderen Söhne leben in Deutschland, und meine Tochter lebt mit ihrer Familie in Zagreb.«

Sandra schlug einen sanften Tonfall an. »Anton wurde in Hamburg geboren, nicht wahr?«

»Das ist richtig«, antwortete Frau Paulić sachlich. »Als mein Mann und ich jung waren, sind wir nach Hamburg gegangen. Mein Mann hat in einem großen Hotel in der Küche gearbeitet, aber er war ein Nichtsnutz, ging manchmal einfach nicht hin, sondern trieb sich herum. Irgendwann konnte ich die Kinder nicht mehr durchbringen, weil er das Geld immer versoffen hat.« Frau Paulić starrte auf den Boden, während sie sprach. Ihr Gesicht hatte dabei eine Härte angenommen, die Sandra nicht verborgen blieb. »Also bin ich zurück nach Rijeka, weil ich hier zumindest meine Eltern und Geschwister hatte, die sich um uns kümmern konnten.«

»Wo ist Ihr Mann denn jetzt?«, fragte Sedlar.

»Keine Ahnung. Er ist damals dort geblieben. Von mir aus kann er auf der Straße leben und sich von Müll ernähren.« Als sie aufhörte zu sprechen, hing der letzte Satz noch schwer im Raum. Sie klang hart und aggressiv. »Ich wollte danach nie wieder etwas mit ihm zu tun haben. Wir haben uns aber nie scheiden lassen. Das ist aufwendig und teuer.« Sie zuckte die Schultern. »Ich wollte sowieso nicht wieder heiraten. Männer machen einem nur Ärger. Socken stopfen, Unterhosen waschen und Essen kochen ... für das bisschen Geld, das sie nach Hause bringen. Da geh ich lieber selbst arbeiten und spare mir den Rest.«

»Wow, wenn man immer so rational denken könnte«, warf Sedlar ein und sah Frau Paulić überrascht an, »ich meine, die Leute heiraten doch, weil sie verliebt sind.«

»Wie ich letztens im Fernsehen hörte, ist das eine Erkrankung des Gehirns. Tja, und wenn man sich davon erholt hat, steht man vor dem ganzen Scherbenhaufen, den man sich währenddessen eingebrockt hat.«

Sandra und Sedlar sahen sie wortlos an.

»Naja, aber das mit der Erkrankung ist ja wohl eher metapho...«, hob Sedlar zu einer Erwiderung an, weiter kam er jedoch nicht, weil Sandra ihm so unauffällig wie möglich den Ellbogen in die Rippen stieß. Sie rutschte auf der rosengemusterten Couch etwas weiter nach vorne. »Frau Paulić, können Sie sich vorstellen, warum Ihr Sohn getötet wurde?«

Normalerweise verneinten die Verwandten eines Opfers diese Frage vehement. Sie versuchten, die Beamten davon zu überzeugen, was für ein wundervoller Mensch das Opfer gewesen sei und dass er oder sie keiner Fliege etwas zuleide tun konnte. Frau Paulić jedoch starrte erneut nachdenklich auf den Boden. Sie bückte sich, hob einen winzigen Fussel auf und warf ihn in den Kristallaschenbecher, der wahrscheinlich nur zur Dekoration auf dem Tisch stand. »Ich glaube, Anton war in dunkle Geschäfte verwickelt. So genau weiß ich das natürlich nicht.« Sie schien über etwas nachzudenken, dann fuhr sie fort: »Nun, er war ja auch vorbestraft, aber das wissen Sie bestimmt schon. Er hat mir nichts darüber erzählt, was er so tut, aber ich bin ja nicht blöd. Er hatte immer Geld, aber nie Arbeit.«

»Haben Sie ihn denn nie gefragt?«, wollte Sandra wissen.

»Nein. Er hätte es mir auch nicht gesagt. Wir standen uns nicht besonders nah.«

Sandra beugte sich noch weiter vor und sah ihr ins Gesicht. »Weshalb nicht?« Sie kannte die Antwort bereits, doch es interessierte sie, in welchem Tonfall Frau Paulić über ihren Sohn sprechen würde.

Die Frau lächelte verbittert. »Muss ich das wirklich erklären? Er war eine einzige Enttäuschung für mich, hat die Schule geschmissen, war arbeitsscheu und kriminell.« Ihre Stimme wurde etwas lauter, ohne dass sie es zu merken schien. »Immer und immer wieder habe ich auf ihn eingeredet. Als er noch ein Kind war, habe ich es mit Schlägen versucht, und für ein Jahr habe ich ihn in ein Heim gesteckt. Immer wieder hab ich ihm gesagt, dass er ein

Nichtsnutz ist wie sein Vater, aber es hat alles nichts geholfen.«

Natürlich nicht, dachte Sandra. Anton war wohl erst dadurch so geworden, aber ihrer Erfahrung nach brachte es nicht das Geringste, mit solchen Leuten zu diskutieren. Manche Eltern verdrängten und leugneten ihren Anteil an der Laufbahn ihrer Kinder und wollten nicht einmal ein psychologisches Gutachten anerkennen. Und das buchstäblich bis zum letzten Atemzug, nur, um sich keine Schuld geben zu müssen.

»Und ich habe ihm gesagt«, sprach Frau Paulić weiter, »dass er irgendwann an die Falschen geraten wird, die eine Nummer zu groß für ihn sind.«

»Kannten Sie seinen Freundeskreis?«

Frau Paulić runzelte die Stirn. »Was glauben Sie denn?«

»Keine Ahnung.« Sandra versuchte ein leichtes Lächeln. »Deshalb frage ich ja.«

»Nein, woher denn.« Frau Paulić sah Sandra giftig an. »Er ist mit achtzehn ausgezogen und wohnte mal mit einem Freund und mal mit einer Frau zusammen. Er hat sich selten gemeldet. Aber seine sogenannten Freunde finden Sie im *Mineit Café,* oder so ähnlich.«

»*Midnight Café*?«, murmelte Sedlar vor sich hin, »in der Altstadt?«

Frau Paulić schloss genervt die Augen. »Woher soll ich das wissen? Er ist oft dort gewesen, ich habe es mitbekommen, wenn er übers Handy angerufen wurde und sich dort verabredet hat.«

»Hat er in diesem Zusammenhang mal einen Namen erwähnt?«, fragte Sandra, obwohl sie die Antwort schon kannte.

»Nein.«

»Hatte er eine feste Freundin?«

»Keine Ahnung.« Frau Paulić zuckte gleichgültig die Schultern. »Welche normale Frau sollte sich schon mit ihm eingelassen haben? Gleich und gleich gesellt sich gern, sagt man. Also finden Sie seine Freundinnen wahrscheinlich auf dem Sozialamt oder in der Drogenentzugsklinik.«

Sandra schluckte. Mein Gott, dachte sie, was ist das nur für eine Mutter? Fühlte sie denn keinen Schmerz? Sie versuchte, sich zu sagen, dass wohl jeder Mensch seine eigene Art hatte, mit Verlust und Kummer fertigzuwerden. Aber eine Mutter mit einem so kalten Herzen hatte sie bisher noch nicht getroffen. »Nun gut, Frau Paulić. Hier ist meine Karte. Falls Ihnen doch noch etwas einfällt, rufen Sie mich an. Auch wenn Ihnen der Hinweis banal erscheint.« Sandra stand auf, und Sedlar tat es ihr gleich.

Sandra sah sich um. An der Wand hingen Fotos von Frau Paulićs Kindern. Anton war nur auf zwei Bildern zu sehen, beide Male war es Weihnachten, was man unschwer am geschmückten Baum im Hintergrund erkennen konnte. Ob Frau Paulić ihn jetzt an Velika Gospa besonders vermissen würde? Aussehen tat es nicht danach.

Auf den Fotos wirkte ihr Sohn gelangweilt. Die anderen umarmten sich oder hielten sich an den Händen, aber er saß etwas abseits, von niemandem beachtet. Irgendwie schrecklich. War das denn niemandem aufgefallen? Hatte sich nicht eine einzige Person in der Familie gefunden, die bereit war, eine Sekunde den Arm um ihn zu legen, auch wenn es nur für das blöde Foto war? Sandra wunderte sich über die Fantasiebilder, die daneben hingen. Halb nackte Frauen mit Flügeln und Raubtiere, die über Planeten sprangen, schienen wenig zu Frau Paulić zu passen.

»Können Sie uns ein aktuelles Foto Ihres Sohnes geben?«, fragte Sandra.

Frau Paulić kramte in einer Schublade und reichte ihr

ein Passfoto. »Das ist das neueste, das ich habe, es ist etwa zwei Jahre alt.«

»Hat diese Bilder jemand für Sie gemalt?« Sandra zeigte zur Wand.

»Anton.« Sie klang jetzt wieder leise und zerbrechlich, wie am Anfang des Gesprächs.

»Tatsächlich? Er scheint wirklich sehr talentiert gewesen zu sein.«

Frau Paulić kam näher und stellte sich vor die Bilder, als würde sie sie zum ersten Mal sehen. »Das war das einzige Fach in der Schule, in dem er gute Noten bekam.«

»Er war ein interessanter Künstler.«

Frau Paulić hob den Kopf und sah ihr in die Augen. »Er war kein Künstler, und das wissen Sie so gut wie ich. Jeder von uns kann irgendwas gut, aber das macht uns noch nicht zu Künstlern. Ich habe versucht, einen anständigen Menschen aus ihm zu machen.« Sie schüttelte den Kopf und starrte auf eines der Bilder. »Gott weiß, ich hab's versucht, aber er war ein Nichtsnutz, durch und durch. Was nützt es einem, wenn man gut malen kann? Ich habe diese komischen Dinger hier nicht aufgehängt, das war meine Tochter. Ich habe nie verstanden, warum ein Pferd über den Globus springen und warum es Flügel haben soll. So ein Unsinn.«

Sandra schnürte es die Kehle zu. Man hatte diesem Kerl von Kindheit an eingeredet, dass alles, was er tat, einen Dreck wert war. Also konnte er ebenso gut ein Dealer, Zuhälter oder Junkie werden. Er machte doch sowieso alles falsch, was nutzte also irgendwelche Mühe in der Schule oder in der Arbeit?

Sandra wendete den Wagen und verließ die Siedlung. »Seltsame Frau«, murmelte Sedlar.

»Mag sein, aber Sie müssen lernen, Ihre Meinung für

sich zu behalten.« Sie erwartete, dass er etwas darauf erwidern würde, aber er sah sie nur an. Als er keine Anstalten machte, sich zu verteidigen, fuhr sie fort: »Hören Sie, Sedlar, ich weiß, es ist schwierig, den ganzen Unsinn, den man hört, nicht zu kommentieren. Einiges lässt einem schier die Haare zu Berge stehen. Aber Sie werden die Menschen nicht ändern, indem Sie ihnen kurz mal Ihre Meinung aufs Auge drücken. Lassen Sie die Leute einfach reden. Genau das ist der richtige Weg, Dinge an die Oberfläche zu befördern und Wichtiges zu erfahren. Wenn Sie die Gedanken und Gefühle der Leute lenken, sagen die am Ende nur das, was Sie in ihren Augen von ihnen erwarten.«

Es entstand eine Pause, und Sedlar schien nachzudenken. »In Ordnung.«

Sandra nickte ihm zu. »Jetzt schauen wir mal, ob Zelenika und Milić etwas Interessantes über Paulić herausgefunden haben. Übrigens habe ich gehört, dass Sie und Zelenika in Pula zusammengearbeitet haben.«

»Zusammengearbeitet haben wir eigentlich nicht, aber wir sind uns manchmal über den Weg gelaufen. Er ist ein guter Kerl.«

»Das ist er«, bestätigte Sandra.

»Hat er ... ist er ...«, stammelte Sedlar, »ich meine, trinkt er noch immer ...«

»Keine Ahnung.« Sie dachte an ihr Versprechen, das sie Zelenika gegeben hatte. »Ich möchte wirklich nicht darüber sprechen.«

Sedlar sagte eine Weile nichts, dann meinte er: »Tut mir leid. Ich wollte Sie nicht in eine unangenehme Situation bringen, wirklich.«

Sie winkte ab. »Ist schon gut.«

»Meine Güte, ist das heiß, das ist ja nicht zum Aushalten«, wechselte Sedlar das Thema.

»Es ist ja nicht mehr weit«, antwortete Sandra mit einem Anflug von schlechtem Gewissen, da sie die Klimaanlage wieder auf eine niedrigere Stufe heruntergeregelt hatte. »Sie schaffen das schon.«

Sedlar blickte auf die verstopfte Straße und seufzte. »Es wäre nicht weit, wenn wir uns nicht durch die Touristenkolonnen schieben müssten. Aber das bin ich aus Pula schließlich gewohnt.«

Von Juni bis September waren die Touristenströme mitunter recht hinderlich. Obwohl es die Umgehungsstraßen gab, die den Leuten den Weg zur Fähre auf die Inseln oder die Weiterfahrt nach Dalmatien verkürzten, fuhren trotzdem viele durch Rijeka. Vielleicht wollten sie einen Tagesausflug in die Stadt machen oder einfach nur über den Korzo schlendern. Sandra liebte die breite, großzügige Straße wegen ihrer Architektur, dem wunderschönen Stadtturm und ihren Cafés und Läden. Shopping war eine Beschäftigung, die sie nicht eben verachtete. Aber in Rijeka gab es noch so viel mehr zu sehen: den Hafen, den quirligen Marktplatz, den Gouverneurspalast neben dem Stadtmuseum und dem See- und Geschichtsmuseum des Kroatischen Küstenlandes, aber auch das Naturkunde- und Kunstmuseum befanden sich in der Nähe. Seit ein paar Jahren stand das Astronomische Zentrum, das sich auf einer Festung aus dem Zweiten Weltkrieg befand. Es vereinte eine Sternwarte und ein Planetarium und war das Einzige seiner Art in Kroatien. Aber hauptsächlich kamen die Leute am 15. August auf Pilgerfahrt zum Kastell Trsat nach Rijeka.

»Angeblich soll es mit der Hitze noch schlimmer werden«, sagte Sedlar. »Aber sind wir Menschen nicht schrecklich? Im Winter jammern wir über die Kälte und im Sommer über die Hitze.«

»Warum haben Sie sich eigentlich versetzen lassen?«

»Der neue Großmarkt drüben hat gestern eröffnet.«

Sandra sah ihn verwundert an. »Und was hat das mit meiner Frage zu tun?«

»Meine Frau soll den Laden für ein Jahr leiten.«

»Ach so.« Natürlich war er verheiratet. Aber das konnte ihr ja egal sein. Selbst wenn er wie ein griechischer Gott aussähe, mit der Intelligenz Einsteins und dem Charme eines Casanovas gesegnet wäre, nie würde sie ein Techtelmechtel mit einem Kollegen anfangen, schon gar nicht mit einem verheirateten. Und warum in aller Welt dachte sie überhaupt über so etwas nach? »Haben Sie Kinder?«

Er öffnete das Fenster. »Nein.«

»Verstehe, Sie sind noch nicht lange verheiratet.« Sie versuchte, locker und unbefangen zu klingen, um ihre Neugier zu verbergen.

»Seit sechs Jahren.«

Sie verzog den Mund zu einem Lächeln. Jede weitere Frage wäre zu plump gewesen. Aber dann fügte Sedlar von selbst hinzu: »Kinder hat uns das Schicksal leider nicht beschert.«

»Tut mir leid für Sie.«

Sedlar schwieg eine Weile, dann fragte er: »Haben Sie Familie?«

»Nein. Keinen Mann, keinen Nachwuchs. Eigentlich hätte ich schon ganz gerne ein Kind, aber … na ja, ohne den richtigen Mann dazu …« Du lieber Gott, was war denn nur los mit ihr? Warum vertraute sie ihm derart persönliche Dinge an?

Er musterte sie ein paar Sekunden, dann sagte er: »Ist ziemlich übel, wenn man sich Kinder wünscht, aber keine bekommt.«

»Das glaube ich Ihnen, Sedlar. Aber manchmal muss man die Dinge eben nehmen, wie sie sind …«

»Die Männer kommen mit Ihrem Beruf nicht klar?«, fragte er unvermittelt.

Das Gespräch lief in eine Richtung, die ihr nicht gefiel. »Könnte sein.«

»Lassen Sie mich raten. In einer mittelgroßen Stadt wie Rijeka ist es weniger die Gefahr, der Sie sich aussetzen, die Ihren Partnern Probleme bereitet, als vielmehr die Arbeitszeit. Nicht zu vergessen die Autorität, die Sie durch Ihre Arbeit besitzen. Bestimmt haben manche Männer das Gefühl, Ihnen unterlegen zu sein.«

»Schon möglich, Sedlar. Ich habe noch nie so ausgiebig darüber nachgedacht.« Sie versuchte, sachlich zu klingen. »Könnten wir jetzt das Thema wechseln?«

»Warum? Ist es Ihnen peinlich, dass ich Sie als Menschen sehe? Oder als Frau?«

Sie spürte, dass sie rot wurde und neigte den Kopf ein wenig nach links, damit er es nicht sah. Es war nicht so, dass er offen und schamlos mit ihr flirtete, sonst hätte sie ihn zur Rede gestellt. Alles, was er sagte, und wie er es sagte, wirkte unbefangen und so, als sei das eben seine Art. Dabei wusste sie schon jetzt, dass er mit den männlichen Kollegen anders umgehen würde. Aber was war mit seiner Frau? Bedeutete ihm seine Ehe nichts? War er eines dieser Schweine, die jede erdenkliche Gelegenheit nutzten?

»Worüber denken Sie nach, Inspektor?«

Sandra erschrak ein bisschen. »Wie bitte? Nichts, was Sie interessieren würde.«

»Vielleicht doch«, beharrte Sedlar.

»Ich lasse die letzten Stunden Revue passieren.«

»In Bezug auf den Fall?« Seiner Stimme nach zu urteilen, lächelte er.

»Natürlich in Bezug auf den Fall. Auf was denn sonst?«

Schnell fügte sie hinzu: »Bei so einer Mutter kann einem der Kerl beinahe leidtun.«

»Was, meinen Sie, ist mit dieser Frau Paulić los? Müsste sie denn nicht weinend zusammenbrechen, wenn ihr Sohn ermordet aufgefunden wurde, vollgepumpt mit Beruhigungsmitteln?«

Sandra strich sich eine Strähne aus dem Gesicht. »Meistens ist das so, aber es gibt eben Ausnahmen, wo die Eltern gefasst und kontrolliert reagieren, allerdings sind das meistens die Väter.«

»Vielleicht bedeutet sein Tod eine Art Befreiung für sie? Er war offenbar schon immer problematisch.«

»Das glaube ich nicht. Ich denke eher, dass ihr Leben einfach immer nur hart war und sie Sorgen und Schicksalsschläge gewohnt ist. Ihre Abgebrühtheit und Kälte sind, glaube ich, nur Selbstschutz. Allerdings haben ihre Erziehungsmethoden und die Sache mit seinem Vater verdammt tiefe Narben bei ihrem Sohn hinterlassen, da bin ich sicher.«

»Kann schon sein, aber irgendwann ist man erwachsen und hat sein Leben selbst in der Hand. Er hatte seine Chancen und hat sie nicht genutzt.«

Sandra verzog den Mund. »Um ein verantwortungsbewusster Erwachsener zu werden, muss man eine gewisse Basis mitbekommen haben, oder nicht?«

»Nicht unbedingt. Mit einer Portion guten Willen und etwas Intelligenz …«

»Okay. Aber wenn man nicht intelligent ist, kann man auch nichts dafür. Und wenn man Freaks als Eltern hatte, ebenfalls nicht. Also, wo fängt Eigenverantwortung an?«

Sedlar schnaubte verächtlich. »Na ja, es gibt schon noch so etwas wie einen freien Willen.«

»Das ist sehr umstritten. Und wenn ich mal einen Philosophen zitieren darf …«

»Aber gerne.« Sedlar sah sie amüsiert an.

»Platon sagt, alles Werdende hat irgendeine Ursache zur Voraussetzung.«

Sedlar rutschte auf seinem Sitz herum. »Ich wünschte, ich hätte ein Zitat von Aristoteles parat.«

»Haben Sie aber nicht.«

»Abgesehen davon glaube ich, Platon dachte da eher ans Universum.«

»Nicht unbedingt.« Sie warf ihm einen Blick zu und nickte bestätigend. »Man kann es auch auf die menschliche Natur anwenden.«

»Ja, ja. Man kann alles so drehen und hinbiegen, wie man will.«

»Sie sind doch bloß neidisch, weil Ihnen kein philosophisches Zitat einfällt.«

»Doch!« Sedlar schnippte mit den Fingern. »Ich habe ein wunderbares Lebensmotto.«

»Lassen Sie hören.«

»Nimm an, was nützlich ist. Lass weg, was unnütz ist. Und füge das hinzu, was dein Eigenes ist.«

»Von wem ist das?« Sandra wartete grinsend auf die Antwort.

»Das spielt keine Rolle.«

»Na sagen Sie schon!«

Sedlar winkte ab. »Der Inhalt zählt, sonst nichts.«

»Also?«

Er schwieg kurz und stieß dann hervor: »Bruce Lee.«

»Bruce Lee?«, fragte Sandra ungläubig. »Der Kampfsportler? Sie beantworten Platon mit Bruce Lee?«

»Na und? Bruce Lee war auch ein Philosoph, nur weiß das kaum jemand. Die griechischen Philosophen haben faul unter Olivenbäumen gesessen und über das Leben nachgedacht. Aber Bruce Lee hat außerdem noch hart trainiert.«

Sie winkte ab. »Einigen wir uns auf Sokrates: ›Ich weiß, dass ich nichts weiß.‹«

Sedlar verzog den Mund und schüttelte den Kopf. »Das erscheint mir ungerecht, dass wir uns darauf einigen sollen, dass Sie nichts wissen. Sie sind doch Inspektorin. Also, nicht so bescheiden.«

»Ich dachte nicht an mich, sondern an uns.«

»Sie dachten an uns?« Die Zweideutigkeit in seinem Tonfall ließ ihr Herz eine Spur schneller klopfen.

»Wir sind da. Oder sollte ich besser sagen: Der Weg liegt hinter uns, das Ziel ist erreicht, Danijel-san.«

»Bruce Lee war Chinese, kein Japaner.«

»Sie müssen wohl immer das letzte Wort haben.«

»Stört Sie das?«

7

Sie waren zurück Richtung Innenstadt gefahren, nach Mlaka, einer Art unsichtbarem Eingangstor. Wenn man von Westen her kam, den Stadtteil Krnjevo im Rücken, der unterhalb von Turnić lag und bis Mitte des zwanzigsten Jahrhunderts ein beschauliches Plätzchen Vorstadt gewesen war, fand man sich in Mlaka plötzlich im Herzen der Stadt wieder, unweit des Hauptbahnhofs.

In Krnjevo standen heute hauptsächlich Mietshäuser und Einkaufszentren. Am unteren Ende verliefen zwei große Hauptstraßen, die untere führte nach Opatija, die obere nach Kantrida, zum Fußballstadion. Wenn man hingegen in Mlaka ankam, konnte man den Eindruck gewinnen, dass es weder Zeit noch Platz zu verschenken gab. Es war ein bisschen so, als habe jemand einen Vorhang zur Stadt zur Seite geschoben.

Beim Aussteigen fragte Sandra: »Wollen Sie auch einen schnellen Kaffee?« Sie machte eine Kopfbewegung zur »caffe bar«, wie sich die Lokale inzwischen nannten. Früher hatte man sie als »kavana« bezeichnet oder als »buffet«, wenn es in dem Lokal einen Schanktisch gab. Viele Wörter hatten ihren Ursprung in einer anderen Sprache. Sandra sprach Hochkroatisch, obwohl sie den Čakavski Dialekt, der hier ebenfalls gepflegt wurde, sehr mochte. Im Kroatischen gab es Wörter türkischen Ursprungs, zum Beispiel für Uhr, Socke oder Kiste, oder solche deutschen Ursprungs wie Stall, Ziegel oder auch »kirvaj«, das deutsche Kirchweih, das die Familie ihres slawonischen Vaters feierte. Im hiesigen Dialekt gab es zudem Unmengen an italienischen Wörtern wie etwa für Kissen oder Vorhang. Das Wort »Kvarner« hatte man vom italienischen »Quarnero« übernommen. Allerdings wusste Sandra mittlerweile, dass auch einige Wörter falsch übersetzt worden waren. Das deutsche »Dreck« beispielsweise hieß auf Kroatisch Scheiße.

Sedlar überlegte. »Kaffee? Bei der Hitze? Wie wäre es mit etwas Kaltem mit Kohlensäure?«

»Sie können trinken, was Sie wollen. Ich brauche meine Dosis Koffein, Kollege.«

»Warum tragen Sie nicht gleich eine Spritze mit sich rum? Dann können Sie sich jederzeit einen Schuss setzen, bevor Sie Entzugserscheinungen kriegen.«

»Ich sagte, *schnelles* Getränk. Sie verquatschen wertvolle Zeit.«

»Von mir aus, ich nehme auch einen Kaffee.«

Eine Minute später standen sie am Tresen. Sandra bezahlte sofort, nachdem ihnen der Kellner die Tassen über die Theke gereicht hatte. Sedlar bedankte sich und meinte: »Wissen Sie, was ich an dieser Stadt so besonders finde?«

Sandra nahm einen großen Schluck Kaffee, bevor sie antwortete. »Nein. Was denn?«

»Sie ist von der Atmosphäre und der Mentalität her mediterran, aber von der Architektur erinnert sie an Österreich und Italien.«

»Na ja, das erklärt sich durch die Geschichte. Nach dem großen Erdbeben 1750 war von Rijeka nicht mehr viel übrig. Anfang des neunzehnten Jahrhunderts hat Karolina von Rijeka die Stadt dann vor einer erneuten Zerstörung bewahrt.«

»Eine Nationalheldin?«

»Eine Stadtheldin.« Sandra lächelte. »Während der napoleonischen Kriege wollten die Engländer Rijeka unter Beschuss nehmen. Nachdem die Nachricht eine Panik ausgelöst hatte, war die stolze, mutige Karolina zum Hafen gegangen, um den Oberbefehlshaber zu sprechen. Sie selbst war die Tochter eines angesehenen und wohlhabenden Seefahrers und einer Wienerin. Dank ihres weiblichen Charmes hat sie den englischen Admiral John Leard davon abgehalten, ihre Stadt anzugreifen. Angeblich wurde nur eine einzige Kugel abgefeuert. Sie steckt in der Kathedrale Sveti Vid und ist mittlerweile mit dem Mauerwerk verschmolzen.«

»Wow. Da sieht man mal, was weiblicher Charme alles ausrichten kann.«

»Tja.«

»Regnet es hier oft?«

»Nicht oft, nur hin und wieder. Aber unsere Bura hat es in sich, das ist ein Wind, der Ihnen förmlich die Haare vom Kopf fegt.«

»Hey, ich bin aus Pula und nicht aus Timbuktu. Glauben Sie, ich kenne die Bura nicht?«

Sandra lachte. »Lassen Sie uns gehen, Sedlar.«

Nachdem Sandra mit Sedlar die Stufen in dem gepflegten Altbau hinaufgestiegen war, drückte sie auf eine Klingel, auf der groß »Buchbinder« und klein »Paulić« stand. Offenbar hatte Anton als Untermieter bei jemandem mit deutschen Wurzeln gewohnt. In Rijeka traf man deutsche Nachnamen nur gelegentlich an. In Zagreb trugen sehr viele einen deutschen Familiennamen. Der Grund dafür reichte zurück in die Zeit der österreichisch-ungarischen Monarchie, als sich zahlreiche Österreicher und Deutsche in Slawonien, im Osten Kroatiens, niedergelassen hatten. Im Laufe der Jahre waren viele in die Hauptstadt gezogen.

Die meisten Namen hatten sich nach und nach der kroatischen Schreibweise angepasst. Aus Schwarz war Švarc geworden und aus Meier Majer.

Schnelle Schritte waren zu vernehmen und eine immer lauter werdende weibliche Stimme. »Komme schon, kommeeee!«

Sandra und Sedlar sahen sich an und grinsten.

Die Tür flog auf. Vor ihnen stand eine rundliche, dunkle Frau mit Pagenschnitt, etwa Mitte fünfzig. Vor Aufregung hatte sie rote Flecken im Gesicht. Sandra war es mittlerweile gewohnt, dass die Leute so reagierten, wenn sie zu Besuch kam.

»Sie sind bestimmt der Rest der Truppe«, setzte Frau Buchbinder an. »Mein Gott, der arme Anton. Das war ein richtiger Schock für mich.« Sie schnaufte. »Sie können mir glauben, ein richtiger Schock.« Theatralisch legte sie eine Hand auf ihr Herz und verdrehte die Augen. »Man weiß nie, wann einem die letzte Stunde schlägt. Also, ich hatte ja nichts gegen ihn. Er hat seit zwei Monaten hier gewohnt und seine Miete pünktlich bezahlt. Kommen Sie rein. Weiß man schon, wer es war? Na ja, so schnell können Sie den Mordfall ja eigentlich nicht gelöst haben, nicht wahr? Die im Fernsehen brauchen auch immer ein paar Tage. Eine Tragödie. Das ist so schlimm, wirklich schlimm. Möchten Sie etwas trinken? Ihre Kollegen sind schon hier. Schauen Sie, da sind Ihre Kollegen, in Antons Zimmer. Sie kennen sich ja. Ich muss Sie einander nicht vorstellen. Ach, ich plappere und plappere, nicht wahr?« Als sie endlich Luft holte, ging Sandra eiligen Schrittes zu Zelenika und Milić. Sedlar folgte ihr. Wahrscheinlich hatten die beiden ohnehin schon alles Wichtige aus der Vermieterin herausbekommen. Zelenika kramte gerade in einer Schreibtischschublade, und Milić wühlte sich durch einen Stapel Papiere. Die

Frau verschwand in Richtung Küche und rief: »Ich bringe Ihnen eine schöne Tasse Tee. Natürlich nicht eine für Sie alle, sondern für jeden eine. Hahaha. Ach, ein bisschen Heiterkeit darf doch sein, nicht wahr? Wir können uns schließlich nicht alle erschießen, wenn jemand stirbt.«

Sandra sah, wie Zelenika sich zwei Finger an die Schläfe hielt, als wolle er sich erschießen. Sandra lachte leise und schüttelte den Kopf.

»Hey, Zelenika«, rief Sedlar. »Geht's gut?«

Zelenika stand auf, und die beiden gaben sich die Hand. Zelenika lächelte sogar ein bisschen. »Danke, und dir?«

»Alles bestens.«

»Hätte nicht gedacht, dass wir noch mal zusammenarbeiten«, meinte Zelenika und setzte sich wieder.

»Tja, wie das Leben so spielt. Bin aber nur für ein Jahr hier.«

»Das habe ich gehört, ja. Habt ihr denn so schnell eine Wohnung gefunden?«

Sedlar nickte. »Verwandte meiner Frau sind in Rente und für längere Zeit zu ihrem Sohn nach Dubrovnik gezogen. Jetzt haben wir eine Vierzimmerwohnung für uns allein.«

»Wenn euch langweilig ist, könnt ihr gut Verstecken spielen.« Er deutete auf Milić. »Das Lockenköpfchen hier ist Milić. Ein kompetenter Kollege, ein wundervoller Mensch und ein Bild von einem Mann. Leider stimmt nur eine Aussage, dreimal darfst du raten, welche.«

Sedlar und Milić gaben sich die Hand.

»Sikirica und seine Leute sind vor zehn Minuten weg«, informierte Milić die beiden Neuankömmlinge.

»Wer ist das?«, fragte Sedlar an Sandra gewandt.

»Spurensicherung«, erwiderte Sandra. »Haben sie etwas mitgenommen?«

Zelenika schüttelte den Kopf. »Wenig. Ich glaube nicht, dass der gute Sikirica uns viel helfen wird. Wir haben ein paar Kinokarten gefunden und …«

»Kinokarten?«, fragte Sedlar neugierig. »Wo sind die?«

Zelenika sah ihn fragend an. Er zeigte auf eine kleine Kommode hinter Sedlar.

»Unser neuer Kollege ist eine Art Filmfachmann, müsst ihr wissen.« Sandra bemühte sich, nicht höhnisch zu klingen.

Sedlar meinte: »So weit würde ich nicht gehen, aber man kann sich schon ein Bild über jemanden machen, wenn man seinen Geschmack kennt.«

Zelenika legte die Stirn in Falten. »Aufgrund der Filme, die jemand guckt?«

Sedlar bejahte und beugte sich über die Karten, um sich die Filmtitel anzusehen.

»Aha«, konstatierte Zelenika, »Milić sieht sich mit Vorliebe Lesbenpornos an. Was sagt das über ihn aus?«

»Hältst du jetzt mal deine Klappe!«, schnaubte Milić. »Bei dir muss man immer Angst haben, dass dir die Leute den Unsinn womöglich noch glauben, den du den ganzen Tag von dir gibst. Irgendwann nehme ich deine hässliche Fresse und halte sie in die Toilette.«

Sandra räusperte sich. »Könnten wir uns jetzt wieder wie Erwachsene benehmen, ja? Das wäre wunderbar, danke.«

»Oh Gott«, rief Sedlar, der kopfschüttelnd über den Kinokarten stand.

»Was ist denn?«, riefen die anderen, beinahe im Chor.

»Science-Fiction und Actionfilme.«

»Hä?« Zelenika sah ihn an. »Was ist dagegen einzuwenden?«

»Manche Actiongenres haben durchaus ihren Reiz, wie

etwa Actionkomödien oder Actionthriller, aber normale Actionfilme sind wie ein lauwarmer Eintopf.«

Zelenika nickte und tat so, als würde ihm das vollkommen einleuchten. Milić sah Sedlar über den Rand seiner Brille hinweg an, wie um sich ein Bild von dem neuen Kollegen zu machen.

Sedlar bückte sich und öffnete die Tür der Kommode. »Unglaublich! Wie viele Flaschen kann ein einzelner Mensch besitzen?«

»Seht ihr?«, rief Zelenika und deutete auf die Flaschen. »Wie soll man in diesem Land trocken werden? Ich frage mich, warum jeder x-beliebige Vollidiot einen privaten Schnapsladen zu Hause haben kann.«

»Ja, genau«, meinte Milić ironisch. »Und in Serbien trinken alle nur Kamillentee.«

Sandra und Sedlar lachten auf.

»Wie lief's bei der Mutter des Opfers?«, fragte Zelenika, um das Thema zu wechseln.

Sandra berichtete über ihren Besuch bei Frau Paulić.

Milić holte tief Luft: »Manchmal wundert mich nichts mehr. Man muss sich nur die Eltern ansehen, um zu verstehen, warum manche Menschen geworden sind, wie sie sind.«

Sedlar musterte ihn. »Demnach müsste ein Drittel der Menschheit kriminell sein, Kollege Milić.«

»Seht euch das an«, rief Zelenika plötzlich.

»Was gefunden?«, fragte Sandra.

»Ja.« Zelenika stand auf und überreichte ihr einen Zettel. »Hat hier gehangen.« Er zeigte auf eine Magnetwand über dem Schreibtisch.

Sandra blickte auf den Zettel und las:

Bob
13.8., 1:00 Uhr

»Bob?«, murmelte sie, »das ist doch eine englische Abkürzung für Robert.«

Milić sortierte weiter Papiere. »Hm, hm. Wird wohl weniger ein Engländer oder Amerikaner sein, als vielmehr so ein Pseudo-Cooler.«

»Pseudo-Cooler?«, wunderte sich Sedlar.

Sandra erklärte: »Kleingangster nennen sich ja gerne Chacko und Charly und so.« Wieder warf sie einen Blick auf den Zettel. »Ich denke, wir sollten nach einem Robert Ausschau halten, auch wenn der Mann womöglich anders heißt. Aber versuchen wir es doch erst mal mit dem Wahrscheinlichsten. Lasst uns alle Roberts recherchieren, die in den letzten fünf Jahren in die Verbrecherdatei aufgenommen wurden.« Sandra sah zu Zelenika. »Hast du noch was gefunden?«

»Nein, bis jetzt nur unwichtiges Zeug. Wie sieht es bei dir aus, Milić?«

Der schüttelte den Kopf. »Langweiliger Papierkram. Was allerdings ungewöhnlich ist: Der Kerl hatte keine Fotos. Null. Ich meine, jeder hat doch Fotos, oder? Auch wenn er nur zur Untermiete hier gewohnt hat. Die Leute stellen sich ja sogar Fotos auf ihren Schreibtisch ins Büro. Mandić hat gleich drei Fotos seiner Frau auf dem Schreibtisch.«

»Ich glaube, jetzt kommt Kathy Bates mit dem Tee«, sagte Sedlar.

»Wer?«, rief Zelenika, der sich gerade zum zweiten Mal die Schreibtischschubladen vorgenommen hatte.

»Die verrückte Dicke aus *Misery*«, flüsterte Milić. »Stimmt, die sieht ihr wirklich ähnlich.«

Zelenika sah verstört aus. »Wovon redet ihr?«

Milić zischte ihm zu: »Du solltest nicht so viel Protein zu dir nehmen. Deine Shakes bekommen dir nicht.« Dann, freundlich zu der Frau, die gerade das Zimmer betrat: »Oh, Frau Buchbinder, wie entzückend. Eine Tasse Tee ist jetzt genau das Richtige.«

»Geradezu optimal, bei der Affenhitze …«, murrte Zelenika.

Milić hob den Zeigefinger. »Natürlich nicht eine für alle, sondern für jeden eine. Hahahaha.«

Zelenika verdrehte die Augen.

»Wie lange hat Anton Paulić hier schon gewohnt?«, fragte Sandra an Frau Buchbinder gewandt.

»Zwei Monate. Seit mein Alter nicht mehr lebt, vermiete ich das Zimmer. Davor hatte ich eine Rentnerin, aber die ist jetzt auch tot, allerdings ist sie an einem Herzanfall gestorben und, Gott sei Dank, nicht ermordet worden. Danach hatte ich einen Wünschelrutengänger. Der ist dann ausgezogen, weil's hier zu viele Wasseradern gibt. Ich glaub ja nicht an so was. Da les ich lieber das Horoskop in der Zeitung, sag ich Ihnen. Obwohl eh immer der gleiche Mist drinsteht. *Sie bekommen Post*, und die krieg ich ja auch, jede Menge Rechnungen. Oder: *Sie bekommen Besuch*, dann steht meine Schwester vor der Tür und will sich wieder Geld pumpen …«

»Frau Buchbinder«, warf Sandra ein, »können Sie mir vielleicht sagen, ob Herr Paulić manchmal Besuch bekam?«

»Nein!«, rief sie entschieden. »Das ist bei mir verboten, wissen Sie. Grundsätzlich würd ich das ja nicht so kategorisch verbieten, aber heutzutage treiben es die Geschlechter untereinander, als wäre es das Normalste von der Welt, also muss man da ja einschreiten. Ich weiß schließlich nicht, welche Art der Sexualität …«

»Schon gut«, meinte Sandra, »das verstehen wir.« Sie sah Zelenika amüsiert grinsen. »Herr Paulić hat also nie irgendjemanden hierher mitgebracht?«

»Nein, nie.« Frau Buchbinder hob abwehrend die Hände, um ihre Aussage zu untermauern.

»Haben Sie ihn manchmal telefonieren gehört? Hat er da irgendwelche Namen erwähnt?«

Sie schüttelte energisch den Kopf. »Nein, ich habe ja nicht gelauscht.«

Sandra wandte sich an Milić: »Ich nehme an, ein Adressbuch oder so etwas haben Sie nicht gefunden?«

Er nippte an seinem Tee. »Hätte ich das nicht gleich gesagt? Wäre ich Ihnen damit nicht freudestrahlend entgegengelaufen, Ihnen in die Arme gefallen und hätte Sie vor Glück auf beide Wangen geküsst?«

»Doch, ich fürchte schon«, meinte Sandra.

Zelenika und Sedlar lachten. Frau Buchbinder sah verwirrt von einem zum anderen.

»Habt ihr den Kleiderschrank schon durchsucht?«, fragte Sandra.

Als die beiden verneinten, sagte sie kurzentschlossen: »Dann übernehme ich das. Sedlar, Sie helfen mir.«

Während sich Sandra und Sedlar an die Arbeit machten, tranken Milić und Zelenika ihren Tee. Frau Buchbinder unterrichtete die beiden über ihre Schwierigkeiten, einen guten Friseur zu finden. Milić tat interessiert, grinste hin und wieder und machte »hm, hm«, während Zelenika die Frau einfach nur anstarrte, als sei sie gerade mit einem UFO in der Wohnung gelandet.

»Der Kerl trug mit Vorliebe Schwarz«, murmelte Sedlar, während er Paulićs Hosen-, Hemden- und Jackentaschen durchsuchte. Sandra hob jedes T-Shirt hoch, denn manchmal kamen auf diese Weise Briefumschläge und Geldscheine zum Vorschein.

»Oh ja«, sagte Frau Buchbinder und holte kurz Luft. »Er war fast nur schwarz gekleidet. Ich mag schwarze Kleidung ja gar nicht. Das macht einen nur älter und man sieht gleich viel blasser aus. Eine Zeit lang war das modern, und da hab ich das auch getragen, aber wie mein Alter, äh … seliger Mann immer sagte: ›Mode ist was für Leute, die zu viel Geld haben.‹ Na ja, er war ein bisschen geizig, wissen Sie, und …«

Sedlar hielt inne und besah sich ein kleines Tütchen. »Gras.«

»Graaas?«, wiederholte Frau Buchbinder verwundert. »Was macht er denn mit Gras?« Sie kicherte, kam näher und betrachtete das Objekt in Sedlars Hand.

Sedlar sah sie an und versuchte, ernst zu bleiben. »Nennen wir es Marihuana.«

Frau Buchbinders Gesicht wurde schneeweiß. Offenbar hatte sie bei dem Wort Gras eher an die grünen Halme gedacht, die aus der Erde wuchsen. Sie fasste sich erst an die Brust, dann mit beiden Händen an die Wangen und flüsterte: »Drogen? Drogen in meiner Wohnung!? Oh mein Gott! Um Himmels willen! Jesus Maria!« Sie machte den Eindruck, als könnte sie jederzeit ohnmächtig werden.

Besorgt legte ihr Sandra eine Hand auf die Schulter und drückte sie sanft auf einen Stuhl. »Nun beruhigen Sie sich doch bitte. So schlimm ist das auch wieder nicht.«

Frau Buchbinder sah sie entsetzt an. »Sie finden Drogen nicht *schlimm*?«

»Äh, was? Nein, so war das nicht gemeint. Natürlich sind Drogen schlimm. Ich meinte nur, dass es keinen Grund gibt, die Fassung zu verlieren. Sie können ja nichts dafür.«

»Und es ist ja nur Marihuana«, kam es von Zelenika.

Verstört wandte Frau Buchbinder den Kopf in seine Richtung.

»Kleiner Scherz«, meinte er und zwinkerte ihr zu. »Und

was soll man machen? Wie Sie zu sagen pflegen: ›Wir können uns ja deswegen nicht alle erschießen.‹«

Sie nickte verstört. »Ich habe mir noch nie etwas zuschulden kommen lassen.« Frau Buchbinder fasste sich an den Kopf. »Nicht mal einen Strafzettel habe ich je bekommen. Gut, ich habe zwar kein Auto, aber ich meine …«

»Natürlich«, kommentierte Sedlar.

»Ich bin ein unbeschriebenes Blatt, habe eine weiße Weste, wie es bei Ihnen im Polizeijargon heißt.«

»Schon gut, Frau Buchbinder.« Sedlar lächelte sie freundlich an.

Nach einer Stunde verabschiedeten sie sich von Frau Buchbinder. Milić küsste ihr die Hand, als er sich für den Tee bedankte. Sie wurde ein bisschen rot. Zelenika trug den Koffer mit den sichergestellten Beweisstücken in der einen Hand, die andere steckte lässig in seiner Hosentasche. Während sie die Treppe hinuntergingen, sagte er zu Milić: »Ich hoffe, die rückt dir jetzt so auf die Pelle, dass du sie nie wieder loswirst. Wahrscheinlich hat sie dich zu ihrem Verehrer auserkoren.«

»Du meinst, sie hat doch etwas von Kathy Bates?«

»Wer zum Teufel ist das?«, bellte Zelenika.

Als sie nach draußen kamen, schlug ihnen die unbarmherzige Hitze entgegen. Es war nahezu windstill, und die Sonne knallte von einem hellblauen Himmel herunter. Ein großer Kaktus ragte neben der Eingangstür empor. Es faszinierte Sandra immer wieder, wie diese Wüstenpflanzen zwischen all den Hochhäusern ein tristes aber stoisches Dasein fristeten.

»Verdammt«, stieß Milić aus, »ich habe vergessen, Sonnencreme aufzutragen.«

»Ach ja?« Zelenika sah ihn abfällig an. »Ich wette, du trägst auch Leopardentangas unter deiner Hose.«

»Hohoho«, machte Milić mit tiefer Stimme und breitete die Arme aus. »Echte Cowboys verwenden natürlich keine Sonnencreme.«

»Richtig«, erwiderte Zelenika und ging weiter.

»Vielleicht will ich nicht aussehen wie ein alter Lederschuh, so wie du.«

»Ja, sicher. Es ist besser, als erwachsener Kerl wie Nicole Kidman auszusehen.« Also kannte Zelenika doch ein paar Schauspieler.

»Wo steht euer Wagen?«, unterbrach Sandra die beiden.

»Wir fahren mit euch mit«, antwortete Zelenika und pustete sich eine Strähne aus dem Gesicht. »Unser Auto hat Sikirica.«

Sandra setzte sich ans Steuer. Diesmal schaltete sie sofort die Klimaanlage ein und hoffte, keine Erkältung davonzutragen. Zelenika setzte sich wie selbstverständlich neben sie. »Aha«, sagte Sandra nur. Er hätte die anderen beiden wenigstens mal fragen können. Aber Sedlar und Milić hatten bereits wortlos auf dem Rücksitz Platz genommen, deshalb beließ sie es dabei.

»Ich bin der Älteste hier, da hab ich doch gewisse Privilegien, oder?« Zelenika sah erst zu Sandra und dann nach hinten zu den beiden anderen.

»Für mich ist das kein Problem, Zelenika«, hörte Sandra Sedlar sagen. Von Milić vernahm sie nur Wortfetzen, die sie lieber ignorierte.

Als sie losfuhren, meinte Zelenika: »Wann ist dieser verdammte Sommer endlich vorbei?«

»Wie immer«, kam es von Milić. »Ende September.«

»So schlimm war es seit dreißig Jahren nicht mehr.«

Sandra seufzte: »Mihajlo! Wir hören ebenfalls Nachrichten. Das wissen wir bereits.«

»Entschuldigung«, rief er pikiert, »ich wollte nur ein

bisschen Konversation machen. Aber wir können natürlich auch alle die Fresse halten.«

Milić beugte sich vor und sagte: »Das wäre zauberhaft, danke.«

Plötzlich gab es einen gewaltigen Ruck – und der Wagen sackte nach unten. Milić schrie laut auf.

Als der Motor absoff, saßen sie in leichtem Schockzustand und in Schräglage da und sahen einander erschrocken an.

»Was war das?« Sandra sah zu Zelenika.

Er stieg wortlos aus und besah sich den Wagen. Schließlich öffnete er von draußen die Autotür und meinte: »Du bist über ein Schlagloch gefahren. Da fehlt der Gully.«

»Was?«, rief Sedlar. »Warum fehlt da ein Gully?«

Zelenika zuckte die Schultern. »Wir sind auf'm Balkan, also würde ich sagen, den hat jemand geklaut.«

»Kroatien gehört nicht zum Balkan«, protestierte Milić.

Zelenika blinzelte. »Meinetwegen. Jedenfalls ist die Achse gebrochen.«

Da Milić und Sedlar ausstiegen, tat Sandra es ihnen nach, obwohl sie nicht wusste, was sie da draußen ausrichten sollte. Die drei Männer offenbar auch nicht. Eine gefühlte Viertelstunde blickten sie ratlos auf das Malheur, um abwechselnd »Scheiße« und »unglaublich« zu sagen.

Sandra rief im Präsidium an und bat darum, dass man sie abholte. Als sie das Handy wieder einsteckte, sagte sie: »Alles klar. Es kann aber eine Weile dauern.« Sie spürte, wie sich die allgemeine Anspannung langsam legte.

»Das ist noch mal gut gegangen«, meinte Milić sichtlich erleichtert.

»Gut gegangen?«, rief Zelenika erheitert. »Du meinst, wir hätten sterben können?«

Sandra schlug vor, sich wieder in den klimatisierten Wagen zu setzen, statt blöde herumzustehen. Als sie das Radio einschaltete, ertönte Abba. »Oh, Abba«, sagte sie an Sedlar gewandt. »Wie war das noch gleich? Wenn Sie negativ gestresst sind, oder?«

»Ja«, meinte er grinsend.

»Na, dann passt das doch gut.«

»Wovon redet ihr?«, wollte Zelenika wissen.

»Über Abba.« Sandra sah Zelenika an, aber der wirkte etwas genervt.

»Aha«, murrte er, »Insiderwitz. Ging ja schnell.«

Milić seufzte. »Hat jemand eine Idee, womit wir uns die Zeit vertreiben könnten?«

Zelenika drehte sich nach hinten um und sah Sedlar an. »Los, Neuling. Spring auf die Motorhaube und tanze für uns.«

»Später vielleicht«, erwiderte Sedlar ernsthaft.

Sie saßen eine Weile schweigend da, dann meinte Sandra: »Ich muss gestehen, ich bin auch froh, wenn der Sommer vorbei ist. Alles in allem eine überschätzte Jahreszeit.«

»Ungewöhnliche Sichtweise«, erwiderte Sedlar.

Zelenika sah nach hinten. »Mitläufer seid ihr, nichts weiter. Ihr findet den Sommer toll, weil alle anderen es auch tun.«

»Wenn du das sagst …«, meinte Sedlar.

Sandra lachte, als ihr einfiel, wie wunderbar die Sommer in ihrer Kindheit gewesen waren. Drei Monate Ferien, und beinahe jeden Tag hatte sie mit ihren Freunden am Strand verbracht. Auf dem Nachhauseweg war ihre Haut ganz weiß gewesen vom Salz. Manchmal hatten sie auf dem Heimweg »Touristenraten« gespielt. Das nächste Auto, das um die Ecke biegen würde, war aus … Italien? Deutschland? Holland? Wer die meisten Punkte hatte, bekam ein Eis, für das alle zusammenlegen wollten. Aber eigentlich war damals das Eis noch so billig, dass sich jeder so viel Eis kaufen konnte, wie er wollte. Es ging nur ums Gewinnen.

»Ich hab Durst«, meinte Zelenika plötzlich. »Milić, hast du was zum Trinken da?«

»Klar, ich schleppe immer einen Getränkemarkt in meiner Hosentasche rum. Was darf's sein?«

»Blödmann«, raunzte Zelenika, dann setzte er ganz freundlich hinzu: »Guck mal, Milić. Da vorne ist ein Café.«

Milić stellte sich doof, als hätte er den Hinweis nicht verstanden. »Ja, und daneben ist eine Reinigung. Und da an der Ecke drüben ein Elektrogeschäft. Wahnsinn, oder?«

Zelenika machte ein freundliches Gesicht. »Jetzt sei doch nicht so. Du bist der beste Kellner der Welt, weil du genau weißt, wie ich meinen Kaffee mag.«

»Ich denke, du hast Durst. Jetzt willst du plötzlich Kaffee.«

»Kaffee ist eine großartige Idee!«, warf Sandra ein.

Zelenika gab seine Bestellung auf: »Einen Milchkaffee und ein Mineralwasser bitte.«

»Du bist wie ein Fünfjähriger, wirklich.«

Milić fragte Sandra und Sedlar, ob er ihnen etwas mitbringen solle.

»Für mich einen doppelten Espresso!«, rief Sandra.

Sedlar erklärte sich bereit, mitzukommen und ihm beim Tragen zu helfen.

»Wenn ich es nicht besser wüsste, würde ich denken, du und Milić geht euch irgendwann an die Gurgel«, sagte Sandra, als Milić und Sedlar ausgestiegen waren.

Zelenika lachte auf. »Ich könnte ohne den Mistkerl nicht mehr leben. Als er zwei Wochen Urlaub hatte, habe ich die Stunden gezählt, bis seine arrogante Fresse wieder in der Tür erschien.« Nach einer Weile fügte er hinzu: »Aber erzähl das bloß niemandem, Horvat!«

»Zelenika, ich bitte dich.«

»Ich weiß, ich weiß.«

Sandra rutschte etwas nervös auf ihrem Sitz hin und her. »Habt ihr … du und Sedlar, euch auch mal privat unterhalten?«

Zelenika sah sie prüfend an. Das machte sie noch nervöser. Um seine Lippen spielte ein wissendes Lächeln.

»Na ja, ich frage, weil … Er wirkt manchmal sehr nachdenklich. Er hat doch keine privaten Probleme am Hals, oder?« Etwas Besseres war ihr auf die Schnelle nicht eingefallen. »Oder ist er einfach so? Nimmt er seinen Job einfach nur ernst? Das wäre lobenswert.«

»Sandra, seine Frau ist zwar eine bescheuerte Kuh, aber trotzdem bleibt die Tatsache, dass er verheiratet ist.«

Sie spürte, dass sie rot wurde. »Ich will doch nicht …«

»Nein, bitte. Ich unterstelle dir nichts. Seien wir ehrlich, er ist momentan der einzige normale Mann in deinem Umfeld, der auch noch ganz passabel aussieht. Verständlich, dass du ihn attraktiv findest, aber diese Kollegenkiste geht immer beschissen aus, das weißt du.«

»Natürlich weiß ich das. Das kommt auch überhaupt nicht infrage. Kannst du jetzt bitte damit aufhören, Zelenika? Ich fühle mich unwohl. Zumal es auch gar nicht wahr ist, was du dir da in deiner Fantasie ausmalst.«

Zelenika tat, als wäre er überzeugt. »Na gut.«

»Nur eins noch: Du weißt, ich bin von Haus aus neugierig. Also kommt jetzt natürlich die obligatorische Frage: Warum ist seine Frau eine bescheuerte Kuh?«

Zelenika dachte kurz nach. »Ach, ich hab sie nur zweimal getroffen. Ich weiß auch nicht. Irgendwie finde ich sie eingebildet, einfach nicht sie selbst, verstehst du. Aber als er mal im Koma gelegen hat, ist sie nicht von seiner Seite gewichen. Dadurch hat sich so ein Dankbarkeitsmist entwickelt. Ich glaube, die ist mehr so eine Art große Schwester für ihn. Und da ist auch noch die Geschichte mit der Schwester.«

»Welche Schwester?«

»Danijel war früher mit ihrer Schwester zusammen, und sie hat ihn ihr ausgespannt. Die ist später an Krebs gestorben, und Alice, Danijels Frau, hat heute noch Schuldgefühle. Deshalb geht sie fast jeden Tag ans Grab, die durchgeknallte Nuss. Jedenfalls hat ihre Schwester Danijel wohl immer geliebt und bis zu ihrem Tod nie wieder geheiratet.«

»Schreckliche Geschichte.«

»Ja, aber das Leben ist halt manchmal so.« Zelenika blickte durch die Windschutzscheibe und hielt nach den Kollegen Ausschau. »Kein Wunder, dass er diese Migräne hat. Ab und an war es so schlimm, dass er nicht arbeiten konnte. Ich glaube, er hat das seit dem Koma.«

»Warum hat er im Koma gelegen? Ein Unfall?«

»Ja, ein Bootsunfall. Er hat keine Familie. Also war Alice Tag und Nacht bei ihm.«

»Wie sieht sie aus?«, fragte Sandra gespielt beiläufig.

Zelenika sah sie streng an.

Sandra schloss für einen Moment die Augen. »Nun sag schon.«

»Durchschnitt. Dunkelblondes Haar, Normalogesicht, mittelgroß, mittelschwer. Ja, alles irgendwie mittel.«

Sie sah ihn nachdenklich an. »Woher weißt du das eigentlich alles?«

»Hey, nicht nur in Friseursalons wird getratscht.«

Plötzlich wurde die Autotür aufgerissen. Sandra und Zelenika zuckten erschrocken zusammen. Sie waren so in ihr Gespräch vertieft gewesen, dass sie ihre Kollegen nicht hatten zurückkommen sehen.

»Genau!«, rief Zelenika eine Spur zu laut. »Das sollten wir im Auge behalten, Inspektor.«

»Was denn?«, fragte Milić.

»Neugierig wie ein altes Waschweib«, sagte Zelenika und holte einen Geldschein aus seiner Hosentasche. Er reichte ihn Milić.

»Nein, das geht auf mich.«

»Jetzt nimm schon!«, knurrte der.

»Nein, ich will nicht.«

»Nimm jetzt endlich das Geld, oder ich stopf's dir ins Maul.«

Milić gehorchte.

Nach über einer Stunde kamen endlich der Jeep und der Abschleppdienst. Sie stiegen um und ließen ihren Dienstwagen zurück. Später hätte Sandra nicht mehr sagen können, worüber sie geredet hatten, weil das Gespräch mit Zelenika sie ziemlich aufgewühlt hatte. Sie ertappte sich dabei, wie sie sich darüber freute, dass Sedlars Ehe schlecht lief. Oh Gott, dachte sie, heute Morgen war noch alles normal.

8

Sandra parkte den Jeep direkt am Ufer, gegenüber dem Mietshaus, in dem Anton Paulić ermordet worden war. Der Hafen war voller Urlauber, die in T-Shirts und kurzen Hosen über die Promenade flanierten. Manche saßen eisessend auf den Hafenpollern und blickten auf die Schiffe, die vor Anker lagen. Das Meer warf leichte Wellen, die hörbar ans Ufer klatschten.

Sandra zog die Handbremse an und betrachtete die Schiffe im Hafen. »Vielleicht sollte ich in meinem nächsten Urlaub eine Kreuzfahrt machen«, dachte sie laut nach.

»Weißt du was, Horvat«, raunte Zelenika. »Zu deinem nächsten Geburtstag schenke ich dir einen Schaukelstuhl und eine Häkelnadel.«

»Also, ich würde auch gerne mal eine Kreuzfahrt machen«, mischte Milić sich ein.

Zelenika wandte den Kopf in seine Richtung. »Aber was, wenn deine Mama nicht mitkommt?«

»Wie fährt sich der Jeep?«, unterbrach Sedlar die beiden.

»Butterweich«, antwortete Sandra. »Ich wünschte, ich könnte mir privat so einen leisten.«

»Eine Frau, die von Autos fasziniert ist? Nicht gerade alltäglich.« Aus Sedlars Mund hörte sich das wie ein Kompliment an.

Zelenika drückte seine Zigarette im Aschenbecher des Wagens aus, bevor er ausstieg. »Wenn die Frau außerdem noch kochen und bügeln kann, kann sie sich von mir aus auch für Autos interessieren.«

»Oh mein Gott, was für ein Machospruch«, murmelte Milić.

Sandra winkte ab. »Hunde, die bellen, beißen nicht.«

Sie stiegen aus und wollten über die Straße zum Mietshaus. Es herrschte reger Verkehr und trotz Zebrastreifen mussten sie warten, um nicht vom nächsten Auto überfahren zu werden. »Ah«, kam es von Milić. »Ein deutsches Kennzeichen, der hält bestimmt.« Er behielt recht. Zelenika hob kurz die Hand zum Dank, bevor sie die Straße überquerten. »Ich frage mich, wozu wir überhaupt Zebrastreifen haben, wenn sowieso keine Sau anhält.«

Sandra sah ihn an. »Hältst du denn an?«

»Nein.«

»Übrigens überaus passend«, sagte Milić zu Zelenika, »dass Horvat dich mit einem Hund vergleicht. Ich meine, du pisst jedem ans Bein, kratzt dich an den unmöglichsten Stellen …«

»Sie hat es aber mit Liebe in der Stimme gesagt.«

Milić blickte ihn von der Seite an, dann schüttelte er grinsend den Kopf.

Zuerst klingelten sie bei Ana und Albert Marković, dem alten Ehepaar. Es dauerte eine halbe Ewigkeit, bis die Tür aufging. Eine zierliche Alte öffnete ihnen und fragte: »Wer ist da?« Selbstbewusst und beinahe stoisch stand sie im Türrahmen. Sie trug ein braunes Leinenkostüm und um den Hals eine dezente Goldkette.

»Guten Tag«, sagte Sandra und hielt ihr ihren Ausweis vor die Nase. »Polizei Rijeka.«

»Das kannst du dir sparen, Horvat«, raunte Zelenika leise. »Die sieht nix.«

»Ach so.« Sie steckte den Ausweis wieder in ihre Schultertasche. »Wir möchten Ihnen gerne …«

»Bitte schreien Sie nicht so, verehrte Dame. Ich höre nämlich sehr gut.«

»Entschuldigung. Wir möchten Ihnen gerne ein paar Fragen stellen, Ihnen und Ihrem Mann. Es geht um den Mord, der heute Nacht passiert ist.«

»Ach ja, was für eine schreckliche Geschichte.« Die alte Frau sah zu Boden und schüttelte den Kopf. »Und er war noch so jung. Wie kann ein Mensch nur so etwas tun?« Sie machte keine Anstalten, sie hereinzulassen.

»Dürfen wir eintreten, Frau Marković?«, fragte Sandra resolut.

»Wie? Aber selbstverständlich. Bitte entschuldigen Sie, wie unhöflich von mir. Das tut mir sehr leid.«

»Kein Problem«, beschwichtigte Sandra. Sie trat als Erste in die Wohnung, die Männer folgten ihr.

»Sie erinnert mich an Shirley MacLaine in *Tess und ihr Bodyguard*«, murmelte Sedlar.

»Ich mag Shirley MacLaine«, sagte Sandra leise. »Ich liebe den Film *Magnolien aus Stahl*. Ist Julia Roberts darin nicht fantastisch?«

Er lächelte, sagte aber nichts.

Frau Marković führte sie ins Wohnzimmer, wo ihr Mann gerade die Zeitung zur Seite legte. »Guten Tag.« Er erhob sich und reichte zuerst – ganz Gentleman – Sandra die Hand und anschließend den Männern. Er bot ihnen einen Platz an und setzte sich als Letzter. Trotz seines fortgeschrittenen Alters besaß der Mann eine gewisse Eleganz. Es war ihm anzusehen, dass er sein Leben nicht in Werkstätten oder auf Baustellen verbracht hatte. Seine Hände waren gepflegt, und sein Gesicht war nie von der Sonne gegerbt worden.

»Darf ich Ihnen etwas zu trinken anbieten?«, wandte sich Frau Marković an die Gruppe. »Einen Kaffee vielleicht?«

Sandra lehnte dankend ab. Auch Sedlar, Zelenika und Milić schüttelten die Köpfe und murmelten ein »Nein, danke«.

Frau Marković setzte sich in einen imposanten Sessel, wodurch ihre zierliche Gestalt noch zerbrechlicher wirkte. Sandra ließ so unauffällig wie möglich den Blick durch den Raum schweifen. Das Wohnzimmer war antiquiert, aber geschmackvoll eingerichtet. Das alte Ehepaar war gut gekleidet, und die vielen Bücher im Regal verrieten, dass die beiden nicht gerade von einer mageren Rente leben mussten. »Was haben Sie denn früher gearbeitet?«

Herr Marković sah Sandra fragend an. Seine Frau schrie ihm zu: »Die Dame will wissen, was wir früher gearbeitet haben.«

»Ich war Richter und meine Frau Sekretärin.«

»Verstehe, danke.«

»Sie wollen uns zu dem Mord befragen«, kam Herr Marković zur Sache, »aber leider werden wir Ihnen da nicht weiterhelfen können, fürchte ich. Wir haben das Ganze erst erfahren, als uns die Polizei wachgeklingelt hat.«

»Der Name Anton Paulić sagt Ihnen nichts?«, schrie Sandra.

Der Mann schüttelte den Kopf.

»Ihnen auch nicht?«, schrie Sandra in Frau Markovićs Richtung.

Diese hob die Hand und lächelte nachsichtig. »Bitte. Mein Mann hört schlecht, aber ich höre fantastisch. Ich kann Sie nur nicht gut sehen. Bringen Sie das bitte nicht durcheinander.«

Die Zurechtweisung war Sandra etwas peinlich, aber

das leise Gelächter der Kollegen lockerte die Situation wieder auf.

»Entschuldigen Sie«, murmelte Sandra.

Frau Marković ging nicht darauf ein, sondern meinte nur: »Ich habe den Namen noch nie zuvor gehört.«

Sandra schrie dem Mann zu: »Haben Sie in letzter Zeit hier jemanden herumschleichen sehen?«

»Nein.«

»Sie haben die Leiche gesehen?«

Er nickte lange, bevor er antwortete. »Ja.«

»Kommt Ihnen der Mann bekannt vor?«

»Keineswegs.«

»Gibt es irgendetwas«, Sandra sah von einem zum anderen, »das Ihnen in letzter Zeit hier merkwürdig vorkam? Irgendeine Veränderung?«

Beide schüttelten die Köpfe.

»Wie gut verstehen sich die Mieter hier untereinander?«

Frau Marković hob die Hände. »Ach, na ja. Man hat hier nicht viel miteinander zu tun, offen gesagt.«

Sandra fragte: »Also eher distanziert?«

»Ganz recht, ja«, bestätigte Frau Marković. »Außer mit Herrn Travić vielleicht, mit ihm plaudert mein Mann gelegentlich. Mein Mann kennt seinen Vater noch von früher. Sie haben zusammengearbeitet.«

»Der Vater von Herrn Travić ist auch Richter?«, fragte Sandra.

»Nein, er war Anwalt. Sein Sohn ist ebenfalls Anwalt. Und so kennt man sich eben. Aber von Freundschaft kann keine Rede sein.«

»Wissen Sie vielleicht, ob die Travićs heute hier sind, oder finden wir sie in Opatija?«

»Tut mir leid, aber das weiß ich wirklich nicht«, antwortete Frau Marković.

»Gut. Ihnen ist also auch an den anderen Mietern nichts aufgefallen?«

Frau Marković verneinte. »Aber wir laufen uns auch nicht oft über den Weg. Mein Mann holt morgens die Brötchen und die Zeitung, und mittags gehen wir zusammen spazieren. Da sind die anderen auf der Arbeit, das Ehepaar Travić lebt, wie gesagt, sowieso hauptsächlich in Opatija … außer die Jakšić, die ist tagsüber zu Hause, aber da schläft sie wohl, weil sie abends unterwegs ist.«

»Unterwegs? Sie arbeitet abends?«

Frau Marković lächelte etwas zynisch. »Was sie genau macht und wovon sie lebt, weiß ich nicht so recht. Die Frau ist nicht mehr die Jüngste, putzt sich aber wie eine Zwanzigjährige heraus. Sie hat auch schon ein paar Schönheitsoperationen machen lassen, was nicht mal ich übersehen kann. Ich bemitleide sie.«

Sandra sah Frau Marković an und nickte lächelnd. Sandra blieb nicht verborgen, dass eine gewisse Überheblichkeit in ihrer Stimme mitschwang. Nun ja, es gab eben Leute, die es zu etwas gebracht hatten und auf alle anderen herabsahen, die es nicht geschafft hatten, ihr Leben ebenso erfolgreich auf die Reihe zu bringen.

»Heißt?«, meldete sich Zelenika zu Wort. »Ist sie ’ne Nutte?«

Frau Marković blinzelte verstört. »Wie bitte?«

»Ist sie eine *Nutte*?«

»Wer?«, fragte Herr Marković in die Runde. »Wer ist eine Nutte?«

»Eva Jakšić«, brüllte Zelenika in seine Richtung.

Der Alte winkte ab. »Dafür ist sie zu alt.«

»Wenn Sie keine Fragen mehr haben …«, sagte Frau Marković, »würden mein Mann und ich gerne essen. Wir haben unsere festen Zeiten, an die wir uns gerne halten.«

»Natürlich.« Sandra stand auf, und die drei Männer taten es ihr nach. »Wenn Ihnen doch noch etwas einfallen sollte, zögern Sie nicht, uns anzurufen.« Sie ließ ihre Karte auf den Tisch fallen.

»Was sollte das denn sein?« Frau Marković stand anmutig da, die Handflächen aneinandergepresst. »Wenn es etwas gäbe, dann wäre es uns längst eingefallen. Oder nicht?«

»Ich mag sie nicht«, murmelte Milić, als sich die Tür hinter ihnen geschlossen hatte. »Sie ist eine oberflächliche, arrogante Zicke.«

»Und dass dir das so viel ausmacht, lässt dich armselig erscheinen.« Zelenika hatte eine ganz eigene Philosophie, wenn es darum ging, emotionale Verletzungen zu vermeiden. »Also, auf zur Jakšić.« Er hatte bereits auf den Klingelknopf gedrückt, noch bevor Sandra sich auf das Zusammentreffen vorbereiten konnte.

Als sich die Tür öffnete, stand Sandra einen Moment lang verdattert da und starrte mit offenem Mund auf das Bild, das sich ihr bot. Bei der Frau schien definitiv eine Schraube locker zu sein, überlegte sie, oder wie Zelenika sagen würde: ein Getriebe im Hirn. Eva Jakšić war bereits in einem reifen Alter, aber es war nicht zu übersehen, dass sie damit nicht ganz fertigwurde. Hellblond gebleichtes Haar, das ihr über die Schultern fiel, aufgepumpte Lippen und gestraffte Haut an Gesicht und Hals. Sie war stark, aber durchaus professionell geschminkt. Ihr Körper wirkte schlank und durchtrainiert. Sie trug ein enges weißes Shirt und einen schwarzen Minirock. Ihre Schuhe steckten in mörderhohen Pumps, die vorne so spitz waren, dass es aussah, als seien ihre Füße mehrere Nummern größer.

»Also, einen Arschtritt würd ich nicht so gerne von Ihnen kriegen«, bemerkte Zelenika.

Eva Jakšić sah ihn verwirrt an.

Sandra räusperte sich. »Polizei Rijeka. Ich bin Inspektor Sandra Horvat. Meine Kollegen und ich würden Ihnen gerne ein paar Fragen zu dem Mord stellen, der heute Nacht passiert ist.«

»Ach so, na gut.« Auch wenn es ihr gerade nicht so recht zu passen schien, ließ sie die Gruppe widerwillig eintreten. »Kommen Sie doch bitte in den Salon.« Sie ging mit großen Schritten voraus.

»Den Salon?«, wiederholte Milić leise und schüttelte unmerklich den Kopf. »Wer sagt denn heute noch Salon? Wie alt ist die Frau? Hundert?«

»Soll ich sie fragen?«, flüsterte Zelenika.

»Bist du verrückt?«

»Warum denn nicht …« Weiter kam Zelenika nicht, denn Eva Jakšić bat sie, Platz zu nehmen. In der Mitte des Raumes stand ein runder, antiquarischer Tisch, um ihn herum vier Stühle mit dunkelrotem Samtbezug. Das Ensemble musste ein Vermögen gekostet haben. Die Gastgeberin zog sich einen Holzstuhl heran, und selbst der sah alles andere als billig aus.

»Ehrlich gesagt habe ich nicht unbegrenzt Zeit«, meinte Frau Jakšić und lächelte freundlich. »Ich habe eine Verabredung. Dauert es länger als zwanzig Minuten?« Nachdem alle Platz genommen hatten, setzte sie sich auf den Holzstuhl.

Sandra schüttelte den Kopf. »Wahrscheinlich nicht, nein.«

»Ich kann Ihnen sowieso nicht viel sagen, wissen Sie.«

»Schildern Sie uns einfach, wie Sie die gestrige Nacht verbracht haben«, sagte Milić, bemüht, nicht allzu anzüglich zu klingen.

Frau Jakšić lehnte sich zurück, schlug ein Bein übers andere und ließ es auf und ab wippen. »Ich war im Bett, und wenn ich alleine schlafe, stecke ich mir immer Stöpsel ins Ohr.«

Der erste Teil des Satzes ließ Sandra aufhorchen. Sie merkte, dass auch die Männer die Ohren spitzten. Was hatte sie damit gemeint?

»Einer der Stöpsel muss mir während der Nacht herausgefallen sein. Das passiert schon mal. Ich habe es an der Tür klingeln gehört und aufgemacht. So habe ich von dem Mord erfahren. Das war's.«

»Klingt, als hätten Sie das Textlein auswendig gelernt«, sagte Milić.

»Auswendig?« Sie blickte ihn herausfordernd an. »Warum sollte ich das tun? Glauben Sie etwa, ich kann mir keine drei Sätze merken und habe es nötig, so was auswendig zu lernen?«

»Keine Ahnung. Ich sage nur, was mir aufgefallen ist.«

»So, so, was Ihnen aufgefallen ist, ja?« Ihre Stimme klang zuckersüß, als rede sie mit einem kleinen Hündchen. Milić wurde rot. Sandra vermutete, dass Wut und nicht Schüchternheit der Grund dafür war.

»Tolle Bude«, stellte Zelenika fest. Er klatschte in die Hände. »Ganz toll, wirklich.« Er sah sich um und verrenkte sich beinahe den Hals, um einen Blick ins Wohnzimmer zu erhaschen. »Das haben Sie sich nicht vom Mund abgespart, hoffe ich.«

»Nein, keine Sorge.« Sie lächelte leicht, nahm sich ein Zigarettenpapier und etwas Tabak aus dem Etui, das auf dem Tisch lag, und fing an, sich eine Zigarette zu drehen. Sandra beobachtete sie. So eine Frau hatte sie noch nie getroffen. Sie strahlte eine ungeheure Präsenz aus.

»Verraten Sie uns, womit Sie Ihr Geld verdienen?«, beharrte Zelenika.

»Ich verkehre mit reichen Männern.«

»Aha. Ist das Wort *verkehren* in diesem Zusammenhang zweideutig?«

Sie leckte über das Zigarettenpapier. Ihre Blicke trafen sich. Zwischen ihr und Zelenika knisterte es, das spürte Sandra. Zelenika ließ nicht locker. »Ich seh Ihnen ja gerne beim Lecken zu, aber ich bin auch ziemlich scharf auf 'ne Antwort.«

»Nicht immer.«

»Nicht immer was?«

»Ich gehe mit ihnen aus. Ich gehe mit ihnen ins Theater, zu einer Party oder Boot fahren. Manchmal kommt es auch zu Intimitäten.«

»Seit wann machen Sie das?«

»Seit etwa vierzig Jahren.«

»Vierzig Jahre?«, rief Zelenika entsetzt, »vierzig Jahre? Ja, leck mich doch am Arsch!« Er blickte von einem zum anderen. »Vierzig Jahre! Wie alt sind Sie denn?«

Sie sah ihn an und reichte ihm die gedrehte Zigarette. »Sie rauchen, nicht wahr?«

»Ja, woher wissen Sie das?«

»Sie haben diese Lässigkeit, die nur Raucher haben.«

Sandra sah zu Sedlar und Milić. Sedlar erwiderte Sandras Blick und grinste. Milić hatte Schweißperlen auf der Stirn und tupfte sie mit einem Taschentuch ab.

Zelenika griff nach der Zigarette und zündete sie an. »Aber jetzt haben *Sie* ja gar keine Zigarette. Ach, wissen Sie was? Nehmen Sie doch eine von meinen.« Er stand auf, nahm sein Päckchen aus der Hemdtasche und hielt es ihr geöffnet vors Gesicht, damit sie sich eine herausnehmen konnte.

»Aber nein, lassen Sie nur.«

»Jetzt nehmen Sie schon.«

»Nein, nein, wirklich …« Sie winkte ab.
»Ach, kommen Sie, nehmen Sie doch eine von mir.«
»Na gut, danke.«
Milić rutschte nervös auf seinem Stuhl hin und her. »Ich bin froh, dass die Zigarettenangelegenheit jetzt geklärt …«
»Haben Sie Feuer?«, fragte Frau Jakšić, an Zelenika gewandt.
»Aber natürlich.« Er beugte sich über den Tisch und reichte ihr Streichhölzer.
»Danke.«
»Gerne.«
Die beiden lehnten sich zurück und musterten einander, als hätten sie gerade ein unvergessliches Erlebnis geteilt.
»Könnten wir dann vielleicht …?«, meldete sich Milić zaghaft zu Wort.
»Was denn?«, blaffte Zelenika. »Sie hat doch gesagt, sie hatte Stöpsel in den Ohren.«
Milić setzte einen autoritären Blick auf, oder versuchte es zumindest. »War in letzter Zeit irgendetwas anders als sonst, Frau Jakšić?«
»Nein, außer dass wir eine neue Putzfrau haben und jetzt nicht mehr mittwochs, sondern donnerstags die Treppen geputzt werden, aber ich schätze, das interessiert Sie nicht.«
»Nein, nicht wirklich.« Milić lächelte gequält.
Sandra beugte sich vor und sah der Frau in die Augen. »Frau Jakšić, das Opfer war offenbar in Drogengeschichten verwickelt. Deshalb frage ich Sie: Haben Sie etwas mit Drogen zu tun?«
Eva Jakšić zog kräftig an ihrer Zigarette und sah Sandra selbstbewusst an. »Sie fragen mich das, weil Prostitution und Drogen oft Hand in Hand gehen, nicht wahr?«
»Ja.«

»Ich bin keine ordinäre Prostituierte, Frau Inspektor. Ich bin eine Frau mit Niveau und Stil. Sie glauben doch nicht, dass ich all das hier besäße, wenn ich etwas mit diesem Dreck zu tun hätte?«

»Wahrscheinlich nicht, nein. Aber nicht alle, die etwas mit Drogen zu tun haben, nehmen auch welche.«

»Ich habe weder Drogen verkauft noch konsumiert. Zigaretten sind meine einzige Droge, und selbst davon rauche ich nur ein paar Stück am Tag.«

»Kommt Ihnen der Name Anton Paulić irgendwie bekannt vor?«

Frau Jakšić schüttelte vehement den Kopf. »Nein, überhaupt nicht.«

»Das ist ein Foto von ihm.« Sandra reichte ihr das Bild, das Frau Paulić ihr gegeben hatte.

Eva Jakšić musterte es. Sandra war nicht entgangen, dass das Bein der Frau schlagartig zu wippen aufgehört hatte. Sie hatte den Blick gesenkt, deshalb konnte Sandra ihren Gesichtsausdruck nicht erkennen. Alles in allem betrachtete Frau Jakšić das Foto eine Spur zu lange, um behaupten zu können, sie würde den Mann nicht kennen. Endlich blickte sie auf und gab das Foto wortlos zurück. Sandra wusste nicht, ob es ihr nur so vorkam, aber die Frau schien gleichzeitig überrascht und berührt.

Sandra fragte nichts, sondern wartete einfach, was Eva Jakšić sagen würde. Im Salon war es so still, dass man Milićs Magenknurren deutlich vernehmen konnte.

»Entschuldigung.« Milić lächelte gequält. »Ich bin heute noch nicht richtig zum Essen gekommen.«

Endlich sagte Frau Jakšić: »Also gut, ich kenne ihn.«

Offenbar war ihr klar, was dieser Satz bei der Polizei auslösen musste, denn sie fügte hastig hinzu: »Aber nur flüchtig. Wir haben vielleicht zwei, drei Mal ein paar Worte miteinander gewechselt.« Sie zog wieder an ihrer Zigarette. »Ich hatte keine Ahnung, dass es sich bei dem Toten um Nero handelt. Seinen richtigen Namen kenne ich gar nicht.«

»Nero?«, riefen Sandra und Zelenika im Chor.

»Das war sein Spitzname. Keine Ahnung, wieso.«

»Woher kennen Sie ihn?« Zelenika hatte seinen Charme von vorhin vergessen und war nun wieder ganz der wahrheitssuchende Polizist.

»Aus dem *Midnight Café*.«

»Ach?« Sandra sah zu Sedlar.

»Scheint ein interessanter Laden zu sein«, meinte dieser.

Eva Jakšić verzog den Mund. »Ich weiß nicht, ob *interessant* das richtige Wort ist. Ich habe dort manchmal eine Verabredung.«

Zelenika fragte: »Sie meinen beruflicher Art?«

»Natürlich! Oder glauben Sie, ich würde mich privat mit einem Mann in so einem bescheidenen Lokal treffen? Ich halte Beruf und Privatleben auseinander, so gut es geht.«

»Aber warum treffen Sie sich nicht woanders mit den Kerlen? Ich meine, es könnte doch ein anspruchsvolleres Lokal geben, wo Sie nur beruflich reingehen und das Sie in Ihrem Privatleben meiden, wie mein Kollege Milić einen Friseurladen.«

»Es hat sich einfach so entwickelt, wissen Sie. Dort ...« Sie suchte nach den richtigen Worten, »dort kennt man einander und ... nun ja, meine Freunde wissen auch, wo sie mich finden. Sie verstehen?«

»Und dort haben Sie Anton Paulić kennengelernt?«, fragte Sandra.

»Wen? Ach so, Nero. Ja, ich kenne ihn seit zehn Jahren oder so.«

Milić räusperte sich. »War er auch ...« Er machte eine hilflose Geste.

»War er was?«

»War er auch eine Ihrer ... Ver... ab... redungen?«

»Nero?« Eva Jakšić lachte schallend und klopfte sich mit der Hand auf den Schenkel. »Das ist ja köstlich. Ich fand ihn ganz okay, aber er hat ja nun wirklich in der unteren Liga gespielt.«

»Haben Sie sich je privat getroffen?«, wollte Milić wissen.

Sie zog eine gelangweilte Grimasse. »Aber nein.«

»Worüber haben Sie bei diesen zwei oder drei Malen denn geredet?« Milić hielt Block und Stift gezückt wie ein Kellner, der eine Bestellung aufnehmen will.

»Oh, das weiß ich wirklich nicht mehr. Völlig belanglose Dinge.«

»Zum Beispiel?«, beharrte Milić.

»Dass der Kaffee früher besser war.« Sie nahm einen letzten Zug von ihrer Zigarette und drückte sie in einem winzigen Aschenbecher aus.

Sandra beobachtete sie. Eva Jakšić wirkte lässig und zeigte nicht die Spur von Nervosität. »Ist Ihnen in letzter Zeit etwas an ihm aufgefallen? War er anders als sonst?«

»Ich weiß zwar nicht, was Sie meinen, aber mir ist nichts aufgefallen.«

»Hat er plötzlich mit Ihnen unbekannten Leuten verkehrt? Oder war sonst irgendetwas auffällig?«

Eva Jakšić schüttelte den Kopf. »Keine Ahnung, ich habe mich nicht um ihn gekümmert, ihn kaum wahrgenommen, ehrlich gesagt.«

»Na gut«, meinte Sandra, »hier ist meine Karte, »melden Sie sich bei mir, wenn Ihnen noch irgendetwas einfällt.«

»Sie können sich auf mich verlassen, Inspektor.«

Sandra bezweifelte das. Jakšićs Fassade war glatt, nicht nur, was das Make-up betraf.

9

Auf dem Weg nach Opatija ließen sie sich die genaue Adresse des Ehepaars Travić durchgeben. Die beiden nutzten die Wohnung in Rijeka zwar nur selten, aber man konnte nie wissen, ob man nicht trotzdem auf die ein oder andere wertvolle Information stieß. In einem Mordfall führte der Weg zum Ziel für gewöhnlich über viele Umwege.

Der Himmel war nach wie vor leuchtend azurblau und die Wolken sahen aus wie Sahnehäubchen auf einem Eiskaffee. Du lieber Himmel, wie kam sie nur auf so einen Vergleich? Hatte sie schon wieder Entzugserscheinungen? Kaffee! Ob heiß oder kalt, das wäre jetzt genau das Richtige.

An der Grenze zwischen Krnjevo und Kantrida fuhren sie die Küstenstraße entlang. »Wir sind jetzt auf der Liburnijska«, erklärte Sandra.

Zelenika warf ihr einen zerstreuten Blick zu. »Ach ja? Bist du seit Neuestem ein Navi aus lebendem Gewebe, oder was?«

»Ich meine doch nur wegen Sedlar. Er muss die Stadt kennenlernen.«

»Wissen Sie, wer die Liburner waren?«, fragte Milić an Sedlar gewandt.

»Ehrlich gesagt, nein.«

»Die gehörten zum Stamm der Illyrer und haben bereits im zwölften Jahrhundert vor Christus im Gebiet zwischen der Kvarner-Bucht und dem nördlichen Dalmatien gelebt. Sie waren großartige und moderne Schiffsbauer. Schauen

Sie, der Schiffsbau hier ist über dreitausend Jahre alt. Euer Amphitheater in Pula nur zweitausend.«

Zelenika prustete los. »Und wer von euch hat den grö... äh ... das größere Auto?«

»Wieso? Ich bin halt Lokalpatriot.«

»In jedem Fall«, meldete Sedlar sich zu Wort, »steht unser Amphitheater noch, aber eure Schiffe von damals sind längst davongesegelt.«

»Tun Sie mir den Gefallen«, meinte Sandra, »und steigen Sie nicht auf Milićs sogenannten Lokalpatriotismus ein.«

»Tu ich doch gar nicht. Ich wollte nur ein bisschen witzig sein.«

Die anderen grinsten.

In Kantrida schlängelte sich die Straße unter einem offenen Himmel dahin und gewährte einen atemberaubenden Blick auf das Meer. Je näher sie Opatija kamen, desto dichter wurde die Vegetation und desto kurvenreicher und schattiger die Strecke. Das satte Grün der Bäume und das tiefe Blau des Meeres hatten etwas so Idyllisches, dass Sandra für einen Moment den Wunsch verspürte, auszusteigen und sich auf einen Felsen zu setzen, um das Bild in sich aufzusaugen.

Sie kamen an Privathäusern vorbei. Hin und wieder hatten die Anwohner Stühle vor ihre Häuser gestellt, saßen im Schatten und blickten den Autos nach. Rentner in Bermudas, junge Familien, die den Urlaub bei ihren Eltern oder Großeltern verbrachten, aber auch Touristen von überallher, die Zimmer in einem der Häuser gebucht hatten. Viele der Hausbesitzer vermieteten Zimmer und verdienten sich über den Sommer ein gutes Zubrot. Aber es war auch eine Menge Arbeit, das wusste Sandra von einer Verwandten. Jeden Tag Zimmer putzen und aufräumen ... Der ganze Papierkram kam erschwerend hinzu. Manchmal ließen die Gäste Handtücher oder Küchenutensilien mitgehen. Eine

Familie hatte mal beinahe das Haus abgefackelt, weil sie auf dem Balkon gegrillt hatten und etwas zu großzügig mit dem Spiritus umgegangen waren, dessen Gebrauch sowieso verboten war. Das Haus ihrer Verwandten war direkt am Strand, aber sie kamen selten dazu, sich zu sonnen oder im Meer zu baden.

»Wir sollten irgendwo haltmachen. Ich brauche was zwischen die Zähne«, meldete Milić sich hinter Sandra. Zelenika, der wieder neben ihr saß, wandte den Kopf nach hinten. »Das war nicht zu überhören.«

»Kann ich doch nichts dafür. Kümmere du dich lieber um deine Triebe, mein Freund. Du hast die Frau mit deinen Blicken förmlich ausgezogen. Vergiss nicht, dass du verheiratet bist.«

Zelenika täuschte Zustimmung vor. »Stimmt, danke, dass du mich daran erinnerst. Eigentlich hatte ich vor, um ihre Hand anzuhalten.«

»Und sie ist auch älter als du.«

»Und, nicht zu vergessen, sie ist eine Prostituierte. Das Leben ist teuer genug, warum auch noch fürs …«, plötzlich schien er sich Sandras Anwesenheit bewusst zu werden, »… für die Liebe bezahlen.«

Milić sah von einem zum anderen. »Was haltet ihr von dieser Frau? Dass sie Paulić kannte, macht sie nicht unbedingt verdächtig, aber es ist schon eine interessante Tatsache, dass er ausgerechnet in dem Haus ermordet wurde, in dem sie wohnt, oder nicht?«

»Schöne Untertreibung«, meinte Sandra. »Sie wirkt mir insgesamt zu cool und sie täuscht eine Selbstsicherheit vor, die sie vermutlich gar nicht hat. Also bitte, die Frau verkauft seit über vier Jahrzehnten ihren Körper. So etwas geht doch nicht spurlos an einem vorbei. Und sie hat angeblich noch nie Drogen genommen, obwohl jeder weiß, dass Prostitution und Drogen die gleiche kleine Welt sind, in der sich dieselben Typen bewegen. Sie ist mir eine Spur zu steril dafür, dass sie sich schon so lange in diesem dreckigen Milieu rumtreibt.« Sandra lenkte den Wagen nach rechts und hielt vor einem Bistro. »Lasst uns eine Kleinigkeit essen.«

»Oje, wir sind die einzigen Gäste«, rief Milić überrascht, als sie das Lokal betraten.

»Natürlich sind wir das«, knurrte Zelenika. »Normale Menschen liegen heute am Strand oder sitzen in der Arbeit.«

»Wir sind doch auch bei der Arbeit«, erwiderte Milić.

»Ich meine normale Menschen«, erklärte Zelenika. »Als ob wir normale Menschen wären.«

Sie setzten sich an einen Fensterplatz. Die Bedienung kam und nahm ihre Bestellung auf. Sie bestellten jeder ein Schinken-Käse-Sandwich, Mineralwasser und Kaffee. Sandra blickte aus dem Fenster und hatte mit einem Mal gar nicht mehr das Gefühl zu arbeiten. Die gemütliche Atmosphäre und der Blick auf das Meer lösten in ihr ein Gefühl von Geborgenheit aus. Die im Meer schaukelnden Segelboote ließen sie für einen Augenblick alles vergessen. Unruhig und in einem ungleichen Rhythmus tanzten sie auf den Wellen.

»Also, ist sie in euren Augen verdächtig?«, unterbrach Sedlar die Stille.

Milić klopfte mit den Fingerspitzen auf die Tischplatte, was Zelenika nicht ausstehen konnte. Doch Milić war zu sehr in Gedanken, als dass er Zelenikas Blick wahrgenommen hätte. »Wenn du nicht sofort damit aufhörst, Kollege, breche ich dir jedes einzelne deiner dürren Glieder.«

»Ich habe keine dürren Glieder.«

»Ach stimmt, du hast nur ein dürres Glied. Hat Dolores mal erzählt.«

»Idiot, du weißt genau, dass ich noch immer trauere.

Warum erwähnst du sie dann in so einem geschmacklosen Kontext?«

»Tut mir leid. Aber es gibt schließlich noch andere Doloresse. Sagt man das so?« Er sah Sedlar fragend an.

»Keine Ahnung, Zelenika, aber ich warte immer noch auf deine Antwort. Wenn ich keine Antworten bekomme, kann ich auch nichts lernen.« Er zwinkerte ihm zu, um seine Direktheit zu relativieren. Donnerwetter, dachte Sandra, er trat selbstsicher auf, ohne unfreundlich oder überheblich zu wirken. Sedlar hatte eine gesunde Portion Autorität, was unter gewissen Umständen sicher auch eine Gratwanderung sein konnte. Vielleicht vermisste Zelenika eine ebensolche Autorität bei seinem Kollegen Milić. Manchmal war es, als stieße ihn Milićs Ich-will-um-jeden-Preis-Harmonie-Haltung regelrecht ab. Milić würde sicherlich mehr Respekt bekommen, wenn er anderen Grenzen setzen und seine Rechte einfordern würde. Dass er das nicht wollte, war ebenfalls sein gutes Recht, aber er musste dann auch die Konsequenzen tragen.

»Na klar«, meinte Zelenika entspannt, »da hast du zweifellos recht.« Er lehnte sich auf der großen Eckbank nach hinten und verschränkte die Arme vor der Brust. »Verdächtig ist bei mir immer Stufe zwei, weißt du? Frau Jakšić ist noch bei Stufe eins.«

»Das heißt?«

»Auffällig.«

»Aha.« Sedlar grinste.

»Natürlich ist es seltsam, dass er ausgerechnet in dem Haus kaltgemacht wurde, in dem sie wohnt, aber andererseits hat sie zugegeben, ihn zu kennen. Nichts, was sie gesagt hat, war unlogisch. Es gab nichts, was mich hat hellhörig werden lassen oder was nicht zusammengepasst hätte.«

»Ich wusste gar nicht«, sagte Sandra, »dass du da verschiedene Ebenen hast. Stufe eins ist also auffällig, Stufe zwei ist verdächtig … Wie viele gibt es denn?«

»Vier.«

»Und was ist Stufe drei?«

»Gefährlich.«

»Und Stufe vier?«

»Verdammt gefährlich.«

Milić lachte leise auf. »Sehr originell. Als hätte ein Fünfjähriger sich Gedanken zum Thema *Total gefährliche Verbrecher* gemacht.«

Die Bedienung brachte die Getränke und den Imbiss.

»Sie hat es zwar zugegeben«, sagte Sandra zwischen zwei Bissen, »aber sehr ungern, wenn ich das so formulieren darf. Im Grunde hat sie es nur zugegeben, weil sie wusste, dass wir es irgendwann sowieso erfahren würden und sie dann …«

»… Ärger bekäme«, ergänzte Sedlar.

»So ist es. Ich würde ihre Aufrichtigkeit also nicht überbewerten, Zelenika. Sie hatte einfach keine Wahl.«

Zelenika zuckte die Schultern. »Klar, so kann man es auch sehen.«

Milić blickte zu Sedlar und fragte: »Warum sind Sie eigentlich Polizist geworden?«

Die Frage kam für alle etwas unerwartet. Auch Sandra sah Sedlar neugierig an. Was würde er wohl antworten?

»Keine Ahnung, denn eigentlich hasse ich Bullen.«

Milić entging die Ironie und er starrte seinen neuen Kollegen fassungslos an.

Sandra lachte.

Zelenika nickte gespielt anerkennend und meinte: »Also, ich bin Polizist geworden, weil ich so am besten meine Muskeln spielen lassen kann und weil ich den Leuten gerne Angst einjage.«

»Ihr seid doch blöd«, winkte Milić ab. »Die Frage war ernst gemeint.«

Sedlar dachte ein paar Sekunden nach. »Vielleicht habe ich einfach ein ausgeprägtes Bedürfnis nach Gerechtigkeit. Doch, ja, ich denke, das war der Hauptgrund.«

»Bei mir auch«, sagte Sandra.

Zelenika neigte den Kopf. »Ich bin Polizist geworden, weil ich die Herausforderung mag. Das meine ich ganz ernst. Wenn ich jeden Tag die gleiche Scheiße machen müsste, würde ich draufgehen.« Zelenika biss in sein Sandwich und sagte mit vollem Mund: »Und du, Milić, bist bestimmt zur Polizei gegangen, weil dir die Krimiserien im Fernsehen gefallen haben und du auch einer von den ganz Coolen sein wolltest.«

»Sicher nicht«, sagte Milić pikiert und lehnte sich mit seiner Kaffeetasse in der Hand zurück. »Eigentlich eher, weil ich gegen meine Mutter rebelliert habe.«

»Ach was?« Zelenika lachte in sich hinein.

»Sie sagte, dass sie einen Nervenzusammenbruch bekommen würde, wenn ich Polizist oder Feuerwehrmann werden würde.«

»Aha. Und du wolltest die Alte einfach gerne in der Klapse sehen?«

»Natürlich nicht. Aber wir haben in dieser Zeit oft gestritten, weil sie nicht akzeptieren wollte, dass ich allmählich selbstständig wurde. Also hat das Ganze seinen Lauf genommen.«

»Verstehe«, meinte Zelenika. Dann murmelte er: »Oder auch nicht.«

Eine knappe Stunde später standen sie auf der Veranda der Travić-Villa in Opatija. Das Haus lag auf einer Anhöhe, und das Panorama war einzigartig. Sandra sah sich um: Der

Blick aufs Meer war weitläufig, und man konnte die Insel Krk und die Verbindungsbrücke zum Festland sehen. Auch wenn sie nicht allzu wild darauf war, sich am Strand zu aalen, in das kristallklare Wasser wäre sie jetzt doch gerne gesprungen, um sich ein bisschen abzukühlen. Die wilden Felsen umarmten die malerische Bucht. Dahinter, im Grün der Bäume, wirkten die weißen Häuschen mit den roten Dächern wie Spielzeug. Sie beneidete die Menschen, die dort wohnten. Sie stellte sich vor, wie sie morgens aufstanden, die Terrassentür öffneten und auf die Weite des Meeres blickten, während sie ihren Kaffee tranken. Sandra hatte von ihrem Küchenfenster aus zwar auch Meerblick, aber sie sah nur ein kleines Stück Wasser. Und direkt unter ihr war ein Parkplatz. Während sie jetzt so auf Krk blickte, dachte sie an Jelenas Worte: »Die Deutschen tun sich immer schwer mit unseren Inselnamen. Irgendjemand meinte mal, dass man Krk vor lauter Konsonanten nicht aussprechen könne. Und das kam tatsächlich von einem Mann, der Ernst hieß.«

Bei diesen Gedanken fiel ihr ein, dass sie schon lange nicht mehr auf Krk war, obwohl es nur einen Steinwurf vor Rijeka lag. Die Insel war wunderschön, aber leider war Sandra nicht fürs Am-Strand-liegen geschaffen. Wenn sie eine kleine Reise machen würde, dann lieber zu den Plitvicer Seen oder zum Nationalpark Krka. Wobei Opatija natürlich auch seinen Reiz hatte und schon Mitte des neunzehnten Jahrhunderts ein Kurort gewesen war. Viel Prominenz war hierhergekommen, deutscher und österreichischer Hochadel sowie berühmte Künstler. Heute lebten hier vor allem reiche Leute. Eine Wohnung oder gar ein Haus in Opatija konnte man sich in der Mittelschicht nicht leisten. Wenn jemand sagte, er lebe in Opatija, dann wusste man um seinen Rang. Es war das Beverly Hills der Kvarner Region.

Das Ehepaar Travić lebte auf großem Fuß, das war nicht zu übersehen. Der Vorgarten wurde von professioneller Hand in Schuss gehalten. Die Säulen am Eingang waren imposant und so weiß, als würden sie jede Woche gereinigt. Der Boden, auf dem die Polizisten standen, schien aus echtem Marmor.

Zelenika drückte auf den Klingelknopf. Es dauerte nicht lange, bis ihnen jemand öffnete. Eine Frau mittleren Alters mit grauen Schläfen und hängenden Mundwinkeln stand vor ihnen und sah sie an. »Ja, bitte?« Es klang nicht gerade einladend, aber auch nicht unfreundlich.

»Guten Tag, ich bin Inspektor Sandra Horvat, das sind meine Kollegen. Wir sind von der Polizei Rijeka und untersuchen einen Mordfall. Können wir reinkommen?«

Die Frau sah sie mit großen Augen an. »Mord?«

»Wir haben ein paar Fragen an Herrn und Frau Travić.«

»Mord, na so was«, wiederholte sie abwesend, »kommen Sie herein. Ich sage den Herrschaften, dass Sie da sind.« Sie drehte sich um und verschwand in der Tür, die offenbar zum Wohnzimmer führte.

»Den Herrschaften?«, wiederholte Zelenika abfällig. »Ist sie per Zeitmaschine aus England angereist?«

Alle lachten leise. Genau in diesem Moment kam ein Mann in die Vorhalle. Er war etwa vierzig und wirkte sehr selbstbewusst, wie Sandra fand. Er ging kerzengerade auf sie zu und reichte allen die Hand. »Ron Travić.«

»Guten Tag«, erwiderte Sandra. Die Stimme versagte ihr plötzlich, und sie musste sich räuspern. Es war ihr etwas peinlich.

»Lassen Sie nur«, winkte er ab, »Mare hat mir schon gesagt, wer Sie sind, aber leider nicht, weshalb genau Sie hier sind.«

»Es geht um Mord.«

Er nickte, als sei das die normalste Sache der Welt und als hätte er jede Woche mit so etwas zu tun.

»Gehen wir doch ins Wohnzimmer, bitte.« Er streckte einladend den Arm aus und ließ sie den schönsten Raum betreten, den Sandra je gesehen hatte. Alles hier wirkte schwer, von den Vorhängen bis zu den chinesischen Vasen in der Vitrine. Die Kommoden wurden regelmäßig poliert, was man unschwer am Zustand und am Glanz der Möbel erkennen konnte. Sofas, Vorhänge und Platzdecken waren in Altrosa gehalten und die gehäkelten Kissen auf dem Sofa in strahlendem Weiß. Sandra fragte sich, warum manche Frauen das Glück hatten, einen solchen Kerl abzubekommen: reich, sympathisch, klug und obendrein noch gut aussehend. Als drei Sekunden später seine Ehefrau den Raum betrat, kannte sie die Antwort. Man musste selbst so jemand sein. Iva Travić sah umwerfend schön aus, hatte ein perfekt geschnittenes Gesicht, strahlend blaue Augen und eine Modelfigur von beinahe einem Meter achtzig, ohne dürr zu sein. Im Gegenteil. Ihr Körper wirkte sehnig und straff. Offenbar war Sport eines ihrer Hobbys. Dass sie ihr Haar einfach nur im Nacken zusammengebunden hatte, tat ihrer Schönheit keinen Abbruch. Im Gegenteil, es unterstrich ihr hübsches Gesicht. Der ärmellose schwarze Rollkragenpullover bot einen idealen Kontrast zu ihrem rotblonden Haar.

Sie gab den Besuchern die Hand. »Guten Tag. Nehmen Sie doch bitte Platz.« Um ihre Mundwinkel spielte ein kleines Lächeln, gerade so viel, dass es nicht aufgesetzt wirkte. Sie erschien freundlich, aber fast ein bisschen schüchtern.

Sandra und ihre Kollegen setzten sich.

»Es geht also um Mord?«, fragte der Herr des Hauses.

»Ja, ganz recht«, meinte Sandra.

Das Ehepaar ließ sich auf dem kleineren Sofa gegenüber

von den Beamten nieder. »Dürfen wir Ihnen etwas anbieten?«, fragte die Frau.

»Wir waren gerade beim Essen, vielen Dank«, meinte Sandra und lächelte.

Frau Travić schien verunsichert, und ihre Augen wanderten unruhig von einem zum anderen. Eine ganz normale Reaktion, wie Sandra wusste. Wenn die Leute mit dem Wort »Mord« konfrontiert wurden, versuchten sie, die Befragung so schnell wie möglich hinter sich zu bringen. Niemand gab sich gerne mit der Polizei ab, ob wegen Mordes oder anderer Delikte.

Der Mann hingegen wirkte auffallend gefasst und entspannt. Bewundernswert oder merkwürdig? Jetzt galt es, genau das herauszufinden.

»Ich nehme an, einer meiner Klienten oder ehemaligen Klienten ist getötet worden – oder hat jemanden getötet?«, knüpfte Ron Travić das Gespräch wieder beim eigentlichen Thema an.

»Klienten?«, meinte Milić überrascht. »Nein, nichts dergleichen.«

Herr Travić legte fragend die Stirn in Falten. Seine Frau umklammerte seine Hand und rief ängstlich: »Doch nicht jemand aus der Familie?«

»Nein, nein«, versuchte Sandra sie zu beruhigen. »Es geht darum, dass ein Mann heute Nacht tot aufgefunden wurde, und zwar genau in dem Mietshaus in Rijeka, in dem Sie eine Wohnung haben.«

Ein paar Sekunden verstrichen. Die Frau atmete hörbar aus, und der Mann erholte sich nur allmählich von seiner Überraschung. »Hm, nun ja. Wer ist der Mann?«

»Sein Name ist Anton Paulić.«

»Nie gehört.« Herr Travić war sich so sicher, dass er sich nicht mal ein paar Sekunden Zeit nahm, um nachzudenken. »Aber warum wurde er ausgerechnet dort ermordet?«

Sandra lächelte bitter. »Genau das wollen wir herausfinden, Herr Travić.«

»Und wie können wir Ihnen helfen?«

»Wir möchten gerne wissen, ob Ihnen in letzter Zeit etwas Merkwürdiges aufgefallen ist. Möglicherweise ist jemand ums Haus geschlichen oder einer der Mieter hat Besuch von jemandem bekommen, den Sie zuvor noch nicht gesehen haben.«

»Ach, wissen Sie ... Frau Jakšić bekommt viel Besuch.«

»Ich verstehe.« Sandra holte das Foto aus ihrer Tasche. »Kommt Ihnen dieser Mann bekannt vor?«

Das Ehepaar sah sich das Foto an. »Nein«, murmelten sie zeitgleich.

»Ist das der Tote?«, fragte Iva Travić.

»Ja.«

»Armer Mann, er war noch recht jung.«

»Können Sie voll und ganz ausschließen, dass Sie diesen Mann bei Frau Jakšić haben ein- oder ausgehen sehen?«

»Ich kenne den auf keinen Fall«, sagte Ron Travić. »Du, Liebling?«

Seine Frau schüttelte den Kopf. »Nein.«

Travić gab Sandra das Foto zurück.

»Wir möchten gerne noch die anderen Mieter befragen, aber ...«

»Oh«, rief er, »da werden Sie sich noch ein oder zwei Wochen gedulden müssen. Die sind in den Ferien oder bei ihren Familien im Ausland.«

»Tja.« Sandra zuckte die Schultern. »Da kann man wohl nichts machen.«

»Was für ein Anwalt sind Sie eigentlich?« Zelenika sah sich ungeniert im Raum um.

»Familienrecht und … nun, in der Hauptsache geht es um Scheidungen.«

Zelenika verzog beeindruckt den Mund. »Damit lässt sich ’n Haufen Zaster machen, was? Ich meine, wenn ich mich hier so umschaue … Vom Flohmarkt stammt das alles nicht, was?«

»Äh, Flohmarkt?« Ron Travić machte ein Gesicht, als würde er dieses grauenhafte Wort zum ersten Mal hören. »Nein, in der Tat nicht. Allerdings habe ich das alles nicht alleine verdient. Meine Eltern haben auch schon hart gearbeitet.«

»Aaaah!«, rief Zelenika. »Wenn harte Arbeit ein Maßstab für Reichtum wäre, dann würde ich drei Oldtimer und einen Privatjet mein Eigen nennen, mein Freund.«

Herr Travić sah ihn an, als wüsste er nicht, welche Reaktion Zelenika von ihm erwartete. Als Zelenika lachte, stimmte er zaghaft mit ein. Für einen kurzen Augenblick, so glaubte Sandra, hatte Zelenika es fertiggebracht, Herrn Travićs felsenfeste Souveränität ins Wanken zu bringen. Aber man hätte schon sehr genau hinsehen müssen, um das zu erkennen.

»Und womit verdienen *Sie* Ihre Brötchen?«, wandte sich Zelenika nun an Frau Travić.

Herr Travić kam seiner Frau zuvor: »Meine Frau ist ganz für mich und unser Zuhause da.«

»Geiler Job«, platzte es aus Zelenika heraus, »aber ich bin sicher, Ihre wunderhübsche Frau kann für sich alleine sprechen. Ist es nicht so?« Er lächelte ihr zu.

Sie wurde ein wenig rot und meinte: »Es ist so, wie mein Mann eben sagte.«

»Und was haben Sie vorher so gemacht?«

Der Laut, den Herr Travić von sich gab, hatte mit einem Lachen nicht viel zu tun. Er klang ungeduldig und signalisierte deutlich seinen Unmut. »Ich weiß wirklich nicht, weshalb solche Fragen relevant sein sollen.«

Zelenika streckte die Hand aus, wie um ein Stopp zu signalisieren. »Herr Travić, ich sag's mal ganz direkt, ja? Lassen Sie bitte diese Einspruchscheiße, wenn ich Ihre Frau befrage. Wir sind hier nicht vor Gericht.«

Sandra beobachtete Travić. Er versuchte, die Fassung zu bewahren, aber das schnelle Heben und Senken seines Brustkorbs verriet, dass er innerlich vor Wut kochte.

»Ich habe in einer Speditionsfirma gearbeitet«, kam es von seiner Frau.

»Und in welcher Funktion?«

»Im Schrankenhäuschen. Ich habe die LKWs rein- und rausfahren lassen.«

»Aha. Und dann haben Sie geheiratet und zu arbeiten aufgehört.«

Sie nickte etwas schüchtern. »Ja.«

Zelenika sah sie mehrere Sekunden lang an, bevor er sagte: »Danke, das war's auch schon für heute. Hat gar nicht wehgetan, nicht wahr?«

Iva Travić lächelte gezwungen und sah Zelenika an, als wäre er nicht ganz bei Sinnen. Als sie aufgestanden waren, meinte Zelenika wie beiläufig: »Ach ja, wo waren Sie heute Nacht gegen ein Uhr?«

Das Ehepaar sah sich schockiert an. Dann sahen sie wieder auf die Beamten. »Meine Frau hat die letzten beiden Tage krank im Bett gelegen und ist erst seit Kurzem wieder auf den Beinen. Ich war in Zagreb, bei einem Seminar.«

»Seit wann sind Sie zurück?« Zelenika fixierte ihn.

»Seit etwa vier Stunden. Als ich kam, ist meine Frau gerade aufgestanden.«

Sandra beobachtete ihn. Travić sah nicht aus, als hätte er einen Auftragskiller engagiert, aber wer sah schon so aus?

Auf der Rückfahrt nach Rijeka schimpfte Milić mit Zelenika, dass er zu weit gegangen sei.

»Mann, Mann, Mann, Milić!«, antwortete der nur. »Ich bin halt nicht so ein harmonisch-humorvolles Früchtchen wie du. Der Kerl ist ein Arsch.«

Milić schüttelte den Kopf. »Jeder, der nicht deinen Vorstellungen entspricht, wird von dir behandelt wie ein Schwerverbrecher. Taktgefühl ist etwas, das du nie gelernt hast, Mihajlo. Du bist so roh wie ein frisch gelegtes Ei. Wenn du ein bisschen mehr Fingerspitzengefühl entwickeln würdest, wäre uns allen damit gedient.«

»Du hast recht«, sagte Zelenika überraschenderweise.

Milić musterte ihn. Aber als auch nach einer halben Minute nichts mehr kam, meinte er: »Du setzt nicht noch einen drauf? Du sagst einfach nur so, dass ich recht habe?«

»Ja, Kumpel. Ich bin so roh wie ... wie war das? Ein ...«

»Frisch gelegtes Ei.«

»Frisch gelegtes Ei, ja, ja. Genau. Das bin ich. Aber weißt du was? Du bist nicht ich.«

»Na Gott sei Dank.«

»Verstehst du? Ich kann nicht anders sein. Ich habe meine Verhör- und Befragungsmethoden und du hast deine. Akzeptier das einfach.«

Milić nickte mechanisch. Offenbar hatte er Angst, dass Zelenika sonst zu einem neuen Schlag ausholen würde.

»Ich denke, die beiden können wir vergessen«, sagte Sedlar plötzlich. »Die bekommen doch am wenigsten vom Hausgeschehen mit, so selten, wie die dort sind.«

Sandra sah Sedlar im Rückspiegel an. Er schien es zu merken, denn er erwiderte ihren Blick. »Mir sind Männer, die sich ihrer Sache – oder ihrer Person – allzu sicher sind, irgendwie unheimlich«, sagte sie. »Und dieser Mann gehört definitiv dazu.«

»Aber wir dürfen wohl davon ausgehen, dass er keine Typen wie Anton Paulić kennt. Woher auch.«

Sandra schüttelte den Kopf. »Haken Sie die Dinge nicht so schnell ab, Sedlar. Woher wissen Sie, dass Travić nicht gerne mal ein dickes Zigarettchen raucht oder sich was durch die Nase zieht? Und von welchen Typen sollte er das sonst bekommen?«

»Möglich ist alles«, meinte Sedlar.

»Es gibt noch weitere Möglichkeiten, wie sich ihre Wege hätten kreuzen können. Man muss nur immer aufpassen, dass man nichts in einen Fall hineininterpretiert, was in Wirklichkeit gar nicht da ist.«

»Ist Ihnen das schon mal passiert?«, fragte Sedlar mit einem Anflug Provokation.

Sandra versuchte, lässig zu reagieren. »Aber sicher ist mir das schon mal passiert, genau wie jedem anderen auch. Nicht wahr, Zelenika? Weißt du noch, wie du im Fall Barešić auf Teufel komm raus die Frau zur Ehebrecherin machen wolltest?«

Zelenika tat, als wäre er auf einem anderen Planeten gewesen und eben erst zurückgekehrt. »Äh, was?«

»Schon gut«, winkte Sandra lachend ab.

»Ich vermisse Dolores«, kam es unvermittelt von Milić.

Als niemand darauf reagierte, fragte er: »Ob ich sie anrufen soll?«

Zelenika seufzte resigniert und drehte sich zu Milić um. »Das hat doch keinen Sinn, Jakov.« Seine Stimme war sanfter als sonst.

»Dein Ton ist freundlich, aber im Grunde bist du brutal.«

»Ich bin einfach nur ehrlich. Es bringt nichts, sie anzurufen oder auf eine Versöhnung zu hoffen, solange du nicht bei deiner Mutter ausziehst. Warum begreifst du das nicht endlich?«

»Aber wieso ...«

»Eine Frau will einen Mann und kein Muttersöhnchen. Friss das oder lass es bleiben.« Er drehte sich wieder nach vorne und sah durchs Fenster.

»Wisst ihr was? Ich rufe sie jetzt einfach an. Jetzt auf der Stelle, jawohl. Und ich frage sie ganz direkt, ob die Tatsache, dass ich noch zu Hause wohne, etwas damit zu tun hat, dass sie Schluss gemacht hat.« Milić holte sein Handy aus der Hosentasche, tippte nervös, und bald darauf hörte man seine aufgeregte Stimme: »Dolores, ich bin es. Leg bitte nicht gleich auf, ich möchte dich nur etwas fragen, weißt du. Was? Nein, nein, natürlich respektiere ich deine Entscheidung, wirklich. Aber vielleicht könnten wir uns doch noch einmal zusammensetzen und darüber ... Ja, gut, aber wie viel Zeit brauchst du denn noch? Ach so, na gut. Ich wollte dich etwas fragen, ja. Der eigentliche Grund, warum du Schluss gemacht hast, ist das vielleicht deshalb ... weil ich noch bei meiner Mutter wohne?« Milić lauschte in sein Handy, saß eine Weile wie versteinert da und steckte das Telefon dann wieder ein.

»Was hat sie gesagt?«, fragte Sedlar.

»Sie sagte: ›Was glaubst du denn, du Trottel?‹ Hätte sie nicht etwas behutsamer sein können?«

Zelenika drehte sich noch einmal um. »Du musst nur wissen, was du wirklich willst, dann erledigt sich alles andere von selbst. Versuche endlich, Prioritäten zu setzen. So einfach ist das.«

»In der Theorie ist immer alles einfach«, sagte Milić.

Zelenika schwieg, zündete sich eine Zigarette an und schloss danach die Augen. Sandra bemerkte, dass seine Hände zitterten.

10

Den Rest der Strecke legten sie schweigend zurück. Wie es aussah, verstand Zelenika, dass Milić gerade etwas Ruhe brauchte, um das Telefonat mit Dolores zu verarbeiten. Sandra konnte gut verstehen, dass Milić nicht alleine bleiben wollte, und sie fragte sich, inwieweit sich jemand den Erwartungen des anderen unterordnen sollte, um die Beziehung zu retten. Hatten sie überhaupt das Recht, Milićs Lebensweise infrage zu stellen? Warum sollte er irgendetwas ändern wollen, wenn es sich für ihn, so wie es war, richtig anfühlte? Vielleicht musste er einfach selbst den richtigen Moment abpassen, um sich endlich von seiner Mutter abzunabeln, und wenn er Glück hatte, würde Dolores dann immer noch da sein.

Hatte Sandra sich Marin gegenüber zu sehr angepasst? Es hatte einmal einen Augenblick an einem Sonntagnachmittag am Strand gegeben, da hätte sie ihre Arbeit beinahe vor ihm zu rechtfertigen gesucht. »Kannst du als Polizistin denn nicht in einem Büro arbeiten?«, hatte Marin gefragt. Dann hatte sie versucht, ihm zu erklären, warum es nicht dasselbe wäre und wie sehr sie die Untersuchungen mochte, die Teamarbeit, das ständige In-Bewegung-Sein, so nah am Geschehen … Er hatte ihren Beruf nie wirklich verstehen können, und das hatte sie deutlich gespürt. Vielleicht war seine Lebensrealität als Goldschmied zu weit davon entfernt gewesen.

Als sie den Wagen auf dem Parkplatz des Präsidiums

parkte, musste sie die Gedanken an Marin verscheuchen, um sich wieder auf die Arbeit zu konzentrieren. Sie warf einen Blick auf das Gebäude des MUP[4], einen rechteckigen Klotz, alles andere als ästhetisch, in der *Straße der Opfer des Faschismus*. Wenn man davor stand, führte rechts eine Straße bergauf, die früher Via Roma geheißen hatte, weshalb das Gefängnis, das sich dort befand, im Volksmund immer noch so genannt wurde, so wie auch der Fußballverein *HNK Rijeka* immer noch mit »Forza Fiume!« angefeuert wurde. Sein Motto lautete: »Lieber verrecken als aufgeben.«[5]

Neben dem Gefängnis befand sich das Gerichtsgebäude. In dieser Stadt ging es immer wieder bergauf, was Zelenika irgendwann zu der Aussage veranlasst hatte: »Genau deshalb haben die Frauen hier alle so stramme Hintern.«

Links befanden sich die Universität und das neue, teure Parkhaus. Wenn man daran vorbeiging, konnte man nach links zum Korzo abbiegen oder geradeaus weitergehen, vorbei an der Kirche der Himmelfahrt der Jungfrau Maria. In dieser Kirche war Sandra getauft worden, und weil ihr Name nicht in der Bibel zu finden war, hatte der italienische Pfarrer ihr die Mittelnamen Marija Aurora verpasst. Nummer zwei war wohl eher seiner italienischen Herkunft zu verdanken. Neben der Kirche schließlich stand der schiefe Turm von Rijeka, ein freistehender Glockenturm, der sich um vierzig Zentimeter geneigt hatte.

Kaum hatten sie das Präsidium betreten und die letzte Stufe genommen, als Zelenika und Milić auch schon von Mandić abgefangen wurden. »Die Nichte von Elvira Veluka

---

4 Ministarstvo unutarnjih poslova = Ministerium für innere Angelegenheiten

5 Krepat ma ne molat

hat angerufen«, kam er gleich zur Sache, ohne Zeit auf einen Gruß zu verschwenden.

»Wirklich?«, rief Zelenika überrascht.

»Wer?«, schaltete Sandra sich ein.

»Der andere Fall. Die Alte, die mit dem Schnellkochtopf in ihrer Wohnung ermordet wurde. Ich habe die einzige Verwandte ausfindig gemacht. Sie lebt in Wien und ist dort mit einem Österreicher verheiratet«, erklärte Zelenika.

Mandić nickte. »Ich habe mir ihre Telefonnummer aufgeschrieben, aber sie ist heute den ganzen Tag nicht zu Hause. Sie sagte, sie würde später noch einmal anrufen.« Er schnaubte verächtlich. »Ich bin mir vorgekommen wie ein Bittsteller, weil ich sie bekniet habe, sich so schnell wie möglich bei dir zu melden. Sie hat deine Büronummer, Zelenika. Du setzt dich jetzt an deinen Schreibtisch und wartest, bis das Telefon klingelt. Quetsch alles aus ihr raus, was geht.«

»Natürlich«, meinte Zelenika. »Milić und ich haben schon eine Liste mit Fragen gemacht.«

»Alles klar«, sagte Sandra, machte auf dem Absatz kehrt und ging mit Sedlar in ihr Büro.

»Vielleicht bewegt sich nun doch noch etwas im Schnellkochtopf-Fall«, meinte sie lächelnd.

»Ob es ein Verrückter war?« Sedlar musterte sie von der Seite.

»Wer weiß.« Sandra ging zu ihrem Schreibtisch, nahm die Unterlagen zu Paulić zur Hand und suchte die Telefonnummer seiner Mutter heraus. »Frau Paulić? Hier ist noch einmal Inspektor Horvat. Wir waren heute in dem Zimmer, in dem Ihr Sohn zur Untermiete gewohnt hat, und haben eine Notiz gefunden. Er wollte sich mit einem gewissen Bob treffen. Sagt Ihnen der Name etwas?«

Am anderen Ende der Leitung war es totenstill. Sandra dachte schon, die Frau hätte aufgelegt. »Hallo?«

»Ja, ich höre Sie. Könnten Sie mir freundlicherweise eine halbe Minute Bedenkzeit geben? Ich bin schließlich keine Maschine«, sagte Frau Paulić kühl.

Sandra biss sich auf die Lippen. Entschuldigen würde sie sich nicht. Es wäre etwas anderes gewesen, wenn die Frau mit den Nerven am Ende wäre, aber ihre gefasste Art nahm Sandra nicht gerade für sie ein. »Natürlich«, erwiderte sie deshalb sachlich.

»Ich habe keine Ahnung. Den Namen Bob kenne ich nur aus amerikanischen Fernsehserien. Ich kann mich nicht erinnern, dass mein Sohn ihn je erwähnt hätte.«

Sandra wollte noch nicht auflegen. Irgendwas, das von Belang war, musste eine Mutter über ihren Sohn doch wissen. »Wie geht es Ihnen, Frau Paulić?«

»Wie es mir geht?« Sie schien überrascht.

»Ja. Wie kommen Sie mit alldem zurecht?«, fragte Sandra behutsam. Irgendwo im Inneren dieser Frau musste es etwas geben, das tief verletzt und traurig war.

»Auf meine Weise.«

Sandra wartete, dass sie noch etwas sagen würde, aber Frau Paulić schwieg. »Wissen es Ihre anderen Kinder schon?«

»Ja, ich habe mit ihnen telefoniert. Meine Tochter ist mit den Nerven runter. Sie war schon immer sehr labil. Die Jungs sind schockiert, aber ich habe ihnen gesagt, dass ihr Leben weitergeht. Anton hat es offenbar so gewollt.«

So gewollt? Was gewollt? Ermordet werden? Was redete diese Frau da? Langsam fing Sandra an, sie zu verabscheuen. »Empfinden Sie denn gar keine Trauer?«

»Hören Sie, Inspektor. Es geht mir auf die Nerven, dass Sie ständig irgendwelche Gefühlsausbrüche von mir erwarten.«

»Das geht Ihnen auf die Nerven? Der Tod Ihres Sohnes scheint Ihren Nerven nichts anzuhaben.« In dem Moment, als sie es ausgesprochen hatte, wusste sie, wie unprofessionell sie sich verhielt. Aber es tat ihr nicht leid. Wie konnte ein Mensch, eine Mutter, nur so schrecklich gefühlskalt sein?

»Was soll ...«

»Jetzt hören Sie mir mal zu, Frau Paulić. Sie werden verstehen, dass ich Ihr Verhalten ungewöhnlich finde, ja ich würde sogar sagen, verdächtig.«

»Wollen Sie damit sagen, ich hätte ihn getötet?«

»Oder töten lassen.«

»Sie verdammte Kuh!«

»Danke für das Gespräch, Frau Paulić.«

Frau Paulić legte grußlos auf.

Sandra stützte den Kopf in die Hände und stöhnte.

»Was ist?«, fragte Sedlar. Er lehnte sich an seinen Schreibtisch und sah sie an.

»Ich bin zu weit gegangen. Da erzähle ich Ihnen etwas von professionellen Verhörmethoden ... Sehen Sie mich an. Das eben war absolut total vollkommen unprofessionell.« Sie rieb sich die Augen. »Das ist mir bisher noch nie passiert, und ich kann nur hoffen, dass es mir nie wieder passieren wird.«

»Ach was. Soll die Frau doch wissen, dass wir ihr Verhalten nicht normal finden. Ich glaube, ich wäre noch ein bisschen härter mit ihr umgegangen.«

Sie sah ihn an. »Noch härter?«

»Ich denke schon.«

»Wow. Sie sind also der Bad Cop? Dann werden Sie noch viel von Zelenika lernen. Zum Glück habe ich Milić im Team, sonst würde ich mir vorkommen wie in der Fremdenlegion. Vielleicht sollte ich noch mal anrufen und einen freundlicheren Ton anschlagen?«

»Vielleicht machen Sie es damit nur schlimmer.«

Sie überlegte eine Weile. »Ich hab nur laut gedacht. Eigentlich habe ich es nicht nötig, mein Verhalten zu rechtfertigen.«

»Sehe ich auch so, Inspektor.«

Sandra sah ihn an und lächelte dankbar. »Danke. Und wissen Sie was? Ich brauche jetzt einen Kaffee. Ganz schnell. Würden Sie mir einen holen?«

»Klar, hab mir nicht umsonst das Wort *Laufbursche* auf die Stirn tätowieren lassen.«

Nach zwei Tassen Kaffee und einigen Telefonaten machten sich Sandra und Sedlar zu Fuß auf den Weg zum *Midnight Café*. Es war mittlerweile schon spät am Nachmittag, aber die Sonne brannte immer noch vom Himmel. Immerhin war es nicht weit bis zur Altstadt, und die Temperaturen waren etwas angenehmer geworden. Wann würde es endlich mal wieder regnen? Es herrschte zwar kein Wassermangel, aber ein bisschen Regen würde die ersehnte Erfrischung bringen, auch wenn es danach meistens ziemlich dampfig wurde.

Sie gingen durch die engen Gassen der Altstadt, abseits des Korzo, da man so schneller vorankam. Sandra war nicht oft hier, was sie in diesem Moment bedauerte. Die kleinen, alten Läden verbreiteten einen mediterranen, antiquierten Charme. Sie befanden sich nur ein paar Minuten vom Korzo entfernt, wo die großen, modernen Geschäfte protzten. Es war, als sei man in einer anderen Welt. So nah, und doch so fern, das Moderne und das Alte neben- und doch getrennt voneinander.

»Hat dieses *Midnight Café* auch tagsüber geöffnet?«, wollte Sedlar wissen.

»Keine Ahnung. Hoffen wir es einfach«, sagte Sandra.

»Wissen Sie ungefähr, wo es ist?«

»Ja, ungefähr. Wir werden es schon finden.«

Sie schwiegen eine Weile, dann meinte sie übergangslos: »Komisch, dass er keine Freundin hatte. Er war doch ziemlich attraktiv.« Aus den Augenwinkeln sah sie, dass Sedlar sie betrachtete, dann lachte er leise auf.

»Was ist daran so witzig?«

»Sie finden, er war attraktiv?« Seine Stimme verriet Erstaunen.

Sie sah ihn kurz an, blickte dann wieder auf den Boden. »Ja. Zwar auf etwas proletarische Weise, aber er sah ganz gut aus. Ich meine, männlich und so.«

»Bei allem Respekt, Inspektor Horvat, aber Frauen sind schon merkwürdig in dieser Hinsicht.«

»Wie meinen Sie das?«

»Heiraten wollen sie am liebsten einen Kerl im Anzug, mit Aktentasche und polierten Schuhen. Aber sexy finden sie einen Macho mit Tattoo und Zahnlücke auf einer Harley.«

»Okay, Sedlar, die Harley ist schon gut, und mit dem Tattoo könnte ich auch leben, obwohl Tattoos bei mir immer Assoziationen an alte Seefahrer wecken. Aber wie Sie auf die sexy Zahnlücke kommen, ist mir ein absolutes Rätsel.«

»Ich meinte das symbolisch, das sollte für abgeklärte Unnahbarkeit stehen.«

Sandra schüttelte den Kopf. »Ich habe da mal eine Frage. Stellen Sie sich eine Frau in kurzem Stretchkleid vor, natürlich wohlgeformt und schlank. Daneben steht eine Frau, die genauso hübsch ist, aber in Halbschuhen, Jeans und T-Shirt, mit ein paar Pfund mehr. Welche finden Sie attraktiver?«

Sie hatte den Satz kaum zu Ende gesprochen, als er auch schon antwortete: »Die in Jeans und T-Shirt.«

»Na klar.« Sie lachte laut auf. »Hätte ich mir denken können.«

»Sie fragen, ich antworte. Und offen gesagt, ich fand Stretchkleider schon immer hässlich, die sehen aus wie Eierwärmer.«

Sandra hielt nach dem Café Ausschau. Hier musste es ungefähr sein. »Wissen Sie was? Zelenika und Milić können ganz schön anstrengend sein. Aber so schräge Unterhaltungen wie mit Ihnen habe ich noch mit keinem Kollegen geführt.«

»Im Moment mag ich Ihnen noch verrückt vorkommen«, antwortete er gespielt philosophisch, »aber wenn sich unsere Wege irgendwann trennen, werden Sie mich vermissen.«

Was sie beunruhigte, war die Tatsache, dass sie sich davor fürchtete, er könnte recht haben. Wie schnell konnte man sich doch an einen Menschen gewöhnen!

Es war nicht ganz einfach, das Café zu finden, weil es in einer kleinen Gasse lag. Nach einigem Umherirren entdeckte Sandra den Laden. Als sie darauf zugingen, meinte sie: »Sie gehören bestimmt auch zu den Männern, die nicht nach dem Weg fragen.«

»Ich will ehrlich sein, Inspektor. Ich glaube, das ist ein blödes Klischee. Genauso eines wie, dass Frauen gerne Schuhe kaufen.«

Sie sagte nichts.

Er sah sie an und hob fragend die Augenbrauen.

»Äh, ja, genau«, murmelte sie.

Er sah sie lächelnd an. »Wie viele Paar Schuhe besitzen Sie?«

»Zwei. Ein Paar für den Sommer und ein Paar für den Winter.«

Er lachte aus vollem Hals. Sie wandte schnell den Blick ab, weil er so ein schönes Lachen hatte.

Von außen sah das Café einladend aus, mit bunten Lämpchen um die Fensterrahmen und einer grünen Markise. An der Eingangstür stand zu lesen, dass der Laden von zehn Uhr morgens bis Mitternacht geöffnet hatte. Sedlar hielt die Tür auf und ließ Sandra eintreten. Einen kurzen Augenblick fragte sie sich, wie es wäre, mit ihm auszugehen. Die Geste hatte etwas Persönliches. Für den Bruchteil einer Sekunde sahen sie sich in die Augen, dann zwang sie sich, den Kopf wieder für die Arbeit klarzubekommen. Als sie eintraten, wusste sie sofort, woher das Lokal seinen Namen hatte. Der Besitzer schien ein großer Smokie-Fan zu sein. Die Wände waren mit Postern der Band und alten Schallplattenhüllen geschmückt. Über dem Tresen hing das Album *Midnight Café*. Der Raum war sauber und konsequent im Stil der Siebzigerjahre eingerichtet, mit Details wie orangefarbenen, kleinen Vasen und Gläsern mit Goldrand. Die Tischdecken hatten riesige, orange-braune Muster, wie die Vorhänge in ihrer Kindheit. Im Hintergrund lief *It's a Heartache* von Bonnie Tyler. Zwei Tische waren von jungen Leuten besetzt, die wahrscheinlich gerade die Uni oder die Arbeit schwänzten. Hinter dem Tresen stand ein Mann, der mit aufgestützten Händen auf die Zeitung blickte, die ausgebreitet vor ihm lag.

Sedlar flüsterte Sandra ins Ohr: »Der Typ da, diese Mischung aus Bud Spencer und Johnny Cash, ist sicher der Besitzer. Ein Angestellter würde während der Arbeitszeit kaum Zeitung lesen.«

»Sie könnten recht haben, Charlie Chan.« Sandra konnte Sedlars Rasierwasser riechen. Maskulin, aber unaufdringlich.

Sandra und Sedlar gingen zum Tresen. Der Mann dahinter blickte auf. Sandra stellte sie beide vor und zeigte ihm ihren Ausweis. »Sind Sie der Besitzer des Ladens?«

»Ja, warum?« Seine Stimme war tief, und der Tonfall verriet Geringschätzung. »Ich hab langsam die Schnauze voll von euch.«

»Ach ja?«, fragte Sedlar gelangweilt. »Warum denn?«

»Ständig kommt jemand von den Bullen und quetscht mich über meine Gäste aus. Ich nehm' mal an, das wollen Sie auch?«

Sandra neigte den Kopf. »Ja.«

Der Kerl faltete seine Zeitung zusammen und murmelte: »Was bitteschön hab ich für einen Einfluss drauf, wer bei mir zur Tür reinkommt, verdammte Scheiße? Kann ich was dafür, dass ein paar von denen kriminell sind?«

Sandra schloss die Augen und schüttelte den Kopf.

»Sie verarschen mich.« Der Anflug eines Lächelns umspielte seinen Mund.

»Ein klein wenig.« Sandra tat es Sedlar nach und stützte sich auf den Tresen. »Wie ist Ihr Name?«

»Leonard Bičanić. Von Freunden und Bekannten werde ich Leo genannt, aber ich nehme an, das interessiert Sie 'nen Scheiß. Also, was wollen Sie wissen?«

Sandra holte das Foto von Anton Paulić heraus. »Kennen Sie ihn?«

»Klar, Mann. Das ist Nero.«

Sandra sah ihn über den Tresen hinweg an. »Kennen Sie seinen richtigen Namen?«

Leo dachte angestrengt nach. »Ich glaube, Anton oder Antonio. Den Nachnamen weiß ich nicht.«

»Er hieß Anton Paulić.«

Leo hob den Kopf und sah sie an. »Hieß? Ist er etwa tot?«

»Er wurde heute Nacht ermordet.«

»Oh, du heilige Scheiße. Von wem denn?«

»Das versuchen wir herauszufinden.«

»Ach, darum geht's also. Mann, das ist ja übel.« Nachdenklich schaute er nochmals auf das Foto. »Ermordet. Sachen gibt's ... Wie denn ermordet?«

»Ihm wurde die Kehle aufgeschlitzt«, sagte Sandra.

Leo schüttelte ungläubig den Kopf. »Schrecklich.«

»War er oft hier?«

»Ja, kann man sagen. Aber in unregelmäßigen Abständen.«

»Heißt?«, hakte Sandra nach.

»Manchmal kam er jeden zweiten Tag, dann wieder zwei Wochen gar nicht. Keine Ahnung, wovon das abhing, Mann.«

»Hatte er Freunde, mit denen er sich regelmäßig hier getroffen hat?« Sandra blickte Leo forschend ins Gesicht.

»Ja, besonders natürlich Mirko und Fab, also Fabijan. Die Nachnamen kenn ich nicht. Ich frag die Leute nicht nach ihren Personalien. Also, die beiden kommen ziemlich regelmäßig.«

»Können Sie uns bitte anrufen, sobald einer der beiden hier auftaucht?«

Leo zog eine angewiderte Grimasse. »Ach, ich weiß nicht. Da seh ich einen von denen und dann renn ich zum Telefon und ruf die Bullen.« Er winkte ab. »Nein, Mann. Das ist nicht Leos Stil.«

»Hören Sie.« Sandra versuchte es mit Verständnis und Geduld. »Ich verstehe, was Sie meinen, aber das sehen Sie falsch. Anton ... gut, nennen wir ihn Nero, ist ermordet worden. Um den Täter zu schnappen, müssen wir mit den Leuten reden. Niemand mag das, aber es ist nun mal nötig. Sie müssen nichts weiter tun, als die Handynummer wählen, die da auf der Karte steht. Sie müssen nicht mal mit mir reden, Sie müssen es nur klingeln lassen, dann sehe ich die Nummer. Und wenn jemand fragen sollte: ›Hast du die

Bullen angerufen?‹, sagen Sie einfach: ›Nein‹, denn Sie haben ja nur meine Nummer eingetippt. Okay? Tun Sie es für Nero!«

»Warum sollte ich? Ich konnte den Kerl nicht leiden.«

»Ach?«

»Er war ein eingebildeter Saftsack. Außerdem hab ich ihn mal rausgeschmissen, weil er hier Dope verkauft hat. Unauffällig zwar, aber ich will so was nicht in meinem Laden.«

»Sie sind in Ordnung, Leo.«

Er setzte eine gelangweilte Miene auf. »Jetzt kommen Sie mir nicht mit der Tour. Sehe ich aus wie ein pubertierender Jüngling?«

»Werden Sie mich anrufen?«

»Ach, Schätzchen. Wenn du mich das doch unter anderen Umständen fragen würdest …« Er seufzte theatralisch und meinte: »Na, gut.«

»Danke!«

»Um welche Tageszeit kommen die beiden denn für gewöhnlich?«, fragte Sedlar.

»Fab am späten Nachmittag oder abends, nach der Arbeit. Mirko mal so, mal so. Der arbeitet ja nicht.«

»Okay. Hat Anton Paulić die beiden hier kennengelernt?«, wollte Sandra wissen.

»Wer? Ach so, Nero.«

»Ja gut, Nero.«

»Mirko hat er hier kennengelernt. Mirko und Nero sind sich ziemlich ähnlich im Auftreten und sie haben die gleiche große Klappe. Fab kennt Nero schon ziemlich lange, ich glaube, noch aus Schulzeiten.«

Sedlar machte sich Notizen auf seinem Block.

Sandra versuchte, ihre nächsten Worte so vorsichtig wie möglich und in neutralem Tonfall vorzubringen. »Haben Sie denn irgendeine Ahnung, was Mirko und Fab so machen?«

Leo verzog den Mund und sah für einen Augenblick aus dem Fenster. »Sie überschätzen meinen Job als Wirt, schöne Frau.« Er seufzte, dann stemmte er die Hände in die Hüften. »Fab ist ein feiner Kerl. Er arbeitet in der Werft *3.maj*. Ich glaub, er hat mal erzählt, dass er dort in der Kantine das Essen ausgibt. Er hat immer versucht, Nero auf den richtigen Weg zu bringen, aber ... Na ja, was weiß ich. Jedenfalls hat Nero ihn gemocht, aber nicht auf ihn gehört.«

»Und dieser Mirko?«, kam es von Sedlar.

Leo lachte zynisch auf. »Über den bilden Sie sich Ihr eigenes Urteil.«

»Dürfen wir gespannt sein?«, fragte Sandra.

»Unbedingt, unbedingt.« Leo senkte die Stimme. »Wenn ich Ihnen einen kleinen Tipp geben darf: Wenn er Ihnen blöd kommt, fahren Sie ihm einfach übers Maul, dann tut er nicht mehr so großspurig. Bei mir hilft das immer. Einmal hab ich ihm gesagt, wenn er sich weiter über meinen Service beschwert, pack ich ihn an den Haaren und knall seine Birne gegen den Spiegel da. Seitdem ist Ruhe.« Leo blickte von einem zum anderen. »Verstehen Sie mich nicht falsch. Ich bin auf meine Gäste angewiesen und behandle sie höflich, aber der Herr im Haus bin immer noch ich. Wenn mir jemand Manieren beibringen oder mir meinen Job erklären will, dann gibt es klare Ansagen von mir.«

Sandra und Sedlar nickten.

»Aber die meisten meiner Gäste sind in Ordnung«, meinte Leo abschließend.

Sandra sah sich um. »Sie scheinen ein großer Smokie-Fan zu sein.«

Leo lächelte. »Ja, klasse Jungs waren das. Bei mir im Laden wird grundsätzlich nur Musik aus den Siebzigern gespielt. Diese ganze neumodische Scheiße kommt mir nicht in die Anlage. Das sind alles so harmlose Trällerliedchen, davon krieg ich das Kotzen. So was wäre uns früher nicht auf den Plattenteller gekommen. Früher haben wir gerockt und gepunkt, das gibt's heute nicht mehr.«

Sedlar grinste. »Sie beide könnten gute Freunde werden. Meine Kollegin hier ist auch ziemlich auf die Siebziger fixiert.«

Sandra rollte mit den Augen. »Also fixiert ist ein bisschen dick aufgetragen. Und ich sage nur: Abba.« Im Hintergrund lief *Stairway to Heaven* von Led Zeppelin. »Leo«, Sandra sah dem Wirt ins Gesicht. »Gibt es sonst noch irgendetwas, das Sie uns über Nero sagen können?«

Mit ehrlichem Bedauern antwortete er: »Nein, wirklich nicht. Er war nicht gerade 'ne Quasselstrippe, hat immer nur sein Bier getrunken und gutes Trinkgeld gegeben. Am besten, Sie unterhalten sich mit Mirko und Fab. Wie ich schon sagte, das mit dem Dope war der einzige Zwischenfall. Ob er sonst auch Drogen verkauft hat, davon hab ich keine Ahnung. Meine Devise ist: Je weniger ich weiß, desto besser. Neugierde kann gefährlich sein.«

»Kennen Sie eine gewisse Eva Jakšić?«

Er lachte auf und entblößte seine kräftigen weißen Zähne. »Na klar kenn ich die Eva. Ist 'ne klasse Braut. Wissen Sie, womit sie ihr Geld verdient?«

Sandra lächelte Leo an. »Sie arbeitet …«

»Freiberuflich.«

»Eine überaus charmante Bezeichnung, Leo. Sie sind ein Gentleman. Ich mag Sie.«

Er grinste. »Was wollen Sie denn über Eva wissen?«

»Wie gut kannten sich Eva und Nero?«

»Ziemlich gut. Haben oft miteinander gequatscht und gelacht.« Interessant, dachte Sandra. Eva Jakšić hatte es so hingestellt, als würde sie Nero kaum kennen. Aber irgendwie war Sandra nicht überrascht. Sie konnte selbst nicht genau sagen weshalb.

»Wissen Sie, ob die beiden sich auch privat getroffen haben?«, fragte sie Leo.

»Keinen blassen Schimmer.«

»Schienen sie vertraut miteinander?«

»Vertraut? Weiß ich nicht«, winkte er ab, »ich hab sie nur hin und wieder miteinander lachen und quatschen sehen. Und manchmal, wenn Eva auf jemanden gewartet hat, hat er sich zu ihr an den Tisch gesetzt. Wenn dann ihre Verabredung kam, ist er sofort aufgestanden. Ihren Männern hat sie Nero als den Sohn ihrer Freundin vorgestellt.«

Sandra und Sedlar sahen sich an. »Den Sohn ihrer Freundin?«, wiederholte Sandra ungläubig.

Leo zuckte die Schultern. »Keine Ahnung. So hat sie es jedenfalls immer gesagt.«

Sedlar fuhr sich mit der Hand durchs Haar. »Entweder hat sie das nur gesagt, damit niemand denkt, sie sei mit ihm liiert, oder …«

»Oder die Jakšić und die Paulić kennen sich«, ergänzte Sandra.

Leo sah von einem zum anderen. »Hab ich gerade einen Mordfall gelöst?«

»Nicht ganz«, meinte Sandra nachdenklich. »Aber Sie haben Licht in die Sache gebracht.«

»Ob das gut für mich ist? Vielleicht hab ich morgen ein Messer im Rücken.«

Sandra lachte. »So schnell wird man nicht getötet, Leo. Machen Sie sich mal keine Sorgen.«

»War auch nur ein Scherz. Leo ist ein cooler Typ und kein Angsthase«, meinte er. Dabei klang er allerdings durchaus ein bisschen ängstlich.

»Davon bin ich überzeugt. Machen Sie's gut, Leo – und danke.« Sie wandten sich zum Gehen, und Sedlar wollte gerade seinen Notizblock und den Kugelschreiber verstauen, als Leo rief: »Mein Gott, ich Trampel, ich hab Ihnen nicht mal was zu trinken angeboten. Wollen Sie einen Kaffee?«

»Wir hatten heute schon genug Kaffee«, meinte Sedlar.

»Na, na«, mahnte ihn seine Chefin. »Sprechen Sie bitte nur für sich selbst, ja? Für mich einen doppelten Espresso, Leo.«

»Kommt sofort. Und für Sie einen Saft?«

»Welche Sorte haben Sie denn?«, wollte Sedlar wissen.

»Pfirsich, Banane, Birne, Maracuja, Ananas, Kirsche, Traube, Himbeere, Erdbeere, Orange, Apfel, Kiwi und Grapefruit.«

Sandra und Sedlar glotzten ihn verdattert an. »Ach, keinen Brombeersaft?«, feixte Sedlar.

»Nein, tut mir leid«, erwiderte Leo ernst.

Sandra musste lachen, zwang sich aber sogleich, wieder ein ernstes Gesicht zu machen.

Sedlar sagte: »Ich nehme Birne. Und könnte ich die Liste bitte noch mal hören?«

»Birne ist alle. Sie kriegen Kirsche, die unbeliebteste Sorte. Weil Sie so frech sind.« Leo grinste Sedlar an, während er den Kühlschrank öffnete. »Nee, quatsch. Hier ist Ihre Birne.« Leo stellte eine kleine Flasche und ein Glas auf den Tresen und reichte Sandra ihren Kaffee.

»Haben Sie keine Aushilfe?«, wollte Sedlar wissen. »Stehen Sie vierzehn Stunden alleine im Laden?«

»Ich habe es ein paarmal mit Aushilfen versucht, aber die haben mich beklaut, Mann. Beweisen konnte ich's nicht, aber ich bin ja nicht blöd. Das ist so traurig, man kann wirklich niemandem trauen. Und dann habe ich gesagt, lieber stell ich mich selber rein und arbeite vierzehn Stunden, als dass ich mich von jemandem über den Tisch ziehen lasse.«

Sedlar fragte: »Wie lange haben Sie das Café schon?«

»Seit zwanzig Jahren.«

»Was haben Sie vorher gemacht?«

Leo verzog wieder den Mund. »Versprechen Sie mir, nicht zu lachen.«

»Okay.« Sedlar grinste ein bisschen.

»Ich hab Unterwäsche an ... na ja ... korpulente oder reife Damen verkauft.«

»Was meinen Sie mit *oder*?«, fragte Sandra.

»Der Laden hieß *Over 60*. Bescheuerter Name, ich weiß. Jedenfalls dachten die einen an die Kleidergröße und die anderen ans Alter. Aber die Besitzerin hat den Namen ausgesucht, weil die Hausnummer zweiundsechzig bis vierundsechzig war. Sehr originell.«

»Und so pragmatisch«, kommentierte Sedlar.

»Es gibt schrägere Berufe«, meinte Sandra, nippte an ihrem Espresso und unterdrückte ein Lachen.

Leo zog eine Grimasse. »Was denn, zum Beispiel?«

»Wir haben heute von einem Kerl gehört, der sein Geld damit verdient, dass er Wasseradern aufspürt.«

»Na ja, aber Sie haben ja keine Ahnung, was ich in dem Laden mitgemacht habe. Sie müssen sich vorstellen, dass ich zwanzig Jahre jünger war und ... na ja, ich will mich jetzt nicht selbst loben, aber ich sah ziemlich gut aus. Jedenfalls haben die Weiber diese Spitzenunterwäsche anprobiert, und dann musste ich um die rumgehen und ›Ah‹ und ›Oh‹ rufen und Begeisterung vortäuschen.« Er winkte ab und schüttelte sich. »Es war furchtbar. Ich habe mich gefühlt, als hätte ich meine Seele an den Teufel verkauft.« Er sah von Sandra zu Sedlar. »Sind Sie beide ein Paar? Oder nur Kollegen?«

Sandra spürte, dass man ihr ansah, wie unangenehm ihr diese Frage war. »Nur Kollegen.« Sie wagte nicht, Sedlar anzusehen.

»Ich dachte nur. Hätte ja sein können. Angeblich lernen die meisten Paare sich in der Arbeit kennen.«

»Okay, wir müssen los. Rufen Sie mich sofort an, wenn einer der beiden hier auftaucht. Wie ist die Nummer des Cafés?«

Leo nannte ihr die Nummer.

»Gut, das kann ich mir merken. Danke für die Getränke.«

11

»Ein sympathischer Kerl«, bemerkte Sedlar, als sie nach draußen traten.

»Absolut.« Sie sah auf ihre Armbanduhr. »Ich gebe Zelenika übers Handy Bescheid, dass er die Paulić ins Präsidium bestellen soll. »Gehen wir auf einen Sprung ins *McDonald's*?«

Eigentlich war ihr jetzt nicht nach Fast Food, aber das *McDonald's* befand sich in der Nähe. »Danach können wir zur Jakšić. Es ist nur ein kleiner Umweg.«

»Wollen wir nicht lieber einen Burek essen?«, schlug Sedlar vor.

»Ich hatte gestern schon Burek.« Das war seit ihrer Kindheit ihr Lieblings-Zwischendurch-Gericht. Blätterteig gefüllt mit Fleisch, Käse oder Äpfeln. Die Türken hatten das Gericht nach Kroatien gebracht, und mit der Zeit war es etwas abgewandelt worden. Angeblich füllten die Türken ihren Börek, wie er dort hieß, nicht mit Äpfeln, sondern mit Gemüse. Ihre Nachbarin Jelena wunderte sich auch über das Radler hierzulande. Sie hatte erzählt, dass das Radler in München ausschließlich mit Zitronenlimonade serviert wurde. Hier gab es zusätzlich noch Limette und Grapefruit im Angebot.

»Na gut«, meinte Sedlar, »wenn Sie keinen Burek wollen, dann gehen wir ins *McDonald's*.«

»Okay.« Sandra rief Zelenika an und berichtete von dem Gespräch mit Leo. »Die Paulić soll sofort ins Präsidium kommen. Wenn sie sich sträubt, dann sei ruhig ein bisschen streng.«

»Gibt's jemanden, der strenger ist als ich?«

»Höchstens ein russischer General.«

Sie gingen durch den Torbogen unter dem Stadtturm hindurch, dem Wahrzeichen Rijekas, und standen gleich darauf am Korzo. »Also«, sagte Sandra und streckte die Hand nach rechts aus. »Ich spiele immer mal wieder die Stadtführerin, ja?«

»Klar, gerne.«

»Wenn Sie hier bis zum Ende über den Korzo gehen, kommen Sie zu einem Hochhaus, das von Al Capones Buchhalter errichtet wurde.«

»Bitte?«

»Is so. Der Kerl hieß Marco Albori, kam mit einem Haufen Kohle aus den USA und hat das Haus während des Zweiten Weltkriegs bauen lassen.«

»Ein Stück amerikanisch-italienischer Mafiageschichte. Nicht schlecht, Inspektor Horvat.«

Sandra und Sedlar stellten sich in die Schlange, um ihr Essen zu ordern. »Sie ernähren sich hoffentlich nicht nur von Fast Food, Inspektor?«

Sie zuckte die Schultern. »Manchmal.«

»Das ist total ungesund.«

Sandra verdrehte die Augen. »Sie sind ja schlimmer als unsere Putzfrau und meine Schwester.«

»Wie meinen Sie das?«

»Ika, unsere Putzfrau, hätte lieber Ernährungsberaterin werden sollen, die kennt die Tabellen über Vitamine und Nährstoffe auswendig. Und meine Schwester ist, was das betrifft, ganz und gar allwissend und führt ein perfektes Leben.«

Sie kamen an die Reihe und bestellten jeder eine Portion Pommes, einen Hamburger und Cola light. Während sie warteten, sagte Sandra: »Sie arbeitet in so einem Fitnesscenter, macht da irgendwas mit fernöstlichen Heilmethoden, Yoga und so. Außerdem ist sie hier und da Gymnastiklehrerin in einem Fitnesscenter.«

»Und wie lange macht sie das schon?«

»Weiß ich nicht genau.«

»Welche Art von Yoga unterrichtet sie denn?«

»Keine Ahnung.«

Die beiden nahmen ihr Tablett und entfernten sich vom Tresen. An einem der Fenstertische war noch etwas frei, und sie setzten sich. Als Sandra gerade in ihren Hamburger gebissen hatte, meinte Sedlar: »Besonders viel wissen Sie ja nicht über Ihre Schwester.«

Sie wollte nicht mit vollem Mund sprechen, deshalb sah sie ihn fragend an.

»Es geht mich ja nichts an, aber das zeugt von ziemlichem Desinteresse. Ich finde das schade, aber vielleicht liegt das auch daran, dass ich ein Einzelkind bin und nie verstehen konnte, wie Geschwister sich nicht nahestehen können.«

»Woher wollen Sie denn wissen, dass wir uns nicht nahestehen?«

»Ich bitte Sie! Ihre Schwester macht *irgendwas* mit fernöstlichen Heilmethoden, Yoga *und so*. Und dann arbeitet sie in *einem* Fitnesscenter. In welchem denn?« Er sah sie an, während er sich eine Fritte in den Mund schob.

Sie spürte gleichzeitig Scham und Wut in sich aufsteigen. Wie konnte Sedlar ihr das einfach so ins Gesicht knallen? Was wusste er schon über sie und Nataša? Nicht das Geringste.

»Sie bilden sich Ihre Urteile zu schnell, Sedlar. Das ist nicht gut, auch nicht für Ihren Beruf.«

Er lächelte überlegen. »Hören Sie, Horvat. Sie können das Ganze natürlich ignorieren und mich zurechtweisen. Das ändert aber nichts an den Tatsachen.«

»Vielleicht will ich mit Ihnen auch einfach nicht über mein Privatleben sprechen. Wie es aussieht, ist das keine gute Idee.«

»Sie haben doch angefangen, von ihrer Schwester zu erzählen.« Er sah ihr in die Augen.

»Warum machen Sie sich solche Gedanken um jemanden, den Sie gar nicht kennen?«

Sedlar nahm einen Schluck Cola. »Schon gut. Ist wohl nicht Ihr Lieblingsthema.«

»Sie spinnen doch. Ich hab überhaupt kein Problem mit meiner Schwester.«

Er fuchtelte mit einer langen Fritte vor ihrer Nase herum. »Es ist doch immer dasselbe: Man denkt, die anderen sind schuld, wenn man sich mit jemandem nicht versteht. Im Grunde genommen sind wir nicht viel klüger als Kleinkinder, die sagen auch immer: ›Der hat angefangen.‹ Es geht immer nur um das eine.«

Sandra hätte ihm gerne gezeigt, dass ihr sein Gerede egal war. Doch schließlich siegte ihre Neugier: »Um was?«

»Schuld. Die Leute sagen, die ganze Welt drehe sich nur ums Geld. Und das tut sie auch. Aber gleichzeitig geht es immer auch um Schuld. Das beste Beispiel ist das Thema Scheidung.«

»Scheidung?«

»Na, was glauben Sie denn?«

Sandra sah ihn an. »Okay, bei einer Scheidung hat natürlich grundsätzlich der andere Schuld.«

»Bei jeder Form von Streit, jeder Form von negativen Gefühlen. Mein Cousin ist Psychiater. Er sagt, dass viele

Therapeuten den Fehler begehen, ihren Patienten zu sagen, es gehe nicht um Schuld. Sie stoppen die Patienten in ihren Schuldzuweisungen, die aber ziemlich befreiend für sie wären. Diese Patienten würden ihren Eltern verdammt gerne einmal den einen oder anderen Vorwurf machen dürfen, der sie in Depressionen und Minderwertigkeitsgefühle getrieben hat.«

Sandra zog skeptisch die Augen zusammen. »Sie glauben, dann ginge es den Leuten besser?«

»Manchen schon. Mein Cousin meint, zumindest sollten sie das mal äußern dürfen, ohne dass man ihnen gleich über den Mund fährt und sie zurechtweist, es gehe doch nicht um Schuld.«

»Ich weiß nicht, ob es so einfach ist. Würden diese Menschen ihre Eltern dann nicht auch in Therapie schicken müssen?«

»Und wenn schon. Jeder sollte die Konsequenzen seines Handelns tragen.« Sedlar lehnte sich auf seinem Stuhl zurück. »Und jeder muss auch Verantwortung übernehmen. Die Leute, mit denen wir es zu tun haben, übernehmen keine Verantwortung.«

»Ja, was das betrifft, haben Sie Ihre Meinung heute schon klar zum Ausdruck gebracht. Aber es ist nun einmal so, dass die Biografien der Straftäter mich nicht immer kaltlassen. Seien wir doch ehrlich. Die meisten von ihnen kommen aus kaputten Familien und hatten nie eine Chance.«

»Ach, bitte!«, rief Sedlar und winkte ab. »Diese Biografien interessieren mich nicht! Demnach müsste ich ein Junkie, Vergewaltiger oder Serienmörder sein.«

Sandra brachte sekundenlang kein Wort heraus. Sie sah ihm an, dass er seine Worte sofort bereute.

»Nun, Sedlar, wir haben alle unser Kreuz zu tragen. Haben Ihre Eltern Sie denn schlecht behandelt?«

Er rieb sich die Augen und meinte: »Meine Eltern waren Idioten. Also lassen wir das.«

Sie setzte einen überlegenen Gesichtsausdruck auf. »Sie bezeichnen Ihre Eltern als Idioten, wollen mir aber etwas über die Beziehung zu meiner Schwester erzählen. Nicht sehr fair, Sedlar.«

»Bei Ihnen ist es vielleicht noch nicht zu spät.«

Sandra dachte nach. »Nataša lebt in einer Traumwelt, in einer Welt aus Zuckerwatte. Wenn sie genug Geld gespart hat, möchte sie zu unseren Verwandten nach Los Angeles gehen und sich dort selbstständig machen, mit einem Ayurveda-Laden. Sie kann nicht mal richtig Englisch. Außerdem waren wir letztes Jahr dort, und was mir in Erinnerung geblieben ist, sind wunderschöne Strände und nette Leute, aber auch jede Menge Armut hinter der Glitzerfassade. Meine Schwester hat aber nur Bel Air und Malibu im Blick. Und das passt doch eigentlich so gar nicht zu ihrer ganzheitlichen Einstellung. Wissen Sie eigentlich, dass es dort noch die Todesstrafe gibt?«

»Ach?«, tat er gespielt erstaunt. »Das wusste ich nicht, nein. Fahren die dort auch noch mit diesen Planwagen herum? Oder haben sie mittlerweile Autos?«

Sie verdrehte die Augen. »Ich habe jetzt genug von dem Thema.«

Er seufzte. »Einerseits wissen Sie nicht viel über das Leben Ihrer Schwester, andererseits kritisieren Sie es.«

»Wie bitte? Also, hören Sie mal! Natürlich mache ich mir Gedanken über meine Schwester!«

»Dann unterstützen Sie sie doch lieber. Das kann Ihr Verhältnis nur verbessern.« Den letzten Satz hatte er so altklug gesagt, dass sie ihm am liebsten unflätige Schimpfworte um die Ohren gehauen hätte. Aber ihr Ärger verflog sofort wieder, weil sie wusste, dass er recht hatte.

»Sie machen sich Sorgen um Ihre Schwester, das ist ganz natürlich. Wahrscheinlich ertragen Sie einfach den Gedanken nicht, dass sie dann so weit weg wäre. Aber wissen Sie was? Ich mag Amerika. Dort kann man es wirklich noch zu was bringen, ohne Stempel, Unterschriften und Bestätigungen wie in Europa. Dort kann man in die Politik, ohne je studiert zu haben. Wenn man fleißig und intelligent ist, hat man eine Chance.«

»Haben die da drüben nicht jede Menge Obdachloser und Familien in Trailerparks?«

»Ja, schon. Trotzdem hat man nicht so viele Hürden zu überwinden.«

»Und kostet dort ein Studium nicht fünfzigtausend Dollar oder so?«

Er atmete hörbar aus und sah sie an. »Großer Gott, Horvat. Sie sind vielleicht … schwierig.«

Sandra stand auf. »Es wird Zeit, Kollege. Lassen Sie uns wieder an die Arbeit gehen.« Sie marschierte mit großen Schritten aus dem Lokal. Kurz darauf hörte sie Sedlar hinter sich. Sie fühlte sich müde, und das nicht nur, weil sie letzte Nacht wegen Jelenas Liebeskummer so wenig geschlafen hatte. Sie fühlte sich einsam, wünschte sich, dass Sedlar nicht verheiratet wäre und nicht bei der Polizei. Wäre er doch nur ein hässlicher, unsympathischer Schwachkopf.

Eva Jakšić schien nicht zu Hause zu sein. Auf dem Weg zum Präsidium rief Sandra sie an, um einen Termin für ein persönliches Gespräch mit ihr zu vereinbaren, aber am anderen Ende der Leitung meldete sich niemand.

Sedlar, der neben ihr herging, meinte: »Vielleicht hat Leo sie angerufen. Vielleicht ist er gar nicht der nette Kerl, für den wir ihn halten. Vielleicht hat er sich uns gegenüber nur verplappert und sie gleich danach angerufen.«

»Vielleicht sehen Sie die Dinge gerne pechschwarz?«

»Gerne nicht, aber ich tendiere dazu.« Er lächelte sie an. »Außerdem sind Sie auch nicht viel besser, Horvat. Statt Palmen sehen Sie in Kalifornien Trailerparks.«

Als sie zehn Minuten später im Präsidium ankamen, befand sich Frau Paulić schon in Zelenikas Büro. Er und Milić saßen ihr gegenüber. Sandra und Sedlar standen in der Tür und musterten Zelenika, der ziemlich angespannt wirkte.

»Wir haben ein bisschen über Elternliebe und enttäuschende Bälger geplaudert«, sagte Zelenika. »Den Rest überlasse ich dir.«

Sandra sah von ihm zu Frau Paulić, deren hasserfüllter Blick ihr durch Mark und Bein ging.

»Sie haben es wohl auf mich abgesehen, was?«, schnaubte sie in Sandras Richtung.

»Warum sollte ich es auf Sie abgesehen haben?« Sandra ging auf sie zu. »In diese Situation haben Sie sich doch selbst gebracht!«

»Ich werde mich über Sie beschweren.«

»Davon kann ich Sie kaum abhalten, Frau Paulić. Bei allem Mitgefühl für Ihre Lage gibt mir Ihr Verhalten einige Rätsel auf, das werden Sie verstehen.«

»Und wenn schon.« Sie funkelte Sandra wütend an.

»Warum haben Sie uns nicht erzählt, dass Sie mit Eva Jakšić befreundet sind?«

»Mit ... wie bitte? Befreundet?« Frau Paulić schnappte hörbar nach Luft. »Wovon sprechen Sie?«

Sandra zog sich einen Stuhl heran. »Kennen Sie Eva Jakšić?«

Frau Paulić starrte sie an. »Warum wollen Sie das wissen?«

»Ja oder nein?«, beharrte Sandra.

»Ich verstehe nicht ...«

»Einfach nur ja oder nein, Frau Paulić«, meinte Sandra in ruhigem Tonfall.

Frau Paulić sah sie direkt an. Ihre Augen hatten sich zu Schlitzen verengt. »Ja!«, rief sie widerwillig. »Aber das ist doch lächerlich!«

»Woher kennen Sie sie?«

Frau Paulić umklammerte ihre Tasche, die sie auf dem Schoß hatte, mit beiden Händen. »Wir haben im selben Haus gewohnt, als wir Kinder waren. Oben in Kastav.«

Kastav lag etwa zehn Kilometer westlich von Rijeka, ein uraltes Städtchen, das bereits sechshundert Jahre vor Christus besiedelt worden war und dessen alte Steinmauern dafür sorgten, dass man sich wie im Mittelalter fühlte. Der Ort bot einen atemberaubenden Blick auf die Kvarner Bucht.

»In Kastav? Sie haben zusammen in einem Haus gelebt?«

»So, wie Sie es sagen, klingt es eher luxuriös. Unsere Familien waren arm.« Die Stimme versagte ihr für einen kurzen Augenblick. Sie hörte sich längst nicht mehr so schroff an wie gerade eben noch. »Wir haben in diesem Haus zur Untermiete gewohnt. Jede Familie hatte zwei Zimmer und eine Küche. Die Toilette war auf dem Flur, und wir mussten sie uns teilen.« Frau Paulić wirkte wie hypnotisiert. Ihr Blick war auf etwas fixiert, das Sandra nicht ausmachen konnte.

»Sie sind also mit Eva Jakšić aufgewachsen«, sagte Sandra. »Sie beide haben viel Zeit miteinander verbracht, sind sich in dem Haus sozusagen auf die Füße getreten.«

»Na und? Warum kramen Sie diese alten Geschichten jetzt aus? Was hat das mit dem Mord an Anton zu tun?«

»Man bekommt nicht gleich das fertige Bild, Frau Paulić. Wir müssen jedes Puzzleteilchen richtig zuordnen.«

»Aber ich verstehe nicht, was Eva mit dieser Geschichte zu tun haben soll.« Frau Paulić sah Sandra verständnislos an.

»Sie verkehrt ebenfalls in dem Lokal, das Sie uns genannt haben. Sie und Anton kannten sich offenbar recht gut. Ihr Sohn wurde in dem Haus getötet, in dem sie wohnt. Das alles heißt noch nicht viel, ist aber auch nicht unwesentlich.«

Frau Paulić schüttelte verwirrt den Kopf und umklammerte ihre Tasche noch fester. In diesem Augenblick tat sie Sandra richtig leid. Sie wirkte hilflos, wie sie da saß, fasste sich aber gleich wieder. »Steht Eva im Verdacht, Anton umgebracht zu haben?«

»So würde ich es keinesfalls formulieren.«

»Eva ist nicht ganz dicht, und es fehlt ihr an Würde, aber sie ist kein schlechter Mensch. Ich habe sie seit einer Ewigkeit nicht gesehen.«

»Hmm«, kam es von Zelenika. »Aber warum hat sie Anton als den Sohn ihrer Freundin vorgestellt?«

»Wir waren ja auch mal befreundet. Irgendwie. Vor vielen Jahren.« Sie hatte den Blick wieder auf einen undefinierbaren Punkt gerichtet.

Eine Minute lang saßen sie nur da und starrten alle auf Frau Paulić. »Sie können gehen«, meinte Sandra, »danke für Ihre Hilfe.«

Als Frau Paulić im Zeitlupentempo aufstand, war Sandra teils erschrocken, teils überrascht. In ihren Augen standen Tränen. Sie warf einen erschöpften Blick auf die Truppe. Milić und Sedlar wandten den Blick ab, aber Zelenika und Sandra hielten ihm stand. Niemand sagte etwas. Dann drehte die Frau sich um und ging gebückt zur Tür. Sandra hätte alles darum gegeben zu erfahren, was sie so aufgewühlt hatte. Die Erinnerung an ihre Kindheit? Oder wurde ihr erst jetzt bewusst, dass ihr Sohn nie wiederkehren würde?

12

Sandra dachte darüber nach, was für eine seltsame Frau Antons Mutter war. Möglicherweise war es Selbstschutz, dass sie den Schmerz nicht annahm?

Im Anschluss an das Gespräch mit Frau Paulić hatte sie sich von Zelenika noch über den letzten Stand im Fall Elvira Veluka aufklären lassen. Deren Nichte, die in Wien lebte, hatte am Telefon berichtet, dass Frau Veluka bei verschiedenen Leuten schwarz als Putzfrau gearbeitet hatte. Bei wem wusste sie nicht. Die alte Frau hatte mit niemandem näheren Kontakt gepflegt. Selbst ihre Nichte hatte nur zwei- bis dreimal im Jahr mit ihr telefoniert, und leibhaftig zu Gesicht gekriegt hatte sie sie das letzte Mal vor sieben Jahren. Zelenika wusste, dass der Fall bald zu den Akten gelegt werden würde, wenn sie nicht noch etwas Wesentliches aufdeckten.

Sandra holte sich im Flur einen Kaffee aus dem Automaten und ging in ihr Büro, wo Sedlar bereits an seinem Schreibtisch saß. Als sie auf ihren Stuhl fiel, spürte sie zum ersten Mal die Müdigkeit in den Beinen. »Sedlar, Sie und Ihre Frau sollten bei Gelegenheit einen Ausflug nach Kastav machen.«

»Dorthin, wo Frau Paulić ihre beschissene Kindheit verbracht hat?«

»Da kann doch Kastav nichts dafür. Es ist ein wunderschönes Städtchen voller Kultur und Atmosphäre.«

»Ich werd's mir merken.«

»Soll ich Ihnen die Legende erzählen, die sich um die Kirche dort rankt?«

Sedlar verschränkte die Arme vor der Brust. »Aber bitte.«

»Also: Im siebzehnten Jahrhundert wollten die Jesuiten ein Gotteshaus errichten und um das zu bewerkstelligen, versklavten sie die Einwohner als Arbeitskräfte und ließen sie vom sechs Kilometer entfernten Preluk Steine herbeischleppen. Eine Witwe, die bereits völlig entkräftet war, bat den Jesuiten, der den Bau beaufsichtigte, sie von ihrer Pflicht zu entbinden, damit sie als Dienstmagd arbeiten konnte. Der Mann wollte davon nichts hören und peitschte auf sie ein, um sie zum Weiterarbeiten zu bewegen. Daraufhin belegte sie ihn und das gesamte Projekt mit einem Fluch. Kurze Zeit später stürzte der Bau ein. Das Gleiche passierte noch zwei weitere Male, und niemand hatte eine Erklärung dafür. Ob die Kirche jemals fertiggebaut wurde, weiß man nicht. Heute steht dort nur noch eine Ruine, die man besichtigen kann.«

»Faszinierend. Ich verspreche, mein erstes Ausflugsziel wird Kastav sein.«

»Sie können schon mal anfangen, den Bericht zu tippen«, sagte Sandra bemüht freundlich, damit es sich nicht wie ein Befehl anhörte. »Sie wissen ja, wie das geht.«

Sedlar sah sie an und nickte. »Sicher. Das habe ich oft genug gemacht.« Er startete das Textprogramm. »Ich weiß gar nicht, warum jeder so ungern Berichte tippt. Ich mag das. Wenn man alles noch mal schriftlich durchgeht, kommen einem oft neue Einfälle.«

Sandra dachte kurz nach. »Stimmt zum Teil. Allerdings denke ich lieber nach, als einen nüchternen Bericht zu schreiben. Ein Bericht klammert das Emotionale und Psychologische oft zu sehr aus.«

Sedlar lächelte. »Ja, ich weiß, was Sie meinen.«

»Ich rufe mal Perica aus der Gerichtsmedizin an. Der Kerl ist manchmal wirklich anstrengend. Nie meldet er sich. Immer muss man ihm hinterherlaufen und ihm ein Gefühl von Wichtigkeit geben. Merken Sie sich das für die Zukunft.« Sie lächelte ihn solidarisch an.

Sedlar sah sie über den Monitor hinweg an. »Okay. Mit anderen Worten, der Kerl ist ein bisschen größenwahnsinnig?«

»Hm, hm, aber die Betonung liegt nicht auf ›ein bisschen‹, sondern auf ›größenwahnsinnig‹. Am besten vermitteln Sie ihm, dass wir ohne ihn aufgeschmissen und total hilflos wären. Und dass erst durch sein Zutun ein großer Dienst an der Menschheit geleistet wird. Verstanden? So bekommen Sie das meiste aus ihm heraus.«

»Verstanden«, meinte Sedlar und hob belustigt die Augenbrauen.

Als er zu tippen anfing, nahm Sandra den Hörer und wählte Pericas Nummer, die sie im Schlaf konnte. »Perica? Hier Horvat. Können Sie mir schon etwas sagen? Sie wissen ja, ohne Sie kommen wir nicht weiter.«

»Ja, ich weiß«, erwiderte Perica unbescheiden. »Der Mord ist zwischen ein und zwei Uhr passiert. Das sieht man am Mageninhalt und dem geringen Insektenbefall. Und wie ich am Tatort schon sagte, scheint hier ein Amateur am Werk gewesen zu sein. Einer, der sich ziemlich ungeschickt angestellt hat.«

»Warum?«

»Ich bin noch nicht fertig. Denn das ist nur die eine Seite der Medaille. So ungeschickt sich der Täter einerseits angestellt hat, so gewitzt war seine Methode andererseits. Die Schnittführung war klug genug gewählt, um Schreie des Opfers zu unterbinden.«

»Okay, danke …«

»Zudem möchte ich noch anmerken, dass ein starker Blutverlust eintrat. Und der Täter hat das mit ansehen müssen. Das gibt dann dieses glucksende Geräusch. Egal, wie sensibel oder unsensibel jemand ist – so etwas geht an niemandem spurlos vorbei. Bei weniger Hartgesottenen kann das eine Art Trauma verursachen. Wenn Sie mich fragen, war das ein Akt der Panik und Verzweiflung.«

Sandra spann den Gedanken weiter. »Es könnte um die Existenz oder den guten Ruf des Täters gegangen sein.«

»Durchaus«, antwortete Perica, »Geld war es ja offensichtlich nicht.«

»Wie sieht es beim Opfer mit Alkohol und Drogen aus?«

»Seine Leber war nicht die beste, aber alles in allem in einem guten Zustand. Um es kurz zu sagen, hat er wohl hin und wieder einen über den Durst getrunken, nicht mehr. Mit Drogen hatte er nichts zu schaffen. Zumindest hat er keine konsumiert.«

Sandras Blick wanderte zu Sedlar, der recht flott den Bericht schrieb. Ihr fielen seine schlanken Finger auf. Er schien tatsächlich einer der wenigen Männer zu sein, für die eine Tastatur kein Feindbild war. Wie er so nach unten blickte, sah er sehr jung aus. Wenn sie sich nur ein bisschen nach vorne beugen würde, könnte sie ihm durch die Haare fahren ... »Was hat es mit Paulićs Tattoo auf sich?«, fragte sie weiter. Sie musste unbedingt diese romantischen Gedanken aus dem Kopf bekommen.

»Ach, einer von diesen Angeber-Drachen. Sonst noch Fragen, Horvat?«

»Vorerst nicht. Danke, Perica.«

»Bitte sehr.« Er legte auf. Das machte er immer so. Von Begrüßungs- und Verabschiedungsfloskeln schien der gute Mann nicht viel zu halten.

Sandra blickte zu Sedlar. »Wie ich sehe, tippen Sie nicht mit dem Zweifingersystem.«

Er sah auf, ohne den Kopf zu heben. Sein Blick bekam etwas Diabolisches, was einen Mann so sexy machte. Sofort ermahnte sie sich, das Wort »sexy« nicht mehr in Bezug auf ihren Kollegen zu denken, und schon gar nicht während der Arbeit. Du lieber Gott, sie brauchte definitiv Erholung. Bestimmt war sie überarbeitet.

»Warum haben Sie mich beim Telefonieren die ganze Zeit angestarrt?«, fragte Sedlar beiläufig, ohne jeden Unterton in der Stimme.

»Wie bitte?« Sandra lachte auf. »Ich habe mich auf das Gespräch konzentriert. Meinen Sie ernsthaft, da achte ich noch darauf, wohin ich schaue?« Sie räusperte sich und versuchte, eine gewisse Strenge in ihre Stimme zu legen. »Keine Sorge, es liegt nicht daran, dass ich Sie kontrollieren möchte. Sie werden Ihre Arbeit hier bestimmt gut machen.« Gerade noch die Kurve gekriegt, dachte sie beruhigt.

Plötzlich wurde die Tür aufgerissen. Tamara, die Schreibkraft, steckte ihren Kopf ins Zimmer und meinte: »Bitte kommen Sie zum Chef. Beide. Sofort. Stimmung eher positiv.« Sandra hatte sich mittlerweile an Tamaras Telegrammstil gewöhnt. Sedlar hingegen lachte kurz und antwortete: »Zur Kenntnis genommen. Sind unterwegs. Stimmung auch positiv.«

Tamara runzelte die Stirn und blickte verwirrt zu Sandra. »Machen Sie sich nichts daraus, Tamara. Er ist neu und sein Logopäde gerade in Urlaub.«

Als sie bei Mandić im Büro saßen und dieser auf den neuesten Stand gebracht werden wollte, fühlte sich Sandra an ihre Schulzeit erinnert, wenn sich ihre Beine und die eines Klassenkameraden unter der Bank berührt hatten und ihr das Herz aus der Brust zu springen drohte. Sedlars Knie war nur wenige Zentimeter von ihrem entfernt. Schluss damit!, rief sie sich erneut zur Vernunft. Sie konzentrierte sich nun ganz auf ihren Chef. Was hatte er ihnen zu sagen?

»Darf ich Ihnen einen Anti-Wind-Tee anbieten?« Das Faszinierende an ihrem Chef war, dass er bei solchen Fragen absolut ernst bleiben konnte.

»Wie bitte?«, fragte Sedlar freundlich und beugte sich ein wenig vor, wahrscheinlich in der Hoffnung, ihn falsch verstanden zu haben.

»Fenchel-Anis-Kümmel, ist gegen Blähungen. Der Blasen-Nieren-Tee ist alle.«

»Wie bedauerlich«, meinte Sedlar. »Wenn ich den nicht haben kann, dann will ich nichts, danke.«

Sandra presste die Lippen zusammen, damit ihr Chef nicht merkte, dass sie kurz davor war, laut zu lachen.

Mandić und Sedlar plauderten noch eine Weile über Pula und einen gemeinsamen Bekannten. Sandra hing ihren Gedanken nach, die sich heute im Kreis zu drehen schienen.

»Sind Sie damit einverstanden, Inspektor Horvat?«, fragte Mandić plötzlich. Verdammt! Sie hatte nicht zugehört.

»Oh, entschuldigen Sie, Chef, aber ich habe heute wahnsinnige Kopfschmerzen«, hörte sie sich sagen. »Könnten Sie das noch mal wiederholen?«

»Ich fragte gerade, ob wir drei morgen zusammen essen gehen wollen. Nach der Arbeit?«

Sandra konnte keinen klaren Gedanken fassen. Essen gehen? Ausgerechnet morgen? Am Tag der Velika Gospa? Sie hatte ihrer Mutter versprochen, nach Trsat mitzukommen, wenn es sich irgendwie einrichten ließ. Eigentlich hatte sie Mandić sogar fragen wollen, ob sie morgen erst später, um die Mittagszeit, zur Arbeit kommen könnte. So hätte sie ihre Mutter zur Morgenmesse begleiten können. Zumindest nach der Arbeit wollte sie zu ihren Eltern fahren, da ihre Mutter an diesem Tag immer ein besonderes Essen zubereitete. Es wäre nicht das erste Mal, dass Sandra absagen musste.

»Essen gehen? Morgen? Nach der Arbeit? Wir drei? Einfach so?«

Mandić sah sie überrascht an. »Ist das ein Problem? Sie tun gerade so, als hätte ich Ihnen vorgeschlagen, einen Strip-Club zu besuchen. Haben Sie schon etwas vor?«

»Äh … also …« Sandra spürte Sedlars Blick auf sich ruhen und sie hatte plötzlich das Gefühl, er könne denken, der Termin sei ihr lästig.

Mandić verzog den Mund. »Nun gut, wenn Sie nicht wollen …«

Na toll, jetzt stand sie vor beiden als Spaßbremse da. »Es geht nicht darum, dass ich nicht will, Chef. So ist es wirklich nicht.«

»Worum geht es dann, Horvat? Dieses Gedankenraten reicht mir schon bei meiner Frau. Ich brauch' den Quatsch nicht auch noch bei der Arbeit.« Mandić sah sie genervt an.

»Wissen Sie was?«, rief Sandra betont heiter, »lassen Sie uns doch einfach morgen essen gehen.«

Mandić schob seine Unterlippe nach vorne, stützte sich mit den Ellenbogen auf den Tisch und hielt die gespreizten Hände gegeneinander. »Es wird Sie vielleicht überraschen, aber morgen habe ich schon einen Termin. Und wissen Sie, was ich glaube? Ich glaube, mein Bruder hat recht, wenn er sagt: ›Wer Frauen verstehen will, kann auch die Wurzel aus Null ziehen.‹«

»Oh, man kann die Wurzel aus Null ziehen, Chef, aber es muss eine Kommastelle …«

»Das ist nicht der Punkt!«

»Natürlich nicht.«

Nun war es an Sedlar die Lippen zusammenzupressen. Wahrscheinlich amüsierte er sich königlich über diese kleine Freakshow.

»Gut.« Mandić stieß einen Seufzer der Erleichterung aus. »Ich reserviere einen Tisch für drei Personen im *Mornar*[6]. Aber einen der Tische drinnen. Ich kann es nicht leiden, draußen zu sitzen, wenn die Leute vorbeigehen und auf meinen Teller starren. Gut, dann können wir dort ein bisschen über die Arbeit sprechen, Sedlar. Und ich freue mich, dass Sie mitkommen, Inspektor. Ich halte es für das Beste, wenn man sich am Anfang einer Zusammenarbeit auch in privater Atmosphäre kennenlernt. Das bricht das Eis und bringt mehr als zwei Wochen im Büro. Hab ich nicht recht?«

»Natürlich, Chef«, murmelte Sandra. Ihre Freundin und Nachbarin Jelena arbeitete im Restaurant *Mornar*, das sich *Bistro Mornar* nannte. Es war eines der ältesten in der Stadt und existierte seit etwa hundert Jahren. Als Kind war sie manchmal mit den Eltern dort gewesen, weil es dort täglich frischen Fisch mit wechselnder Tageskarte gab. Sandra überlegte kurz, ob etwas dagegen sprach, dort zu essen, aber ihr fiel kein Grund ein. Und selbst wenn, sie konnte ja wohl kaum das Lokal zum Problem erklären.

Mandić nickte zufrieden. »Gut, dann treffen wir uns morgen um fünfzehn Uhr dort.«

Sandra und Sedlar standen auf und bedankten sich für die nette Einladung.

»Ist er immer so aufgeschlossen?«, fragte Sedlar auf dem Weg zurück in ihr gemeinsames Büro.

---

6 Mornar = Seemann, Matrose

»Ja, eigentlich schon. Er ist ein netter Chef, macht sich viele Gedanken um Teamarbeit und ein gutes Arbeitsklima.«

»Das ist toll.«

Sandra winkte ab. »Manchmal macht er politisch unkorrekte Bemerkungen über Frauen, aber das nehme ich nicht ernst, weil ich weiß, dass er ein Pantoffelheld ist, und ich weiß auch, wie sehr er mich schätzt und mag.«

Sedlar grinste. »Ja, wahrscheinlich war er deshalb so geduldig mit Ihnen. Ich meine, Ihnen eine Zusage zu entlocken, war ja wie Zähne ziehen.«

»Ich habe meiner Mutter versprochen, mit ihr nach Trsat zu gehen ...«

»Ach so.« Er wurde ernst. »Das hätten Sie doch sagen können, Inspektor.«

»Schon in Ordnung. Themenwechsel, bitte.«

Er sah sie von der Seite an. »Sie sind irgendwie so still. Machen Sie sich Gedanken um den Fall?«

»Ja.« Sie öffnete die Tür zu ihrem Büro, und Sedlar trat hinter ihr ein.

»Seit wir in dem Fast-Food-Laden waren, sind Sie irgendwie anders.«

»Was? Das bilden Sie sich ein.«

»Hören Sie, Inspektor.« Er trat näher zu ihr heran. »Falls ich mit meinem Gequatsche über Ihre Schwester eine Grenze überschritten habe, möchte ich mich dafür entschuldigen.« Er lächelte sie an, und ihr Mund wurde trocken. »Normalerweise führe ich solche Unterhaltungen gar nicht im Job.«

Sie vermied es, ihm in die Augen zu sehen. »Schon recht, Sedlar. Lassen wir's gut sein.«

In diesem Moment öffnete sich die Tür, und Tamara kam herein. »Ein Herr Vlastić ist hier, Inspektor. Er will Sie sprechen.«

»Wer?«, fragte Sandra zerstreut.

»Er heißt Mato Vlastić. Er will den Grund des Besuchs nicht nennen.«

»Ach ja. Er hat die Leiche gefunden. Schicken Sie ihn bitte herein.«

»Der Straßenreiniger?«, fragte Sedlar.

Sandra setzte sich an ihren Platz und streckte die Beine von sich. »Ja. Er hat heute Morgen einen ziemlich verstörten Eindruck gemacht und konnte uns kaum etwas sagen. Eigentlich wollte ich ihn noch mal anrufen, um einen Termin zu vereinbaren ... trifft sich gut, dass er hier ist.«

Mato Vlastić erschien und klopfte überflüssigerweise an die bereits offenstehende Tür.

»Herr Vlastić, kommen Sie doch bitte herein.«

Zögernd näherte sich Mato. Seine Hände steckten in ausgebeulten Hosentaschen, und er blickte schüchtern zu Sedlar. »Guten Tag.«

Sedlar erwiderte den Gruß. Sandra zeigte auf den Stuhl neben ihrem Schreibtisch. »Nehmen Sie doch Platz, Herr Vlastić. Möchten Sie etwas trinken?«

»Oh, Sie sind sehr freundlich. Nein, vielen Dank.«

»Was kann ich für Sie tun?«, fragte Sandra.

»Nach dieser Geschichte heute Morgen bin ich nach Haus gefahren und hab mich ins Bett gelegt.« Mato kratzte sich am Kopf und faltete die Hände auf seinem Schoß. »Hab mich da so hin und her gewälzt, und die Bilder sind gekommen und gegangen. Hab das so vor Augen gehabt, wie ich den gefunden hab.«

»Ja, Herr Vlastić. Sprechen Sie ruhig weiter.« Sandra hatte gelernt, sich in Geduld zu üben. Manche Menschen brauchten etwas länger, bis sie auf den Punkt kamen.

»Na ja, weil Sie mich doch gefragt haben, ob ich jemanden gesehen hab. Viele sind da nicht unterwegs um die Zeit.

Aber ich hab noch mal nachgedacht und überlegt, wer mir aus der Richtung entgegengekommen ist. Ich meine, aus der Richtung, wo das passiert ist.«

»Verstehe.«

»Und dann war es plötzlich da, das Bild.«

»Welches Bild?«

»Die Leute, die ich gesehen hab. Die Leute, die aus der Richtung kamen – ein Liebespärchen und ein Mann. Also, das Liebespärchen hat ganz entspannt und glücklich gewirkt. Die waren eng umschlungen und haben heftig geknutscht.« Er kratzte sich wieder am Kopf. »Aber der Mann, also, da hab ich mich kurz etwas gewundert, dass ein adretter, junger Mann um die Zeit alleine unterwegs ist. Er hat es etwas eilig gehabt, und dann hat er auch kurz zu mir herübergeschaut, den Kopf aber schnell wieder abgewandt.«

»Konnten Sie seinen Gesichtsausdruck erkennen? Wirkte er ängstlich, nervös oder gehetzt?«, wollte Sedlar wissen.

»Nein, also, dafür war er zu weit weg, und ich hab ja nicht weiter darauf geachtet.«

»Können Sie den Mann beschreiben?«, fragte Sandra.

»Ach Gott, nicht so genau, nein. Er war jünger, Mitte zwanzig bis Anfang vierzig.«

Da hatte Vlastić den Bogen aber weit gespannt, überlegte Sandra.

»Die Haarfarbe weiß ich nicht und auch sonst kann ich mich an nichts erinnern.«

Sandra fragte geduldig: »Würden Sie den Mann denn wiedererkennen?«

»Vielleicht, ja. Doch, ich glaub schon.«

»Phantombild?«, fragte Sedlar an Sandra gewandt.

Sandra schüttelte den Kopf. »Bringt nichts. Zu weit weg und zu dunkel. Er konnte ja weder Augen noch andere Details im Gesicht erkennen.«

Sie stand auf. »Dann zeige ich Ihnen jetzt mal unser Fotoalbum.«

»Was 'n für 'n Fotoalbum?«, fragte Mato verwirrt.

»Wir haben eine Fotokartei im PC, von Leuten, denen wir so eine Tat zutrauen.«

»Ach sooo, wie praktisch«, erwiderte Mato tief beeindruckt.

»Sedlar, lassen Sie uns zu Zelenika und Milić gehen und sehen, wie weit sie mit unseren Roberts sind.« Sie blickte zu Mato Vlastić. »Kommen Sie bitte mit.«

Nachdem sie Mato bei einem Kollegen abgeliefert hatten, der mit ihm die Fotos durchgehen sollte, gingen Sandra und Sedlar in Zelenikas Büro. »Nehmen Sie das nicht ernst, Sedlar.«

Er wandte den Kopf in ihre Richtung und wirkte verblüfft. »Was? Den Straßenreiniger? Warum nicht?«

»Einsamkeit. Er will sich ein bisschen Interesse an seiner Person gönnen, es geht ja schließlich um einen Mordfall. Also sitzt er in seiner Wohnung und denkt nach. Plötzlich bildet er sich ein, doch etwas gesehen zu haben. Aber war das auch wirklich diese Nacht, zur besagten Stunde? Wir lassen ihn das Album anschauen, damit er das Gefühl hat, wichtig zu sein, aber es wird rein gar nichts bringen. Das kann ich Ihnen jetzt schon sagen.«

Sedlar verzog den Mund. »Armer Kerl.«

»Na klar, deswegen lassen wir ihn auch einfach in Ruhe. Was soll man machen?«

Als sie die Tür öffnete, lagen sich Zelenika und Milić in den Armen. Sandra und Sedlar starrten die beiden entgeistert an. Milić ließ von seinem Kollegen ab und meinte: »Wie heißt es so schön? Es ist nicht, wonach es aussieht.«

»Was ist denn hier los?«, fragte Sandra.

Zelenika strich sich die Haare aus der Stirn. Er sah erschöpft und traurig aus.

Milić wurde ernst. »Es geht ihm nicht besonders gut. Ich hab ihm ein bisschen Trost zugesprochen. Die Zäpfchen wollte er nicht.«

»Was?«, fragte Sedlar.

»Ein Scherz«, bemerkte Milić trocken.

Sandra ging zu Zelenika. »Du musst Geduld haben, mein Freund.«

Zelenika versuchte ein Lächeln.

Milić verschränkte die Arme vor der Brust. »Seine erste Therapiestunde hat er erst in drei Wochen.«

»Vielleicht kann ich helfen«, sagte Sedlar. »Mein Cousin ist Psychiater, also kein Therapeut, sondern ein Arzt, der Medikamente verschreibt. Vielleicht wäre das eine Hilfe, bis du deine Therapie bekommst. Ich könnte ihn anrufen.«

Sandra und Milić sahen Zelenika an. Sein Gesicht war weiß wie die Wand. »Ja, das wäre gut. Geht das auch gleich?«

»Sofort.« Sedlar sah Sandra an. »Ich gehe in Ihr ... unser Büro.«

»Okay, Sedlar.«

Milić klopfte Zelenika auf die Schulter. »Es ist hart, Kumpel. Aber du schaffst es. Du bist stark. Ich kenne niemanden, der einen stärkeren Willen hat als du.«

Sandra pflichtete ihm bei. »Nur Geduld, Mihajlo. Jeden Tag hast du ein Stück mehr geleistet, und das wird dich anspornen.«

Zelenika ließ sich auf den Stuhl hinter seinem Schreibtisch plumpsen. »Ihr beide redet Scheiße, aber danke.«

»Gern geschehen«, meinte Milić. »Scheiße reden ist unsere Stärke. Und es gibt dafür keinen besseren Lehrer als dich.« Er wandte sich an Sandra und flüsterte: »Wir sollten ihn nicht wie ein rohes Ei behandeln. Alles muss seinen gewohnten Gang gehen.«

»Das habe ich gehört, Lockenköpfchen! Als ob ich eine Sonderbehandlung will! Nehmt keine Rücksicht auf mich. Ich bin nicht wichtig. Die Welt dreht sich auch so weiter.«

Milić verzog den Mund. »Was soll dieses pathetische Gequatsche? Willst du im Fenster stehen, während ich unten mit einem Megafon auf dich einrede, nicht zu springen? Reiß dich zusammen. Wir lieben dich.«

Zelenika rollte mit den Augen. »Bitte keine Liebeserklärungen.«

»Weiß Mandić, dass es dir schlecht geht?«, fragte Sandra.

»Ja. Ich musste es ihm sagen. Für den Fall, dass ich mal früher gehen muss. Oder falls ich weiße Mäuse auf dem Boden sehen sollte. Was weiß ich.« Zelenika rutschte unruhig auf seinem Stuhl hin und her.

»Gut.« Sandra stand neben ihm und legte ihren Arm um seine Schulter.

Sedlar kam zurück. »Alles geklärt. Du sollst heute um neunzehn Uhr dreißig bei ihm in der Praxis sein. Hier ist die Adresse.« Er gab Zelenika einen Zettel. »Er ist nicht bloß ein guter Arzt, sondern auch ein guter Zuhörer. Und das sage ich nicht nur, weil er mein Cousin ist.« Sandra überlegte, ob Sedlar seinem Cousin wohl auch schon sein Herz ausgeschüttet hatte. Vielleicht in Bezug auf seine Frau?

»Danke, Sedlar. Ich weiß deine Hilfe zu schätzen.« Zelenika schob den Zettel in seine Hosentasche.

Milić räusperte sich. »Dann lasst uns mal wieder an die Arbeit gehen. Das wird auch dich wieder auf andere Gedanken bringen, Mihajlo.«

Sandra ging Richtung Tür. »Könnt ihr mit Sedlar die straffälligen Roberts raussuchen? Ich schaue in der Zwischenzeit mal nach Vlastić.«

»Was? Ist der hier?« Zelenika sah überrascht aus. »Warum?«

»Sedlar wird es euch sagen«, rief Sandra über die Schulter und verließ Zelenikas Büro.

Mato Vlastić saß vor dem Computerbildschirm und sah sich mit einem Polizisten die Fotos an. Als er Sandra erblickte, schüttelte er den Kopf. »Ich bin fast durch. Er ist nicht dabei.«

»Sicher?«

»Ganz sicher bin ich mir nicht, aber hier ist keiner dabei, den ich erkennen würde.«

»Okay, da kann man nichts machen.« Sandra war nicht überrascht, wollte es sich aber nicht anmerken lassen, damit Vlastić auch weiterhin das Gefühl hatte, einen wichtigen Beitrag zu leisten. »Gut, Herr Vlastić. Dann gehen Sie bitte zu meinem Kollegen, übernächste Tür auf der rechten Seite. Er wird Ihre Zeugenaussage aufnehmen. Haben Sie noch so viel Zeit?«

»Klar. Meine Katzen kriegen ihr Futter immer schon mittags, also hab ich Zeit.«

»Äh … ach so. Vielen Dank für Ihre Hilfe. Es war sehr nett von Ihnen, dass Sie hergekommen sind.«

»Aber es hat nicht viel gebracht, oder?« Vlastić sah sie enttäuscht an. Sein Blick erinnerte sie an ein trauriges Hündchen.

Sandra schüttelte den Kopf. »Das würde ich nicht sagen. Wir haben schon Fälle aufgeklärt, wo wir viel weniger in der Hand hatten.«

»Sie sind eine liebe Frau. Haben Sie Familie? Einen Mann, Kinder?«

»Nein.«

»Wie schade.« Er schüttelte enttäuscht den Kopf. »Das

ist wie ein schönes Haus, in dem niemand wohnt. Oder wie eine Schale frisches Obst, von dem niemand isst.«

»Gut, ich muss dann«, warf Sandra schnell ein, bevor dem Mann noch weitere Metaphern einfielen.

Kurz darauf saßen sie zu viert in Zelenikas Büro und schauten sich die Liste der vierundsechzig Roberts an, die Milić ausgedruckt hatte.

Sandra rollte mit ihrem Drehstuhl vom Computer weg und sah die anderen an. »Wir könnten einen nach dem anderen abklappern und die Alibis überprüfen. Aber dann haben wir am Ende viel Zeit für nichts vergeudet, weil dieser Bob vielleicht gar nicht vorbestraft ist.«

»Falls er überhaupt Robert heißt«, warf Sedlar ein. »Ich hatte mal einen Oliver in der Klasse, der hatte seinen Namen aus einer Schulaufführung, in der er Oliver Twist gespielt hat. Eigentlich hieß er Josip.«

Milić klopfte mit den Fingern auf den Tisch. »Und diesen Hinweis von Vlastić kann man auch in der Pfeife rauchen ... Hmm ... und wenn Bob eine Frau wäre? Aber welche Frau heißt schon Bob?«

Sandra überlegte. »Gibt es Frauennamen, die mit Bob anfangen oder enden?«

Alle dachten nach. »Wohl kaum«, sagte Zelenika schließlich. »Außer sie ist Afrikanerin und heißt Bobhanimana oder so.«

Sandra ging die Liste noch einmal durch. »Einige von denen sitzen noch.«

Milić nickte. »Die meisten haben irgendwelche blöden Jugendsünden begangen. Ein ganz anderes Kaliber als Mord. Übrig bleiben vielleicht fünf oder sechs, die infrage kommen könnten.«

»Gut, telefonieren Sie ein bisschen herum, und wenn

nötig, fahren Sie hin. Vielleicht nehmen Sie einen Polizisten mit, damit Zelenika zu seinem Termin gehen kann. Und dann machen wir Schluss für heute. Es ist schon spät.«

»Sollten wir Eva Jakšić nicht noch ein paar Fragen stellen?« Milić wirkte zögerlich, als sei es ihm peinlich, Sandra daran zu erinnern.

»Ich habe die gute Eva nicht vergessen. Ich habe vorhin bei ihr angerufen, aber sie hat sich nicht gemeldet. Wir werden sie heute wohl nicht mehr erreichen.«

Zelenika schnaubte. »Weiß der Teufel, wo die unterwegs ist. Früher oder später muss sie sich aber dafür rechtfertigen, warum sie die Bekanntschaft zu Paulić als flüchtig hingestellt hat, obwohl sie sowas wie Freunde waren.«

Als Sandra und Sedlar wieder in ihrem Büro waren, um ihre persönlichen Dinge einzusammeln und nach Hause zu fahren, sagte sie: »Ihren ersten Tag haben Sie unbeschadet überlebt.« Sie lächelte ihn an, wandte aber den Blick gleich wieder ab.

»Ja«, meinte er nur.

Sie standen sich gegenüber, und für ein paar Sekunden spürte sie eine unangenehme Spannung, als müsste einer von ihnen etwas sagen.

»Wie kommen Sie nach Hause?«

Sie zuckte die Schultern. »Mit dem Bus. Im Sommer fahre ich nicht gerne mit dem Auto, weil die Stadt so verstopft ist. Der Bus bringt mich bis zur Haustür.«

»Kommen Sie, ich fahre Sie.« Er setzte sich in Bewegung, und sie sah ihm nach. Sollte sie? Schließlich schaltete sie das Licht aus.

»Das ist wirklich nicht nötig«, meinte sie im Flur.

»Fahren Sie nicht lieber mit dem Auto?«

»Doch.« Sie gingen den langen Flur entlang, und Sandra nickte dem einen oder anderen Kollegen zum Abschied zu.

»Na also. Wo ist dann das Problem?«, hakte Sedlar nach.

Sie wusste nicht, was sie darauf erwidern sollte.

Draußen setzte bereits die Dämmerung ein. »Wo haben Sie geparkt?«

»Vor dem Gouverneurspalast.«

»Na gut«, meinte Sandra, als würde sie ihm einen Gefallen tun.

Er lachte leise.

Schweigend gingen sie bergauf, vorbei am Stadtgefängnis zum Gouverneurspalast.

»Kann ich Sie etwas fragen, Sedlar?«

»Klar.«

»Warum sind Sie so offen, wenn wir alleine sind? Ich meine, sonst wirken Sie eher zurückhaltend.«

Er dachte ein paar Sekunden darüber nach. »Bei Ihnen bin ich einfach so, wie ich bin. Und das können Sie durchaus als Kompliment auffassen.« Er lächelte, dann meinte er: »Nicht, dass ich meine, das wäre wichtig für Sie.«

Sie schluckte und spürte die Traurigkeit, dass sie sich bald trennen und bis morgen nicht sehen würden. Das durfte doch alles nicht wahr sein. Sie versuchte, das Gefühl abzustellen, aber es gelang ihr nicht. Ein verheirateter Mann – war sie denn verrückt geworden? Ihre Eltern würden sie verstoßen. Wobei das eine Zeit lang vielleicht sogar ein Segen wäre.

»Da vorne steht mein Auto, der schwarze BMW.«

»Sie fahren einen BMW?«

Sedlar lächelte. »Na ja, er ist acht Jahre alt, ich habe ihn seit drei Jahren. Also ziehen Sie keine voreiligen Schlüsse.«

»Tue ich nie.« Plötzlich rutschte sie wie aus dem Nichts aus, und ehe sie etwas dagegen tun konnte, landete sie bäuchlings auf dem Boden. Oh Gott! Wie peinlich! Das kam davon, wenn man die ganze Zeit irgendeinen Kerl anstarrte.

»Was machen Sie da unten? Haben Sie Ihre Kontaktlinse verloren?« Sedlar klang amüsiert.

Als sie den Kopf wandte, sah sie ihn neben sich knien. »Wirklich sehr witzig, Sie Arsch. Ich bin ausgerutscht.«

Er lachte immer noch. »Ich Arsch? Inspektor, was sind Sie für ein schlechtes Vorbild! *Sie* rutschen auf dem Boden rum und beschimpfen *mich* als Arsch.«

Sandra packte ihn am T-Shirt und versetzte ihm einen kräftigen Schubs. Sedlar fiel hinten über und bekam mittlerweile vor Lachen kaum Luft.

»Inspektor Horvat? Was soll das werden?« Sie erkannte die Stimme sofort, ohne dass sie sich umdrehen musste. Sie wünschte, die Erde würde sich unter ihr auftun.

Vladimir Mandić.

»Oh, hallo Chef.«

Sedlar und sie standen hastig auf, und während sie sich den Straßenschmutz von der Kleidung klopften, sagte Sandra: »Das hat jetzt bestimmt etwas merkwürdig ausgesehen.«

»Aber nein«, murmelte Mandić ironisch.

»Aber das ... also das ist ...« Sie sah ihm ins Gesicht. »Tut mir leid.«

Mandić hatte die Stirn in Falten gelegt. »Sie müssen sich nicht rechtfertigen, Horvat. Was Sie in Ihrer Freizeit machen, ist mir egal. Auch wenn Sie sich mit Sedlar auf der Straße wälzen. Solange Sie das nicht in Ihrer Arbeitszeit tun, können Sie von mir aus gemeinsam im Sandkasten spielen.«

»Danke, Chef.«

»Also, dann. Schönen Feierabend, Sedlar.«

Als sie ins Auto stiegen und Sedlar den Motor anließ,

hielt sich Sandra die Hände vors Gesicht. »Ich habe mich noch nie im Leben so geschämt.«

»Ach, Unsinn. Ich bin sicher, bis morgen hat er es vergessen.«

»Das glauben Sie doch selbst nicht.«

»Natürlich nicht, aber ich wollte etwas Nettes sagen.« Er fuhr aus der Parklücke. »In welchem Stadtteil wohnen Sie?«

»Krimeja.«

»Na, das ist ja nicht so weit. Ein bisschen kenne ich mich schon aus in Rijeka.« Als er losfuhr, fragte er: »Ist der Ostteil der Stadt nicht etwas gehobener?«

»Doch, ja. Aber ich wohne in einem Mietshaus. Ich bin im angrenzenden Bulevard aufgewachsen. Meine Vorfahren mütterlicherseits waren bis auf meine Mutter allesamt Akademiker und Händler. Wenn Sie mich fragen, ist sie eine dieser typischen verzogenen Gören. Aber sie ist eben auch meine Mutter, und ich liebe sie.«

»Ja, die Liebe spricht ihnen aus jeder Pore.«

Sandra lächelte. »Die Familie meines Vaters stammte aus der Arbeiterklasse. Also, alle außer ihm. Komisch, nicht wahr? Meine Eltern scheinen Rebellen gewesen zu sein, jeder auf seine Art.«

Sie fuhren eine Zeit lang schweigend durch die dunkel gewordenen Straßen. Um die Stadt herum, auf den Hügeln, ragten erleuchtete Wolkenkratzer empor. Bestimmt war es schön, so weit oben zu wohnen. Allerdings waren die meisten Wohnungen mit zwei oder höchstens drei Zimmern ziemlich klein. Sandra betrachtete die Leute, die hektisch und mit voll bepackten Autos nach Hause fuhren. Manchmal wünschte sie, jemand würde daheim auf sie warten.

»Wissen Sie, was dieser Stadt fehlt? Eine Straßenbahn.

Ich finde Straßenbahnen schön«, unterbrach Sedlar ihre Gedanken.

»Oh ja, tolle Vorstellung, mit dreißig Stundenkilometern einer Straßenbahn hinterher zu tuckern. Da wären wir zu Fuß schneller. Und übrigens hatten wir über viele Jahre eine Straßenbahn.«

»Tatsächlich?«

»Ja. Ästhetisch gesehen mag das ja ganz hübsch sein, aber praktisch gesehen wäre es keine gute Idee. Und überhaupt, was für eine Umweltverschmutzung. Abends würden drei Leute in der Straßenbahn sitzen und dahinter würde eine kilometerlange Autokolonne darauf warten, dass die Straßenbahn endlich abbiegen darf.«

»Haben Sie einen Freund?«, fragte Sedlar unvermittelt. »Verheiratet sind Sie ja nicht, wie Sie sagten.«

Nervös strich sie eine Strähne aus dem Gesicht. »Nein. Mein Freund ist vor siebzehn Monaten gestorben.« Er interessierte sich dafür, ob sie einen Freund hatte? Das war nicht gut. Stopp!, schalt sie sich gleich. Was reimte sie sich da zusammen? Wäre er eine Frau, fände sie an der Frage nichts Merkwürdiges.

Er warf ihr einen kurzen Blick zu. »Tut mir leid, das zu hören. War er krank?«

»Nein, er wurde überfahren. Ich war bei ihm zu Hause, als es passierte. Marin wollte Zigaretten holen. Ich habe in der Küche gestanden und zum Fenster rausgeschaut. Der Teekessel hat gepfiffen. Da sehe ich dieses Auto mit hundert auf den Bürgersteig und voll auf ihn zurasen. Der Fahrer hatte einen Herzanfall. Marin war auf der Stelle tot. Seine Kopfverletzung war furchtbar.«

Sedlar schwieg, dann sagte er: »Das ist ein schlimmes Erlebnis, das Sie hinter sich haben. Wie geht es Ihnen heute damit?«

Sie presste die Lippen aufeinander und sagte dann: »Ich weiß nicht. Die Bilder kommen immer wieder, und manchmal träume ich davon. Ich glaube, wir wären wirklich glücklich miteinander geworden. Wir haben uns so gut verstanden. Er war der beste Freund, den ich je hatte.«

»Manche Dinge kann man nicht verstehen. Glauben Sie mir, ich hab's versucht, aber das geht nicht.«

»Sie haben wahrscheinlich recht, Sedlar.«

»Ich wäre auch beinahe mal draufgegangen, hatte einen Bootsunfall und lag im Koma.«

»Sie hatten Glück. Hat Sie jemand durch diese Zeit begleitet?« Sie war neugierig, was er sagen würde.

»Ja, meine Frau. Damals waren wir aber noch nicht verheiratet. Heute hält sie mir auch immer noch vor, dass ich es ohne ihre Hilfe nicht geschafft hätte. Diese Du-hast-mir-dein-Leben-zu-verdanken-Nummer. Das Verrückte ist, dass ich eigentlich vorhatte, mit ihr Schluss zu machen. Aber ich war noch dabei, mir die Worte zurechtzulegen.«

»Und was sagt sie dazu?«

»Sie weiß das nicht. Ich hab es ihr nie erzählt.« Sein Gesichtsausdruck war hart geworden. Er versuchte ein Lächeln, als wäre er aus einem grässlichen Traum erwacht. »Normalerweise bin ich kein solches Plappermaul. Weiß auch nicht, was in Ihrer Gegenwart immer über mich kommt.«

Sie winkte ab. »Ach was. Schon gut. Schließlich sind wir nicht nur Kriminalbeamte, sondern haben auch noch ein Privatleben. Und wenn Sie mich fragen, ist das Privatleben manchmal schwieriger zu meistern als der Beruf. Bei der Arbeit weiß ich wenigstens, was zu tun ist. Aber Familie, Liebe, Freundschaft … Irgendwie macht das alles ganz schön Stress, aber alleine bleiben will man eben auch nicht.«

Sedlar nickte kaum merklich.

»Die nächste Straße rechts. In dem gelben Haus wohne ich.«

Sandra liebte diesen Teil der Stadt, einmal, weil sie in der Nähe aufgewachsen war, zum anderen aber auch, weil man hier stadtnah und zugleich ruhig wohnte. Privathäuser reihten sich aneinander, neue genauso wie uralte mit Steinmauern und gewaltigen Eisentoren. Zwar wohnte Sandra selbst in einem Hochhaus, riesige Wolkenkratzer, wie es sie nördlich von Škurinje gab, suchte man hier aber vergebens. Aber so eine Skyline hatte schon auch etwas, fand Sandra. Im Osten Rijekas lebte es sich wunderbar, niveauvoll, jedoch nicht allzu mondän, selbstbewusst, aber nicht arrogant. Von allen vierunddreißig Stadtteilen waren ihr Krimeja, Bulevard, Trsat und Pećine die liebsten.

Er brachte den Wagen langsam zum Stehen. »Ist übrigens nett hier, auf Ihrer Krimeja.«

»Klingt vielleicht unbescheiden, aber das weiß ich. Wissen Sie eigentlich, woher der Name kommt?«

»Wieder irgendeine Stadtheldin?«, schmunzelte Sedlar.

»Nein, es geht um was anderes. Früher hieß der Stadtteil Zagorje. Während des Krim-Krieges hat dann ein gewisser Adam Riccotti hier ein Haus errichtet. Da der Krieg auf der Krim Mitte des neunzehnten Jahrhunderts ein großes Medienereignis war, baute Riccotti einen kleinen Turm mit der Aufschrift »Crimea« neben sein Haus, der Name für »Krim« in der Sprache seines Herkunftslandes. Von da an bezeichneten seine Nachbarn das Haus nur noch als »Krimeja«, und bald wurde das ganze Viertel so genannt.«

»Nette Geschichte. Sie bringen mich noch so weit, dass ich gar nicht mehr hier weg will.«

»Wer will denn von hier *weg*? Die Leute *kommen* hierher, und zwar in Scharen.«

»Und Sie nennen Milić einen Lokalpatrioten? Falls es

Reinkarnationen wirklich gibt, waren Sie bestimmt Karolina von Rijeka.«

Sandra lachte und öffnete die Autotür. »Also dann bis morgen.«

»Ja, bis morgen.« Er hielt das Lenkrad umklammert.

Sie stieg aus und beugte sich noch mal zu ihm hinunter. »Danke fürs Heimfahren.«

»Kein Problem.«

Sie lächelten sich zu.

Das Letzte, was sie sah, als sie die Tür zuschlug, waren seine strahlenden Augen.

13

Drei Minuten später sperrte Sandra die Tür zu ihrer Wohnung auf, zog sich die Schuhe aus und ließ sich auf ihr Sofa fallen. Was für ein seltsamer Tag. Sie war so müde, dass sie es nicht über sich brachte, aufzustehen und ins Bad zu gehen. Dabei sehnte sie sich nach einem warmen, duftenden Schaumbad. Plötzlich klingelte es an der Tür.

»Nicht im Ernst, oder?!«, schimpfte sie vor sich hin. Nun musste sie also doch aufstehen. Das konnte eigentlich nur Jelena sein oder der Hausmeister, der es sich zur Aufgabe gemacht hatte, bei seinen Mietern Geld für Hochzeiten, Taufen oder Beerdigungen zu sammeln. Da sie in einem achtstöckigen Hochhaus mit zweiunddreißig Parteien wohnte, fiel praktisch ständig etwas an. Meistens kannte sie die Leute gar nicht, für die sie da Geld spenden sollte. Der Hausmeister pflegte ein Geschenk zu kaufen und es dem jeweiligen Mieter zu überreichen. Jelena meinte, er mache das nur deshalb mit einem solchen Feuereifer, weil er die Hälfte der Kohle selbst kassierte. Und wahrscheinlich stimmte das auch.

Sandra öffnete die Tür. Tatsächlich, der Hausmeister. »Guten Abend, Frau Horvat. Ich habe es schon ein paarmal bei Ihnen versucht, aber Sie waren wohl noch bei der Arbeit.« Seine Halbglatze glänzte im künstlichen Licht des Hausflurs. Sandra ertrug sein aufgesetztes Lächeln nicht.

»In der Tat«, sagte sie nur, weil ihr vor lauter Müdigkeit nichts mehr einfiel.

»Die Sache ist die: Die Tochter der Čendaks hat gestern ein Kind bekommen. Es wäre doch schön, wenn wir zu diesem Anlass …«

»Ich habe Ihnen doch gerade erst vor zwei Monaten hundert Kuna für die Hochzeit gegeben, obwohl ich die Frau kaum kenne. Jetzt wieder zur Geburt und in ein paar Wochen noch mal zur Taufe, oder was? Als nächstes dann vielleicht zum Namenstag und dann zu jedem Geburtstag? Wie wäre es, wenn wir ihr ein Sparbuch einrichten und unser Konto mit einem Dauerauftrag belasten?«

Das verdutzte Gesicht des Hausmeisters dämpfte ihre Wut. Seine kleinen Glupschäuglein zwinkerten nervös.

»Ich wusste nicht, dass das eine so große nervliche Belastung für Sie ist.«

»Okay, wissen Sie was? Vergessen Sie's. Hier!« Sie öffnete die Schublade der Kommode, die neben der Tür stand, und nahm einen Fünfzig-Kuna-Schein heraus.

Sein Gesicht hellte sich auf. Er nahm den Schein entgegen und meinte: »Sehr freundlich von Ihnen, Frau Horvat. Und wir haben ja alle mal einen schlechten Tag, nicht wahr? Danke.« Er steckte das Geld in seine große Ledertasche und machte ein Häkchen auf seinem Klemmbrett. Lächelnd wünschte er ihr noch einen schönen Abend und war auch schon bei ihren Nachbarn. Sandra ließ die Tür ins Schloss fallen und kam zu dem Schluss, dass Jelena definitiv recht hatte. Sie waren allesamt Schwachköpfe, dass sie ihm Geld zusteckten. Am Ende lachte er in seiner Wohnung noch über ihre Blödheit. Selbst schuld. Sandra lehnte sich gegen die Tür. Bei dem Wort Schuld musste sie an Sedlar und ihre Diskussion im *McDonald's* denken.

Sie schrak zusammen, als es erneut klingelte. Draußen stand Jelena. Sie schob sich an Sandra vorbei in den Flur. »Dieser durchtriebene Mistkerl sammelt schon wieder Geld.

Ich hab ihm nur zehn Kuna gegeben. Und ich schwöre bei Gott, diesmal werde ich die Čendak fragen, was sie für ein Geschenk bekommen hat. Wenn es irgendein Firlefanz war, dann werde ich den Kerl so zur Rede stellen, dass ihm Hören und Sehen vergeht.«

»Wirst du nicht.«

»Du hast recht.«

»Ich wollte gerade ein Bad nehmen, weil ich hundemüde bin.«

Jelena nickte mit geschlossenen Augen, was Sandra jedes Mal rührend fand. Ihre Freundin hatte etwas mütterlich Wissendes.

»Deshalb bin ich hier, Sandra. Ich wollte dich zum Essen einladen, weil du dir wegen mir die Nacht um die Ohren gehauen hast und jetzt völlig fertig bist.«

»Ich könnte mich mit Händen und Füßen dagegen wehren, aber ich nehme an. Was gibt es denn?«

»Langustenschwänze.«

Sie sah Jelena forschend an. »Die hast du doch nicht wieder auf der Arbeit mitgehen lassen, oder?«

Jelena lachte auf. »Was glaubst du denn? Und sei nicht so spießig. Du hast Feierabend, Baby. Entspann dich. Relax!«

»Das ist Diebstahl«, mahnte Sandra kopfschüttelnd.

»Kümmere dich um die Mörder da draußen und nicht um meine Langustenschwänze.«

»Okay, bin gleich da. Ich brauche jetzt einfach schnell ein Bad und bequemere Klamotten.«

»Ja, gut. Bis dahin hab ich den Kaviar für die Vorspeise hergerichtet.«

»Hast du den auch von der Arb… Natürlich hast du das. Nein, sag nichts! Ich will es gar nicht wissen. Du warst heute einkaufen und willst mir eine Freude machen.«

»Ja, genau. Ich sag doch, Verdrängung ist die beste Strategie, um das Leben zu genießen.« Jelena nahm die Klinke in die Hand. »In einer Stunde?«

»Wunderbar.«

Als Jelena draußen war, rief Sandra ihre Mutter an und erklärte ihr, dass sie morgen nicht mit ihr zur Messe gehen könne.

»Das dachte ich mir schon. Ich hab Tante Vesna angerufen. Sie kommt mit. Auf dich und Nataša kann ich mich ja nicht verlassen. Deine Schwester hat morgen Vormittag ein wichtiges Seminar. An einem so wichtigen Feiertag? Na ja, ich stelle keine Fragen mehr. Kommst du morgen Abend wenigstens zum Essen? Nataša hat zugesagt.«

»Ja, ich werde da sein.«

Zehn Minuten später lag Sandra in der Badewanne und genoss das wohlige Gefühl von Wärme und Schwerelosigkeit. Als sie die Augen schloss, tauchten Bildfetzen in ihrem Kopf auf. Sie sah sich mit Sedlar herumtollen und stöhnte. Was für eine Peinlichkeit! Wie sollte sie ihrem Chef morgen unter die Augen treten? Der musste sie ja für komplett durchgedreht halten. Mein Gott, wenn Sedlars Frau vorbeigekommen wäre, oder noch schlimmer, Sandras Mutter!

Es hatte Spaß gemacht. Ihn zu berühren war so aufregend gewesen. Sie hatte gelacht, bis ihr das Zwerchfell wehgetan hatte. Was für ein Gefühl, in seiner Nähe zu sein! Natürlich konnte sie jetzt denken, dass das alles Unsinn war und so weiter und so weiter. Aber sich einzureden, dass es sich bei Sedlar nur um einen stinknormalen Kollegen handelte, hatte nichts gebracht, dazu war er zu sehr ihr Typ. Zugeben, dass sie sich verliebt hatte, konnte sie allerdings auch nicht, dazu war er zu verheiratet. Es war alles so verwirrend. Ständig versuchte sie, Sedlar aus ihren Gedanken zu verdrängen, aber er tauchte immer wieder auf. Sie fühlte sich, als wäre sie wieder in der siebten Klasse.

Als sie später bei Jelena in der Küche saß, war das Essen so gut, dass es ihr den Atem verschlug und sie eine Weile nicht an ihren Kollegen dachte. »Hast du ein Verhältnis mit dem Koch?«

»Wieso?« Jelena spülte den letzten Bissen mit Rotwein hinunter.

»Wie kommst du sonst an solche Köstlichkeiten? Ich meine, wie ... Nein, sag's mir nicht. Ich will es gar nicht wissen.«

»Warum fragst du ständig nach und sagst dann, du willst es nicht wissen?«

»Weil ich neugierig bin, aber gleichzeitig eben auch bei der Polizei.«

»Du siehst grauenhaft aus, Sandra.«

»Wie lieb von dir, danke.«

»Hast du einen langen Tag gehabt?«

Sandra nahm einen Schluck Rotwein. Die Atmosphäre in der Küche war beruhigend gemütlich. Jelena hatte Teelichter auf den Tisch gestellt, im Hintergrund drangen die Klänge von *Bijelo Dugme* aus dem CD-Player, einer Rockband aus Sarajevo, die ihre größten Erfolge in den Siebziger- und Achtzigerjahren gefeiert hatte. Eine Art Rolling Stones des Balkans. Auch Sandra hörte sie heute noch, wobei sie dabei immer nur ihre Lieblingssongs hörte: *Ne gledaj me tako i ne ljubi me više, Zažmiri i broj do sto* oder *Lipe cvatu.*

Vor dem Fenster schien der Mond aufs Meer. Jelena hatte eine gestärkte weiße Tischdecke aufgelegt und ihre Kristallgläser aus dem Schrank geholt. Sandra wusste, dass sie manchmal Heimweh nach München hatte, aber Jelena redete nicht gern darüber. Sie hatte in München eine Ausbildung zur Maskenbildnerin absolviert. Nach ihrer überstürzten Hochzeit hatte sie sich hier auf Jobsuche begeben. Schließlich gab es auch in Rijeka und Umgebung Theater und Events. Doch nach der Scheidung war aus ihrer Lässigkeit Panik geworden, und irgendwann hatte Jelena sich von der Illusion verabschiedet, wieder in ihrem ursprünglichen Berufsfeld zu arbeiten. Diese Stellen waren rar gesät, und sie brauchte dringend einen Job. Abgesehen davon arbeiteten viele Menschen in Kroatien nicht ihrer Ausbildung oder ihrem Studium entsprechend. Jelena sagte, dass sich auch Deutschland verändert habe, weil man heute ein Abitur für alles bräuchte, wofür früher der mittlere Schulabschluss gereicht hätte. Jelena hatte noch Freunde in München, und letztes Jahr war eine ihrer Freundinnen bei ihr zu Besuch gewesen. Als Sandra sie mal gefragt hatte, ob sie noch manchmal daran denke, doch wieder nach München zurückzugehen, hatte Jelena geantwortet: »Das ist der Fluch der Auswandererkinder. Du schleppst immer diesen traurigen Kern mit dir herum, weil du das Land vermisst, in dem du gerade nicht bist.«

Sandra stellte das Rotweinglas wieder auf den Tisch und erzählte von ihrem Mordfall und dem neuen Kollegen. Sie versuchte gar nicht erst, ihre Sympathie für Sedlar zu verbergen. Jelena würde es sowieso merken.

Und in der Tat, Jelena bohrte nach: »Er gefällt dir also?«

»Ich möchte es mal so ausdrücken: Würde ich ihn unter anderen Umständen treffen, wäre er nicht mein Kollege und wäre er nicht verheiratet ...«

Jelena blickte von ihrem Teller auf. »Das sind aber viele *würde* und *wäre*, oder?«

»Na ja ...«

»Ach, Sandra. Dass er dein Kollege ist, ist für mich gar nicht das Problem, aber VERHEIRATET?«

»Ja, ich weiß. Wenn mir gestern jemand gesagt hätte, dass ich einen verheirateten Kollegen attraktiv finden würde, ich hätte ... ich wäre ... Na ja, du weißt schon.«

Jelena seufzte. »Ich will nicht den Moralapostel raushängen lassen, Sandra, aber das ist richtig blöd.«

Sandra schüttelte heftig den Kopf. »Ich werde doch nichts mit ihm anfangen! Ich sage ja nur, dass er gut aussieht und nett ist. Das wird doch wohl noch erlaubt sein.«

»Klar. Ich meine ja bloß.«

»Nebenbei gesagt, und bitte versteh mich nicht falsch, ist seine Frau wohl eine richtig doofe Kuh.«

Jelena sah sie über die flackernden Kerzen hinweg an. »Sagt wer? Hat *er* das gesagt?«

»Nein, nicht direkt. Aber irgendwie schon. Und Zelenika hat es auch gesagt, und der kennt ihn noch aus Pula.«

Jelena zuckte die Schultern. »Was willst du jetzt von mir hören?«

»Keine Ahnung. Die Geschichte ist auch gar nicht wichtig genug, als dass wir noch länger darüber sprechen müssten. Ich würde mich sowieso niemals auf so was einlassen.« Sandra schüttelte den Kopf, um ihre Worte zu bekräftigen. »Das Vertrackte ist eigentlich nur, dass er so total mein Typ ist, in jeder Beziehung.«

»So, so. Und die Betonung liegt hier auf *nur.*«

»Jelena, bitte.« Sandra schlug die Hände vor die Augen.

»Was erwartest du? Dass dieses Gefühl irgendwann wieder weggeht?«

»Was denn für ein Gefühl? Hörst du mir nicht zu? Ich habe mich nicht in ihn verliebt, ich finde ihn nur gut. Von Gefühl kann keine Rede sein. Das Ganze ist völlig harmlos.« Seufzend schob Sandra eine Languste auf ihrem Teller hin und her. »Hätte ich nur nicht davon angefangen.«

Jelena räusperte sich und blickte auf ihren riesigen viereckigen Teller. Das Villeroy-&-Boch-Geschirr hatte sie sich zu Weihnachten von ihren Eltern gewünscht. Die beiden hatten ihr auch das Appartement gekauft, nachdem ihr

Vater eine Abfindung erhalten hatte. Mittlerweile waren sie in Rente und lebten in dem alten und restaurierten Haus ihrer Großeltern auf Rab. »Ich bin nun mal deine Freundin und mache mir Gedanken um dich.«

»Weißt du, dass du Susan Sarandon ähnlich siehst?«, fragte Sandra unvermittelt. Ob Sedlar ihr recht geben würde?

»Was du nicht sagst.« Jelena lachte.

»Übrigens sind wir morgen im *Mornar* zum Essen. Hat Mandić beschlossen, soll das Eis brechen.«

Jelena reagierte nicht darauf, sondern sah sie nur lange an. »Du hast recht. Es ist nichts dabei, jemanden gut zu finden, verheiratet oder nicht. Außerdem bist du eine erwachsene und vernünftige Frau.« Jelena lächelte ihr versöhnlich zu. »Trotzdem, bleib ihm gegenüber sachlich. Ich glaube, das erspart allen Beteiligten eine Menge Ärger.«

14

Als Sandra am nächsten Morgen in ihr Büro kam, war Sedlar noch nicht da. Sie zog ihre weiße Sommerjacke aus und machte sich einen Kaffee. Ihre Maschine zu Hause war kaputtgegangen. Also ein weiteres Aufwachen ohne Kaffee, ein für Sandra schier unerträgliches Szenario. Schlecht gelaunt hatte sie sich an einem Kiosk die warme Plörre gekauft, die der Besitzer als Kaffee bezeichnete.

Als sie heute Morgen aus der Dusche gekommen war, hatte sie eine halbe Stunde vor dem Kleiderschrank gestanden. Normalerweise streifte sie sich für die Arbeit immer nur blaue oder schwarze Jeans und ein T-Shirt oder einen Pullover über, weder zu schlicht noch zu mondän. Doch heute hatte sie minutenlang mit sich gerungen, ob sie sich ein bisschen schick machen sollte. Schließlich hatte sie den Gedanken verworfen und auch diesmal zu Jeans und einer braunschwarzen Bluse gegriffen. Es wäre zu peinlich gewesen, wenn ihr jemand zugerufen hätte: »Na? Hübsch gemacht für den neuen Kollegen, Horvat?« Die Männer auf dem Präsidium kannten keine Tabus. Dafür hatte sie ein klitzekleines bisschen mehr Make-up aufgelegt.

Jetzt stand sie vor der Kaffeemaschine und sah zu, wie die schwarze Flüssigkeit in die Glaskanne tropfte. Vielleicht sollte sie das Ding mal wieder entkalken.

Sie schüttete den Kaffee in ihre große I'm-the-Boss-Tasse, die sie von Milić zum Geburtstag bekommen hatte, und ging nach draußen. Tamara saß bereits eifrig tippend an ihrem Schreibtisch. »Ist Sedlar noch nicht aufgetaucht?«

Tamara blickte auf. »Guten Morgen.« Sie lächelte entwaffnend.

»Guten Morgen, Tamara. Entschuldigen Sie, ich stehe heute etwas neben mir. Meine Kaffeemaschine ist kaputt, und ich musste den Tag ohne Koffein anfangen. Ich glaube, ich bin immer noch nicht richtig wach.«

»Verstehe ich. Zumindest ist es heute nicht ganz so heiß wie gestern, sondern zwei Grad kälter. Eigentlich wollte ich heute mit meiner Schwiegermutter nach Trsat, aber ich habe nicht freibekommen.«

Sandra lächelte. Tamara war bosnische Muslima und hielt sich an die Sitten und Gebräuche, und da ihr Mann Katholik war, begingen sie auch die christlichen Feiertage.

Der Einzige, der mit alldem nichts am Hut hatte, war Zelenika. Als Serbe sollte er eigentlich orthodox sein, doch stattdessen war er gar nichts. Er sagte, er glaube nur an das, was er leibhaftig vor sich sehen könne. Milić meinte, dann dürfe Zelenika auch nicht an Bauchschmerzen glauben. Sandra war sich nicht sicher, ob Zelenika das wirklich so meinte. Vielleicht wollte er einfach seine Ruhe. Er thematisierte seine Herkunft nicht, darum taten es die Anderen ebenfalls nicht. Er war in Belgrad geboren und als Kind mit seinen Eltern nach Pula gegangen, weil sein Vater dort eine gute Stellung angeboten bekommen hatte. Er hatte seit vielen Jahren die kroatische Staatsbürgerschaft, sein Sohn war getauft und als Kind Ministrant gewesen. Als Zelenika vor ein paar Jahren seine Verwandten in Belgrad besucht hatte, waren sie überrascht, dass er kein Serbisch sprach. Die beiden Sprachen waren sich zwar sehr ähnlich, unterschieden sich jedoch in ein paar Buchstaben oder Wörtern. Dass seine Verwandten nicht bedachten, dass er sein ganzes Leben in Kroatien verbracht hatte und deshalb schwerlich Serbisch sprechen konnte, war wohl das gleiche Phänomen, das Jelena an ihrer deutsch-kroatischen Identität beobachtete. Die Deutschen waren fassungslos darüber, dass sie Deutschland freiwillig den Rücken gekehrt hatte, wo doch bei ihnen alles besser war. Und die Kroaten konnten nicht nachvollziehen, dass Jelena Heimweh nach dem tristen Deutschland hatte.

Zelenikas Frau stammte aus Rijeka. Er hatte sie in Pula kennengelernt, als sie dort im Urlaub gewesen war. Mehr als das war aus Zelenika nicht herauszubekommen. Und Sandra respektierte sein Privatleben. Es war ihr auch egal, woran er glaubte, es reichte ihr zu wissen, dass Zelenika für sie eine Kugel abfangen würde, wenn es sein müsste.

»Ich glaube, Herr Sedlar ist in Herrn Zelenikas Büro«, unterbrach Tamara ihre Gedanken.

»Wie bitte?«, fragte sie gedankenverloren. »Ach so, danke.«

Sandra ging den langen Flur entlang zum Büro ihres Kollegen. Als sie eintrat, saßen Milić und Sedlar auf der Couch in einer Ecke, und Zelenika saß auf seinem Schreibtisch.

»Guten Morgen, Horvat«, sagte Zelenika und nickte ihr zu.

»Hallo.«

»Wie geht's?«, fragte Milić. »Sie sehen etwas müde aus.

Jetzt fing Milić auch noch an. »Welche Frau hört das nicht gerne«, antwortete Sandra, ohne zu lächeln.

»Tss«, machte Zelenika, »als ob der was über Frauen wüsste.«

»Mehr als du allemal«, konterte Milić. »Eine sechzigjährige Prostituierte hat deine Augen zum Leuchten gebracht. Das sagt ja wohl schon alles.«

»Hä?«

»Die Jakšić.«

»Ach so. Ja, die ist nett.«

»Du bist doch nicht ganz dicht.«

»Gehen wir zur Tagesordnung über«, meinte Sandra sachlich, bevor die beiden wieder einen hitzigen Disput vom Zaun brechen konnten.

»Wir haben gestern Abend noch die paar Roberts überprüft, die übrig geblieben waren«, berichtete Milić.

»Und?«

»Können wir abhaken, Inspektor. Einer liegt mit doppeltem Beinbruch im Krankenhaus. Ein anderer ist frisch verheiratet und auf Hochzeitsreise. Dann haben wir einen, der vor zehn Tagen an einem Herzanfall gestorben ist, und der Letzte auf der Liste sitzt im Rollstuhl.«

»Verdammt.«

Milić seufzte. »Tja.«

Sandras Blick ruhte auf Zelenika. »Wie war's gestern Abend?«, fragte sie unvermittelt. »Hat dir die Sitzung geholfen?« Sie nahm sich einen Stuhl und rollte ihn zwischen Couch und Schreibtisch.

»Ja, es war befreiend. Ich gehe jetzt jeden zweiten Tag da hin, bis meine Therapie in drei Wochen anfängt.«

»Sehr gut«, sagte Sandra.

»Zuerst dachte ich ja, das wird in etwa so angenehm wie eine Wurzelbehandlung oder Rektaluntersuchung, aber der Kerl ist wirklich großartig. Er sitzt da mit seinem blonden, welligen Haar und den gütigen Kulleraugen ...«

»Ich glaube, der hat sich in deinen Cousin verliebt, Sedlar«, murmelte Milić.

»... und hört einfach zu. Und alles, was er sagt, hat Hand und Fuß.«

»Na ja«, meinte Milić, »er hat das Zeug ja auch studiert, oder?«

»Ach, du verstehst das nicht.« Zelenika wandte sich an Sandra. »Hör zu, Horvat, wenn du mich und Milić nicht unbedingt brauchst, dann …«

»Milić und mich«, warf dieser ein.

»Was?«

»Du kannst dich nicht zuerst nennen. Das ist unhöflich, dass du das nicht endlich mal lernst!«

»Lass es gut sein, Lockenköpfchen! Also, wo war ich? Ach ja. Wenn du den da und mich nicht brauchst, dann würden wir uns aufmachen und ein paar Leute für den Schnellkochtopf-Fall verhören. Wir wollen den Nachbarn noch mal gehörig auf die Pelle rücken. Man weiß ja nie.«

»Obwohl es sowieso umsonst sein wird«, murmelte Milić.

»Okay«, meinte Sandra. »Sedlar und ich kommen alleine klar.« Sie sah Sedlar an. »Einverstanden?«

»Ja, sicher.«

»Ach, übrigens«, besann sich Zelenika und griff nach ein paar Papieren auf seinem Schreibtisch. »Das ist die Aufstellung der Nummern, die Paulić angewählt hat. Viel telefoniert hat der Kerl ja nicht. Aber eine Nummer ist interessant.« Er tippte auf den Zettel. »Er hat eine Telefonzelle angewählt. Das Gespräch dauerte sieben Minuten.«

»Ach so.«

»Nur leider«, Zelenika drehte die Handflächen nach oben, »können wir nicht zurückverfolgen, wer am anderen Ende der Leitung war.«

»Nein, aber vielleicht ergibt sich das noch. Momentan sollten wir uns damit nicht verrückt machen.« Sie wandte sich an ihren neuen Kollegen. »Kommen Sie, Sedlar, wir fahren zur Jakšić. Jetzt wird die gute Dame ja wohl zu Hause sein.«

»Die gute Dame?«, wiederholte Zelenika, »ich hätte *das alte Luder* gesagt.«

»Du bist ja auch ein rhetorischer Einfaltspinsel«, sagte Milić.

»Und du bist das personifizierte Dogma deiner eigenen Vorstellungen, abhängig von den Strömungen der Gesellschaft. Na, kann ich mich ausdrücken, oder was?«

Milić verzog den Mund. »Klingt nicht wirklich überzeugend, schon gar nicht intellektuell, eher aufgeblasen.«

»Dir kann man es aber auch nie recht machen.«

Eva Jakšić reagierte nach dem dritten Klingeln. Zweimal hatte Sedlar es normal versucht, beim dritten Mal ließ er den Zeigefinger auf der Klingel. Sandra bemerkte, dass sie durch den Spion beobachtet wurden.

»Was wollen Sie?«, kam es von der anderen Seite.

»Guten Morgen, Frau Jakšić.« Sandra fand es etwas albern, mit einer Tür zu sprechen.

»Es ist Feiertag und halb neun Uhr morgens.«

»Ich weiß, aber es ist wichtig. Öffnen Sie bitte die Tür, Frau Jakšić.«

»Aber ich bin noch nicht geschminkt.«

Sandra und Sedlar wechselten einen kurzen Blick und grinsten in sich hinein. »Das ist uns ziemlich egal. Wir wollen nur ein paar Antworten auf unsere Fragen.«

Zaghaft öffnete sich die Tür. Sandra riss unwillkürlich die Augen auf. Frau Jakšić sah furchterregend aus. Sie wirkte zwanzig Jahre älter als gestern. Mindestens. Ihr Gesicht war blass, und sie sah müde aus, die Haare fielen ihr strähnig auf die Schultern. Der champagnerfarbene Schlafanzug war aus Seide und musste recht teuer gewesen sein. Erstaunlicherweise fehlten ihm zwei Knöpfe. Eine pedantische Hausfrau schien Eva Jakšić nicht gerade zu sein.

»Bitte, schauen Sie mich nicht an.«

»Das wird schwierig sein«, gab Sedlar zu bedenken.

»Wir können ja schlecht in die andere Richtung gucken, während wir mit Ihnen sprechen.«

»Kommen Sie rein.«

Sandra bemerkte, dass Sedlar demonstrativ den Kopf gesenkt hielt, wie um den Wunsch der Frau zu respektieren. Rührend.

»Es tut uns leid«, meinte Sandra auf dem Weg in den Salon, »wenn wir Sie stören, aber wären Sie gestern ehrlich mit uns gewesen, hätte sich unser Besuch heute erübrigt.«

Sie setzten sich beinahe gleichzeitig auf die Stühle. Sandra registrierte, dass Frau Jakšić versuchte, gelassen zu bleiben, aber von Nervosität beherrscht wurde. Sie hielt sich unnatürlich gerade und fischte eine fertig gedrehte Zigarette aus ihrem Etui. Sie zündete sie an, nahm einen tiefen Zug und fixierte Sandra. »Was ist das Problem?«

»Das Problem?« Eine ungewöhnliche Formulierung. »Sie haben gestern behauptet, Anton Paulić nur oberflächlich zu kennen. Das ist eine Lüge. Sie haben im *Midnight Café* des Öfteren mit ihm geplaudert, nicht wahr?«

Frau Jakšić zuckte die Schultern. »Na und?«

Sandra wurde ernst und sah ihr geradewegs in die Augen. »Was heißt hier *na und*? Sie haben uns belogen. Warum?«

Wieder zuckte Eva Jakšić teilnahmslos die Schultern.

»Warum haben Sie behauptet, ihn kaum zu kennen? Und warum haben Sie uns nicht erzählt, dass Sie mit seiner Mutter aufgewachsen sind?«

Eva Jakšić erschrak. Sie zog erneut an ihrer Zigarette, zweimal hintereinander. »Ich wollte nichts mit dieser Sache zu tun haben. Ich will keinen Ärger, verstehen Sie?«

»Keinen Ärger? Warum sollten Sie deswegen Ärger bekommen? Dann müssten ja alle unter Mordverdacht stehen, die die beiden gekannt haben.«

Eva Jakšić fuhr sich unbeholfen durchs Haar. »Ich dachte, so ist es am sichersten. Da wird der Kerl ausgerechnet in dem Haus ermordet, in dem ich wohne. So eine Scheiße.« Sie atmete stoßweise. »Eine verdammte Scheiße ist das.«

»Und Sie dachten, wenn Sie uns abwimmeln, dann regeln die Dinge sich von selbst?«

»Ja. Aber man sagt ja, Bullen sind wie Kletten. Scheint zu stimmen.«

Sedlar, der Eva Jakšić nicht aus den Augen ließ, fragte: »Haben Sie sich denn keine Gedanken darüber gemacht, dass wir das herausfinden könnten?«

Sie zuckte etwas zusammen. »Ich weiß nicht.«

»Wollen Sie, dass wir Sie von jetzt an jeden Tag besuchen?«

Sie sah ihn an. »Was wollen Sie von mir?«

»Sagen Sie uns endlich, was Sache ist. Den Ärger bekommen Sie nur, wenn Sie weiterhin die Geheimnisvolle spielen.«

Sie drückte ihre Zigarette aus, vergrub den Kopf in den Händen und murmelte etwas.

»Was?«, fragten Sandra und Sedlar wie aus einem Mund.

Sie hob den Kopf, sah von einem zum anderen und sagte laut vernehmlich: »Nero hat mich mit Kokain versorgt.«

Die Worte schienen im Zimmer widerzuhallen. Sandra überlegte, was sie sagen sollte. Der Frau ihre Lüge von gestern unter die Nase zu reiben, schien ihr keine gute Strategie. Also sagte sie einfach: »Schon gut, Frau Jakšić. Erzählen Sie uns alles.«

Eva Jakšić strich sich nervös die Haare aus dem Gesicht. »Nero und ich, wir sind uns immer wieder mal über den Weg gelaufen. Ich habe mich nie für Drogen irgendwelcher Art interessiert, aber alles fing damit an, dass …«

»Ja?«, warf Sandra behutsam ein.

»Ich schäme mich, es auszusprechen.« Sie schluckte. »Es

ist peinlich, weil ... es fing damit an, dass ich hörte, Kokain würde den Appetit hemmen, und ich ...«

»Wie meinen Sie das?«

»Ich habe immer mit meinem Gewicht zu kämpfen gehabt, wissen Sie, und da habe ich gedacht, ich probier das mal.«

»Oh mein Gott«, kam es von Sedlar. »Sie haben zu Drogen gegriffen, um schlank zu sein?«

»Angeblich tun Models das auch.«

»Frau Jakšić«, stieß Sedlar hervor. »Wissen Sie, wie schrecklich sich das anhört?«

Hilflos hob sie die Hände. »Ja, weiß ich. Na ja, ich habe es auch ziemlich schnell bereut, weil ich gemerkt habe, dass ich das Zeug irgendwann brauchte, um mich gut zu fühlen.«

»Wie lange nehmen Sie schon Kokain?«

»Ich weiß nicht genau, ein paar Jahre.«

Sedlar nickte. »Haben Sie noch nie an eine Therapie gedacht?«

Sie lachte höhnisch auf. »Ich bin zweiundsechzig Jahre alt. In einer Entzugsklinik wäre ich allein unter lauter Zwanzig- und Dreißigjährigen. Mit zwanzig ein Versager zu sein, ist verzeihlich, aber in meinem Alter nicht mehr.«

Sandra betrachtete sie. Am liebsten hätte sie über den Tisch gelangt und ihre Hand genommen, aber sie ließ es bleiben. Vielleicht wollte die Frau gar kein Mitleid.

»Nero und ich, wir haben uns gut verstanden. Er stellte keine Fragen. Er gab mir das Kokain, und ich bezahlte. Das war unkompliziert. Ich mochte ihn. Bitte glauben Sie mir, ich habe ihn nicht getötet. Ich schwöre, ich habe nichts damit zu tun. Dass er in diesem Haus getötet wurde, ist einfach nur ein verfluchter Zufall.«

»Ich hoffe es für Sie«, meinte Sandra. »Und es ist egal,

wie alt jemand ist, Frau Jakšić. Für einen Neuanfang ist es nie zu spät. Unternehmen Sie etwas gegen Ihre Sucht.«

Frau Jakšić erwiderte ihren Blick und lächelte verbittert.

»Warum wurde Anton Paulić eigentlich Nero genannt?«

»Weil er so ein dunkler Typ war.« Wieder strich sie sich eine Strähne aus dem Gesicht. »Die Leute kommen auf die seltsamsten Ideen, nicht wahr?«

Als sie die Wohnung verlassen hatten, sagte Sedlar: »Sie war's. Welches Motiv sie auch immer gehabt haben mag.«

Sandra sah ihn an. »Weil sie süchtig ist?«

»Nein, weil sie schwach ist.«

In diesem Moment klingelte ihr Handy. Als sie es aus der Hosentasche zog, hörte es auf zu klingeln. Der Blick aufs Display verriet ihr, dass es die Nummer des *Midnight Café* war. »Leo.«

»Wer?«, fragte Sedlar abwesend.

»Der Besitzer vom *Midnight Café*. Schätze, einer von Neros Freunden ist aufgetaucht. Los, Sedlar, wir müssen uns beeilen.«

Als sie eine Weile zügig nebeneinander hergegangen waren, meinte Sandra: »Ziemlich nett von Leo, dass er Wort hält.«

»Ja, durchaus.« Sedlar blickte nicht auf.

»Sie sind so still.« Sie sah ihn von der Seite an. Er trug ein schwarzes T-Shirt, in dem er toll aussah.

»Ach was. Das kommt Ihnen nur so vor«, antwortete er lächelnd.

»Sie sind auch ein wenig blass. Ist wirklich alles in Ordnung mit Ihnen?«

»Ja, alles klar.«

Als sie die Tür des *Midnight Café* öffneten, schwebte abermals die Melodie zu Bonnie Tylers *It's a Heartache* durch den Raum. Wahrscheinlich dieselbe CD wie gestern. Sie gingen zu Leo an den Tresen und bestellten sich einen Kaffee. »Wie geht's denn so, Leo? Lange nicht gesehen«, sagte Sandra laut.

»Fein, danke.« Leo ließ sich nichts anmerken.

»Verdammt heiß heute, was?«

Er stellte die Kaffeetassen auf den Tresen. »Ja, verdammt heiß.«

»Ach, warum wir hier sind, Leo: Wir wollen mit zwei Leuten sprechen, Fab und Mirko. Haben gerade einen alten Bekannten getroffen, der meinte, sie müssten hier sein.«

Betont gleichgültig rief Leo: »Mirko. Besuch für dich.« Er blickte auf einen jungen Mann, der zwei Hocker weiter neben dem Fenster saß. Sandra stand auf.

Mirko wandte langsam den Kopf und sah sie kalt an. »Wer sind Sie?« Sein Tonfall verriet, dass er seine Ruhe haben wollte. Sandra zog ihren Ausweis aus der Jackentasche, klappte ihn auf und hielt ihn Mirko unauffällig hin. »Wir würden uns gerne mit Ihnen unterhalten. Entweder hier oder auf dem Präsidium, wie Sie wollen.«

»Von mir aus«, meinte er gelangweilt. »Bringen wir's hinter uns.«

Sandra beugte sich über den Tresen. »Gibt es hier eine Art Nebenraum?«

»Nein, Mann. Aber Sie können in mein Büro gehen.« Leo ging voran, und sie folgten ihm. Sandra sah sich nach Mirko um, der sich in aller Seelenruhe erhob.

»An wen erinnert er Sie?«, fragte Sandra an Sedlar gewandt.

»An Jean-Claude van Damme.«

»Sehr gut. Ich wäre selbst nicht drauf gekommen, aber jetzt, wo Sie es sagen …«

Endlich folgte er ihnen.

Leos Büro war so groß wie ein Schuhschrank. Ein winziger Schreibtisch, zwei Klappstühle und kein Fenster. »Sie wissen, warum wir hier sind?«

Leo schloss die Tür hinter sich.

Mirko steckte gelangweilt die Hände in die Hosentaschen. Sein Gesichtsausdruck war eine Mischung aus Langeweile und Verachtung. »Kann ich mir denken. Wegen Nero wahrscheinlich.«

»Sie haben davon gehört?«

»Ja. Und?«

»Sie waren befreundet?«

»Wenn Sie's so nennen wollen …«

Sedlar lehnte an der Tür und hörte zu.

»Welche Art von Freundschaft hatten Sie?« Sandra verschränkte die Arme vor der Brust.

»Welche Art, welche Art … Was soll das? Scheißfrage.«

»Basierte Ihre Freundschaft auf Drogen?«

Mirko grinste arrogant. »Wir waren Kumpel, nicht mehr und nicht weniger.«

»Hören Sie, wir können es kurz und schmerzlos machen oder Sie schmoren tagelang im Präsidium. Was ist Ihnen lieber?«

Mirko sah sie abfällig an. »Ja, Nero hat Gras und Kokain verkauft. Und er hatte es von mir.«

»Wenn es nicht zu viele Umstände macht, hätte ich das Ganze gern etwas ausführlicher.«

Die Ironie in ihrem Ton war Mirko offenbar nicht entgangen. »Ich kaufe ab und zu mal was, aber nur kleine Mengen und immer nur für mich natürlich.«

»Natürlich.«

»Nero hatte selbst nichts mehr und mich deshalb um ein paar Gramm gebeten. Zwei Gramm habe ich ihm abgeben können, zum Selbstkostenpreis. Verdienen wollte ich nichts dabei. Reicht das?«

»Wohin fahren Sie denn immer zum Shopping?«

Mirko hob die Augenbrauen. »Unterschiedlich. Letztes Mal war ich in Rotterdam. Manchmal fahre ich auch nach Split runter.«

»Sind Sie drogensüchtig?«

»Nein, ich kiffe nur ab und zu mal, keine harten Drogen.«

Sie sahen sich in die Augen. Mirko wandte zuerst den Blick ab.

»Und Nero? Hat der etwas konsumiert?«

»Nein, der hat nicht mal gekifft.«

Sandra beobachtete ihn eine Weile. »Wie lautet Ihr voller Name?«

»Mirko Rak.«

»Haben Sie einen Ausweis dabei?«

»Nein«, meinte er cool. »Aber in Ihrer Datenbank können Sie mich finden, samt Foto und Strafregister.«

»Ist es lang?«

»Ja«, erwiderte er, und Sandra glaubte, eine Spur Stolz aus seiner Stimme herauszuhören.

»Drogen, Körperverletzung und Diebstahl, nehme ich an.«

»Sie haben schon nachgesehen?«

»Nein, aber das wäre typisch. Sie sind nicht so besonders, wie Sie glauben.«

»Arrogante Schlampe.«

»Was hast du gesagt?« Wenn er sie Schlampe nannte, dann konnte sie ihn auch duzen. Sandra kniff die Augen zusammen. Plötzlich spürte sie, wie sie jemand zur Seite stieß. Sedlar hatte sich an ihr vorbeigedrängt, Mirko am Kragen gepackt und ihn mit aller Gewalt auf den Stuhl gedrückt. »Und jetzt entschuldigst du dich bei ihr! Na los!«

Mirko hob die Hände und grinste hämisch. »Ist ja gut. Sorry, Inspektor.«

Sandra gewann ihre Fassung wieder. Sie war unschlüssig, ob sie lieber Mirko oder Sedlar eine gescheuert hätte. »Sedlar«, brachte sie schließlich in angespanntem Tonfall heraus, »Sie warten draußen.«

»Wie bitte?« Er richtete sich wieder auf und sah Sandra verwirrt an. »Ich ...«

»Raus, hab ich gesagt.«

Mirko sah von einem zum anderen, und sein Grinsen wurde immer breiter. Sedlar warf ihr einen verständnislos-wütenden Blick zu und schlug die Tür hinter sich zu. Sandra baute sich vor Mirko auf. Er wollte aufstehen, doch sie schüttelte fast unmerklich den Kopf. »Du bleibst schön sitzen. Du hast komplett verspielt. Jetzt hast du die Wahl: Wir können auf dieser Ebene weitermachen, das ist kein Problem für mich. Aber dann musst du damit rechnen, dass ich dein Strafregister zu meiner Bettlektüre mache.« Eine tödliche Ruhe lag in ihrer Stimme, und sie merkte, dass sie langsam zu ihm durchdrang. »Natürlich ist eine Vernehmung, wenn wir's ganz offiziell machen, mit einer Abholung in deinem Lieblingslokal verbunden. Ich bringe dich dann auch selbstverständlich wieder zurück und setze dich hier ab, nachdem ich dir ungemein dankbar die Hand geschüttelt habe. Ich werde mich so laut für deine Hilfe bedanken, dass jeder deiner Freunde in der Kneipe es hören kann. Schließlich bin ich ein dankbarer Mensch und weiß, was sich gehört. Soll ich dir dankbar sein, Mirko? Willst du das?«

Langsam schüttelte er den Kopf.

»Na siehst du. Und jetzt gibst du mir die Adresse von diesem Fab, und sollte dir spontan entfallen sein, wo er wohnt, werden wir beide ein paar sehr, sehr lange Stunden miteinander verbringen.«

»Die Adresse hab ich nicht, aber ich weiß, wie er mit Nachnamen heißt und wie alt er ist. Den Rest können Sie ja dann rausfinden. Er heißt Fabijan Novosel und ist zweiunddreißig.«

»Prima. Und nun bräuchte ich noch dein Alibi für vorletzte Nacht. Wo warst du zwischen ein und zwei Uhr morgens?«

»Im Bett.«

»Was du nicht sagst.«

»Ich schwör's.«

»Warst du allein?«

»Ja.«

»Lebst du allein in der Wohnung?«

»Mit einem Kumpel, aber der ist für ein paar Tage in Zagreb bei Verwandten.«

»Tja, tja. Das sieht leider schlecht für dich aus. Ein nichtigeres Alibi gibt es kaum.«

Mirko sah sie forschend an. »Warum hätte ich Nero denn umbringen sollen?«

»Keine Ahnung, worüber Drogendealer so streiten. Sag du es mir.«

»Wir haben uns nicht gestritten. Warum sollten wir? An unserer Freundschaft hatte sich nichts geändert.«

Sandra nahm sich einen anderen Stuhl und ließ sich ihm gegenüber nieder. »So, Mirko. Du hast jetzt die einmalige Chance, den schlechten Eindruck von vorhin wieder wettzumachen.«

»Hab ich das?«

»Ja. Wenn du mir erzählst, was du von Nero weißt.«

»Und zwar?«

»Alles, was dir zu ihm einfällt.« Sie verschränkte wieder die Arme vor der Brust und wartete.

»Alles, was mir einfällt, aha. Geboren ist er in Hamburg. Er hat mal erzählt, dass es brutal schwer für ihn war, von dort wegzugehen, wegen seiner Freunde. Er hat gesagt, da gab es einen Hof, wo immer viele Kinder spielten, und dass er sich dort so gerne aufgehalten hat.« Er sah sie an. »Interessant, was?«

»Ja. Weiter.«

»Er hat gesagt, dass seine Mutter ihn geprügelt hat und dass er, wenn sie heute den Löffel abgeben würde, nicht mal auf ihre Beerdigung gehen würde. Ich glaube, er hat die Alte richtig gehasst. Und ich glaube, sie konnte ihren Sohn auch nicht ausstehen. Vielleicht sollten Sie die Alte mal nach ihrem Alibi fragen.«

»Weiter, Mirko, weiter. Halte dich nicht mit Kommentaren auf. Du klingst wie ein trotziges Balg.«

Das schien ihm zu missfallen. Er zog eine genervte Grimasse. »Er saß zweimal im Knast, wegen Körperverletzung und Einbruch. Und er litt unter Platzangst. Er hat gesagt, wenn er mal stirbt, dann will er nicht, dass irgendjemand traurig ist. Klingt seltsam, aber er hatte überhaupt keine Angst vorm Sterben. Der hing irgendwie nicht am Leben.«

»Wie sah es mit Liebesbeziehungen aus?«

»Keine Ahnung, hab nur zwei flüchtig gekannt, weiß nicht mal mehr, wie die hießen.«

»Gut. Dann gib mir jetzt noch deine Mobilnummer.«

Er nannte ihr die Nummer, und sie notierte sie. »In der nächsten Zeit darfst du die Stadt nicht verlassen.«

»Für wie lange?«

»So lange, wie ich es für nötig halte.«

15

Sedlar saß am Tresen und klopfte mit den Fingern den Takt zu *Born to be wild*. Als er Sandra und Mirko erblickte, hielt er schlagartig inne.

»Was macht das, Leo?«, fragte Sandra.

»Ihr Kollege hat schon bezahlt.«

»Sedlar, wir gehen.« Als sie nach draußen kamen, drehte sie sich abrupt zu ihm um und sagte: »Tun Sie das nie wieder! Haben Sie verstanden?«

»Was hab ich denn gemacht? Ich habe nicht den blassesten Schimmer!« Er sah wieder so wütend aus wie vorhin in Leos Büro.

»Was Sie getan haben, fragen Sie? Sie wollten mich beschützen, als sei ich ein zehnjähriges Mädchen! Sie haben meine Autorität untergraben! Was glauben Sie denn, wen Sie vor sich haben, Sedlar? Ich bin Inspektorin, habe den schwarzen Gürtel in Karate, und ich hatte bestimmt schon öfter mit harten Kerlen zu tun als Sie. Ich habe noch nie Schwierigkeiten damit gehabt, einem Macho den Mund zu stopfen. Sie glauben, *Sie* müssten *mich* beschützen? Scheint eher umgekehrt zu sein. Stellen Sie nie wieder meine Position infrage, nur weil ich eine Frau bin. Klar?«

»Na, von mir aus. Wie Sie wollen. Nicht genug, dass ich heute die schlimmste Migräne meines Lebens habe, jetzt muss ich mir auch noch vorwerfen lassen, dass ich dem Typen beibringen wollte, Sie zu respektieren. Wenn das falsch war, dann Entschuldigung.«

»Lassen Sie diesen unreifen Männer-Eitelkeits-Kram. So was können Sie meinetwegen privat ausleben.« Sie setzte sich in Bewegung.

»Es war gut gemeint, aber ich werde mich natürlich an Ihre Anweisung halten«, keuchte Sedlar, der versuchte, mit ihr Schritt zu halten. »Ich wollte eben nicht, dass Sie sich die Hände schmutzig machen, das ist alles.«

»Schön und gut. Aber Sie müssen lernen, jede Situation abzuwägen und die Dinge nicht in ihrer rohen Form zu sehen.«

Er massierte kurz seine Stirn, sagte aber nichts. Schweigend gingen sie zum Präsidium zurück. Irgendwann sagte Sandra: »Sie sind doch jetzt nicht beleidigt, oder?«

»Nein.« Er lächelte gequält. »Natürlich nicht.«

»Darf ich einen Spruch von Konfuzius loswerden?«

»Ja, bitte.«

»Die Menschen stolpern nicht über Berge, sondern über Maulwurfshügel.«

»Kann ich auch einen Spruch loswerden?«

»Oh ja.« Sie spielte die Begeisterte, indem sie eine Faust in die Luft reckte.

»Ein kluger Mann widerspricht nie einer Frau. Er wartet, bis sie es selbst tut.«

»Okay, Sedlar. Nun bin ich mal gespannt, wer das gesagt hat. Mickey Mouse?«

»Humphrey Bogart.«

»Alles klar.« Sie lächelte, aber er blieb ernst. »Was machen wir gegen Ihre Kopfschmerzen?«

»Dagegen kann man nicht wirklich etwas tun. Manchmal hilft es, wenn ich mich in totaler Stille und Dunkelheit hinlege, was aber heute nicht infrage kommt. Und manchmal hilft es auch nicht.« Er winkte ab.

»Seit wann leiden Sie unter Migräne?«

»Seit dem Koma.« Er hielt ihr die Tür zum Präsidium auf. Dank des Feiertages mussten sie sich ausnahmsweise mal nicht an den Leuten vorbeischieben, die im Erdgeschoss wegen Reisepässen und Adressänderungen anstanden.

»Helfen keine Tabletten?«

»Nicht wirklich. Sie erleichtern die Sache nur ein wenig.«

»Ich frage mal Ika.«

»Die Putzfrau?«, rief er erstaunt. »Was wollen Sie die denn fragen?« Sie stiegen die Treppen nach oben, und Sedlar hielt sich am Geländer fest.

»Nur Geduld. Gehen Sie schon mal vor und geben Fabijan Novosel in die Datenbank ein. Wir brauchen seine aktuelle Adresse und fahren dann dorthin. Ich gehe in der Zwischenzeit unsere Ika suchen.«

Sandra fand sie im dritten Stock beim Bodenwischen. »Ich brauche deine Hilfe.«

Ika hörte mit dem Wischen auf und drehte sich um. »Was ist los, Schätzchen? Hast du meine Muffins gefunden?«

»Muffins?«

»Ja. Ich hab dir Heidelbeermuffins auf den Schreibtisch gelegt.«

Sandra schüttelte den Kopf. »Noch nicht, aber danke.«

»Kein Problem. Die sind übrigens viel gesünder als das Zeug, das du anderswo bekommst. Kein Weißmehl, kein weißer Zucker. Ich hab sie mit Vollkornmehl und wenig Rohrohrzucker gemacht.«

»Toll, Ika. Hast du Mandić auch damit beglückt? Seine Frau wird vor Freude im Quadrat springen.«

»Von der hab ich doch das Rezept.«

»Ach so. Na, das hätte ich mir ja denken können. Du Ika, ganz was anderes: Du hast mich doch mal massiert, als ich diese grässlichen Kopfschmerzen hatte. Könntest du das auch bei Sedlar machen?«

»Bei wem?« Ika hielt den Stiel des Wischmops umklammert. »Den Namen hab ich noch nie gehört.«

»Dem neuen Kollegen«, erklärte Sandra geduldig. »Er hat Migräneattacken, und heute scheint es besonders schlimm zu sein.«

»Na gut«, meinte Ika gnädig. »Ich komme in dein Büro, wenn ich hier fertig bin. Aber ich muss noch an meinen Spind, um meine Utensilien zu holen.«

»Hört sich sehr professionell an«, kicherte Sandra. Da Ika sie todernst ansah und keine Miene verzog, fügte sie hastig hinzu: »Gut, bis dann.«

Sie öffnete die Tür zu ihrem Büro, wo Milić und Zelenika neben Sedlar standen, der über seinem Schreibtisch zusammengesunken war.

»So schlimm?«, fragte Sandra.

Milić zuckte mit den Schultern. »Scheint so. Er will nicht sprechen.«

»Ich glaube eher, er *kann* nicht sprechen«, meinte Zelenika. »Ich kenne das noch aus seiner Zeit in Pula. Das kam immer aus heiterem Himmel. Manchmal zweimal die Woche und manchmal lange Zeit gar nicht. Er musste sich deshalb oft freinehmen, aber er will wahrscheinlich nicht am zweiten Tag zum Chef gehen und sich krankschreiben lassen.«

»Ist es nicht irgendwie ungünstig«, flüsterte Milić, »wenn wir über ihn reden, als sei er nicht anwesend? Er hört doch jedes Wort.«

Zelenika tippte sich an die Stirn. »Aber hinter seinem Rücken reden wäre taktvoll, oder was?«

»Hey, ihr beiden, ich war gerade bei Ika«, sagte Sandra, »sie kommt gleich.«

Sedlar blickte auf. Sein Gesicht war kalkweiß, und er

wirkte, als hätte er eine Woche nicht geschlafen. Er stützte sich mit den Ellenbogen auf den Tisch und fuhr sich durch die Haare. Sandra dachte, wie schade es sei, dass aus dem Essen im *Mornar* heute nichts werden würde. Aber vielleicht sollte sie ganz froh darüber sein? Sie empfand eine merkwürdige Mischung aus beidem.

»Und die Putzfrau wird mir helfen, ja?«, krächzte Sedlar schwach. »Sind denn hier alle übergeschnappt?«

»Ika hat's drauf, Kumpel«, meinte Zelenika und gab ihm einen kräftigen Klaps auf die Schulter. Vielleicht eine Spur zu kräftig, denn Sedlars Oberkörper sackte nach vorne weg, und er sah aus, als müsse er sich übergeben. »Es kommt auf einen Versuch an, glaub mir. Seit sie mit Mandićs Frau Kaffee trinken geht, wird Mandić immer schlanker und gesünder, weil seine Frau auf Ika schwört. Frau Mandić sagt, Ikas Teekur hat sie durch die Wechseljahre gebracht.« Zelenika machte eine kleine Pause. »Und jetzt haben die beiden *meiner* Frau den gleichen Floh ins Ohr gesetzt, und ich kriege jeden Abend ein salzfreies Gemüsesüppchen serviert. Verdammte Weiber.«

Milić sah ihn mit gespielter Bewunderung an. »Ich bin sicher, Sedlar fühlt sich schon viel besser.«

»Warum seid ihr beiden eigentlich schon zurück?«, fragte Sandra.

»Ach ja«, meinte Zelenika. »Wir haben die Nachbarn noch mal verhört. Ich dachte, es würde die Dringlichkeit betonen, weil heute Feiertag ist. Nichts. Kein Spürchen mehr als bisher. Ich sag ja, wir bringen den Schnellkochtopf-Fall nicht zu Ende.«

»Sei nicht so pessimistisch«, warf Milić ein.

Sandra beugte sich über den Tisch und fragte Sedlar leise: »Wollen Sie sich nicht doch lieber hinlegen? Sie können in Zelenikas Büro gehen.«

»Nein«, kam es von unten.

Die Tür wurde geöffnet, und Ika kam mit einem Beutel herein. »Dann fangen wir mal an«, meinte sie. Während sie alles auspackte und auf dem Schreibtisch ordnete, flüsterte Zelenika in Sandras Ohr: »Ich hab deine Muffins gegessen. Ist das schlimm?«

Sie sah ihn an und war tatsächlich ein bisschen beleidigt.

»Seit ich nicht mehr trinke, stopfe ich jede Süßigkeit in mich rein, die ich kriegen kann.«

Sandra winkte ab. »Schon gut.«

Sedlar hob den Kopf und starrte erst auf die Gegenstände auf dem Tisch, dann auf Ika.

»Was ist, Kleiner? Hast du kein Vertrauen zu mir? Mein Gott, hast du schöne Augen. Wenn ich dreißig Jahre jünger wäre … oder wenigstens zehn. Vor zehn Jahren sah ich noch richtig knackig aus und war gertenschlank.«

Zelenika stöhnte. »Ich kenne dich schon ein paar Jährchen, Ika, und du warst noch nie gertenschlank.«

»Klappe halten. Ich muss mich auf meine Therapie konzentrieren. Also hör zu, Kleiner. Ich massiere dir jetzt den Nacken mit diesem Öl, danach reibe ich deinen Kopf mit einem ayurvedischen Mittel ein. Kann sein, dass es dir zwischendrin ein bisschen unheimlich wird, aber das ist normal.«

Sedlar blickte erschrocken auf seine drei Kollegen. »Was soll das heißen? Was meint die mit unheimlich?«

»Pscht! Ich kann so nicht arbeiten.« Gerade als Ika sich die Hände eingeölt hatte und sie theatralisch zusammenschlug, hörte man Mandić von draußen rufen: »Wo ist Ika? Hat jemand Ika gesehen? Wo ist diese verdammte Putzfrau?«

»Hat man hier nie seine Ruhe?« Ika ging grummelnd zur Tür und öffnete sie. »Was?«, kreischte sie.

»Ich habe Tee über meinen Schreibtisch verschüttet«, hörte man den Chef über den Flur schreien. »Alles ist voll, sogar die Tastatur.«

»Es gibt Schlimmeres!«, brüllte Ika zurück. »Es gibt Menschen, die müssen Teepfützen von Tastaturen wischen und verdienen ihr Geld mit Bodenwischen. Stell dir das mal vor!«

»Waaas!?«

»Ich kann jetzt nicht. Keine Zeit!«

»Du kannst nicht?«, hörte man Mandićs ruppige Stimme aus dem Flur.

»Ich halte gerade eine Therapie ab. Sedlar hat Migräne.«

Sedlar stöhnte, dann murmelte er: »Und durch das Geplärre wird es nicht besser.«

»Ach so«, hörte man Mandić wieder brüllen. »Aber danach kommst du gleich, ja?«

»Jaaa.« Ika knallte genervt die Tür zu. »Was für ein Irrenhaus. Ihr wart auf Universitäten und Akademien, und der Mensch, auf den ihr am wenigsten verzichten könnt, ist die Putzfrau.« Sie baute sich vor Sedlar auf, schloss die Augen, klatschte erneut theatralisch und ließ ihre Handflächen für ein paar Sekunden aneinandergepresst.

An Sandra gewandt sagte Sedlar: »Das ist wie in der Szene in *Karate Kid*, wenn Mister Miyagi ...«

Ika legte ihren Zeigefinger auf seinen Mund. Er verstummte, und sein Gesicht nahm einen angewiderten Ausdruck an. Kein Wunder, wenn man bedachte, dass Ikas Finger nach ayurvedischem Öl und Putzmittel rochen.

»Okay, ich muss versuchen, Perica in der Gerichtsmedizin zu erreichen«, sagte Sandra.

Zelenika schüttelte den Kopf. »Ich glaube, der hat heute frei. Seine trottelige Vertretung ist da. Du musst es mobil versuchen.«

»Kannst du in der Zwischenzeit nachschauen, was der Computer über Mirko Rak hergibt?«

»Bin schon unterwegs.«

Zelenika ging schnellen Schrittes aus dem Raum, Ika fing an, *Pievojka sasela* von Severina zu summen, und Sandra suchte Pericas Mobilfunknummer in ihrem Handy-Adressbuch. Er meldete sich nach dem zweiten Klingeln. »Hallo, Perica, hier Horvat. Ich habe eine Frage zu dem Mord an Nero.«

»Wem?«

»Äh, Anton Paulić. Könnte der Mord von einem Linkshänder verübt worden sein?« Sie hatte Mirko beobachtet, er schien Linkshänder zu sein. Und er hatte kein Alibi.

»Ausgeschlossen.«

»Sind Sie sicher?«

Schweigen am anderen Ende. »Inspektor Horvat, wenn ich sage, es ist ausgeschlossen, dann meine ich das auch so.«

Sandra zog eine genervte Grimasse, die Perica zum Glück nicht sehen konnte. »Selbstverständlich. Aber können Sie es auch begründen?«

»Komische Frage. Natürlich kann ich das begründen. Ich kann alles begründen, was ich sage.« Perica machte eine dramatische Pause. »Führt ein Rechtshänder das Messer, wenn er hinter dem Opfer steht, dann wird der Schnitt auf der linken Seite des Halses ziemlich weit oberhalb neben dem Ohr liegen. Steht der Rechtshänder rechts neben dem Opfer, dann wird der Schnitt noch weiter oben liegen. Befindet sich das Opfer in sitzender oder kniender Stellung gegenüber dem Täter, dann wird der Schnitt bei einem Rechtshänder auf der rechten Halsseite des Opfers auslaufen. In allen Fällen kann aber der Beginn des Schnittes beziehungsweise die Auslaufschnittführung festgestellt werden. Bei einem Linkshänder gelten diese Angaben natürlich entsprechend seitenverkehrt. Das Opfer Paulić wurde definitiv von einem Rechtshänder getötet. Es ist ausgeschlossen, dass die Tat von einem Linkshänder verübt wurde. Verstanden soweit?«

»Ja, im Großen und Ganzen schon, danke.«

»Gerne, Inspektor, gerne.«

»Schönen Feiertag noch.«

»Ebenfalls. Auf Wiederhören.«

Sie drückte auf den roten Knopf.

»Wen hatten Sie im Verdacht?«, fragte Milić.

»Diesen Mirko Rak, den Zelenika gerade checkt. Das heißt, im Verdacht hatte ich ihn nicht direkt, aber er hat sich den Reißverschluss seiner Trainingsjacke zweimal mit der linken Hand hochgezogen.«

»Aha«, meinte Milić.

»Und er ist ein Arschloch ohne Alibi.«

Milić nickte. »Tja, so eine Kombination ist in der Tat ungünstig.«

Zelenika kam wieder zur Tür herein. »Ein paar Diebstähle und Drogengeschäfte.« Er reichte Sandra einen Stapel Blätter, den sie kurz überflog.

»Nero scheint etwas smarter gewesen zu sein. Der war nur zweimal im Knast und hatte angeblich immer Geld, ohne etwas zu arbeiten. Zumindest war er schlau genug, sich nicht ständig erwischen zu lassen. Mirko Rak ist ein Schwachkopf.« Sandra blickte in die Runde.

Milić hob amüsiert die Augenbrauen. »Sie hegen Bewunderung für Verbrecher, die uns wegsterben, bevor wir sie einbuchten können?«

»Bewunderung ist ein großes Wort.«

Sie lachten.

Sandra blickte auf die Papiere. »Was mir hingegen zu

schaffen macht, ist dieser Anruf an die Telefonzelle. Ich würde alles dafür geben, um zu erfahren, mit wem er gesprochen hat.«

»Wahrscheinlich mit dem geheimnisvollen Bob«, murmelte Zelenika.

»Wahrscheinlich, ja«, bestätigte Sandra.

Ika, die bis jetzt schweigend und schwitzend an Danijel herumgeknetet hatte, stöhnte. »Puuuh, war ein hartes Stück Arbeit. Du bist mächtig verspannt, Kleiner. Und das in deinem zarten Alter. Wie geht es dir?«

Sedlar stand auf und sah Ika ungläubig an. »Das ist unfassbar.«

»Was?«, fragte Zelenika.

Sedlar drehte seinen Kopf abwechselnd nach links und rechts. »Ich fühle mich wie neu geboren. Die Schmerzen sind weg. Komplett verschwunden.«

Ika nickte gnädig. »Meine Zauberhände bringen jeden zum Erblühen. Nur mein Mann weiß das nicht zu schätzen. Der wirft lieber eine Schmerztablette ein.«

»Danke für die Heilung«, meinte Sedlar freundlich lächelnd, »verehrte Frau … Ika.«

»Verehrte Frau Ika. Klingt ja ulkig. Als wäre ich die Geliebte von Julius Cäsar.«

Sandra bedankte sich ebenfalls und warf einen gehetzten Blick auf ihre Armbanduhr. »Wir sollten uns auf den Weg zu Fabijan Novosel machen.«

»Wie war's eigentlich bei Eva Jakšić?«, fragte Zelenika.

»Das erzähle ich euch im Auto.«

16

Fabijan Novosel wirkte auf Sandra irgendwie seltsam und geheimnisvoll zugleich. Erschrocken starrte er die vier Leute an, die da plötzlich vor seiner Tür standen. »Sind Sie von der Polizei?« Das letzte Wort hatte er ausgesprochen, als würde es ihn anekeln. »Ich nehme an, Sie sind wegen Nero hier.«

»Ganz recht. Ich bin Inspektor Sandra Horvat, und das sind meine Kollegen Zelenika, Milić und Sedlar. Dürfen wir reinkommen?«

»Was? Ach so, ja sicher. Entschuldigen Sie.« Fabijan war zierlich für einen Mann, und seine ganze Art wirkte wie die eines erwachsenen kleinen Jungen. Er öffnete die Tür ein Stück weiter und ließ die Beamten eintreten. »Kommen Sie doch bitte in die Küche. Meine Wohnung ist ziemlich winzig, wissen Sie, ein Wohnzimmer habe ich leider nicht.«

Im Flur stand eine kleine Kommode, die wie ein Altar arrangiert war. Unter einem goldgerahmten Jesusbild und einer Kerze lag ein Platzdeckchen aus dunkelrotem Samt.

Fabijan ging voran. »Na, Sedlar? Welcher Schauspieler, welcher Film?«, fragte Sandra leise.

»John Turturro in *Barton Fink*. Er hat sogar die gleiche komische Brille.«

»Wenn Sie das sagen.«

»Bitte. Nehmen Sie Platz.« Fabijan stand unbeholfen in der Küche, während sie sich auf die kleine Eckbank quetschten. Sedlar setzte sich neben sie, und sie spürte sein Bein an ihrem. Sofort hatte sie all ihre Fragen vergessen.

»Gott im Himmel, sind Sie ordentlich für einen Mann«, bemerkte Zelenika und sah sich in der Küche um. »Ich habe direkt Angst, etwas anzufassen.«

»Och ja«, meinte Fabijan schüchtern. »Das habe ich wohl von meiner Mutter.« Er wurde rot. »Möchten Sie etwas trinken? Ich habe aber nur Mineralwasser und Kaffee da.«

Zelenika runzelte die Stirn. »Haben Sie fürs Wochenende nicht eingekauft?«

»Doch. Kaffee und Mineralwasser.«

»Ah ja.«

»Möchten Sie etwas davon?«

Sie verneinten.

Milić holte seinen Notizblock aus der Hosentasche. »Herr Novosel, wie wir hörten, waren Sie mit Nero sehr gut befreundet.«

Fabijan nickte traurig und sah auf das grüne Platzdeckchen in der Mitte des Tisches. »In letzter Zeit nicht mehr so. Er hatte nur noch selten Zeit für mich.«

»Woran lag das?«

»Wahrscheinlich daran, dass wir aus verschiedenen Welten kamen. Wir hatten kaum etwas gemeinsam.«

Milić machte sich Notizen, dann blickte er wieder auf. »Und was hat Sie zusammengebracht? Wie ist diese Freundschaft entstanden?«

»Das war noch auf der Schule.« Er zupfte nervös an seinem handgestrickten Pullover herum. Ein Würfelmuster aus Dunkelblau und Weinrot. »Ein paar Hohlköpfe, zwei Klassen über mir, haben mich ständig wegen meiner Brille und meiner Größe gehänselt. Irgendwann haben sie mir, einfach so aus Spaß, die Schultasche abgenommen und den Inhalt auf dem Gehweg ausgeschüttet. Nero hatte denselben Schulweg wie ich. Wir haben sonst nie miteinander geredet, uns nicht mal gegrüßt, aber als er gesehen hat, wie fies die beiden zu mir waren, ist er einfach auf sie zugegangen, patsch, patsch, und hat ihnen ein paar Ohrfeigen verpasst.« Um Fabijans Mundwinkel spielte ein kleines Lächeln der Genugtuung. »Die hatten gar keine Zeit zu überlegen, ob sie es mit ihm aufnehmen können oder nicht. Von da an sind wir immer zusammen nach Hause gegangen, na ja, das heißt, wenn er überhaupt zur Schule kam. Er hat oft geschwänzt. Manchmal konnte Nero ein ziemlicher Idiot sein, aber dann hat er wieder irgendwas gemacht, das mich total für ihn eingenommen hat. Einem Obdachlosen ein Sandwich gekauft oder einer Zigeunerin mit Kleinkind einen Geldschein in die Hand gedrückt oder so. Bei ihm passte nichts zusammen. Er verfiel ständig in Extreme.« Verunsichert sah Fabijan die anderen an. »Ich weiß, er hat sein Leben verpfuscht, aber ich mochte ihn irgendwie. Ich hab so oft versucht, ihn von diesen dubiosen Sachen wegzubringen. Nur einmal hat er mich wirklich verletzt ... Da hat er mich gefragt, ob ich glaube, dass mein langweiliges Leben erstrebenswert sei. Er würde sich lieber eine Kugel durch den Kopf jagen, als in einer Kantine Essen zu verteilen.«

»Wann haben Sie ihn zum letzten Mal gesehen?«, fragte Milić weiter.

»Vor fünf oder sechs Tagen, im *Midnight Café*.«

»Worüber haben Sie da gesprochen?«

Novosel zuckte die Schultern. »Nichts von Bedeutung, wirklich. Nur, dass Odri mit ihm Schluss gemacht hat.«

»Seine Freundin?«, hakte Sandra nach.

»Ja. Die beiden waren noch nicht lange zusammen, vielleicht zwei oder drei Wochen.«

»Was für ein seltsamer Name«, murmelte Milić.

»Ich glaube, das ist eine dieser einkroatisierten ausländischen Varianten«, sagte Sedlar. »So wie Nancy zu Nensi wird oder Yvonne zu Ivona.«

»Und was heißt dann Odri?« Milić gab der Name immer noch Rätsel auf.

»Bist du schwer von Begriff?«, blaffte Zelenika. »Odri wie die Hepburn.«

»Ach so! Audrey!?« Jetzt war der Groschen gefallen.

»Wissen Sie, warum diese Odri mit ihm Schluss gemacht hat?«, fragte Sandra.

»Keine Ahnung. Nero wollte nicht darüber reden.«

Sandra sah sich in der Küche um. An der gegenüberliegenden Wand hingen ein riesiges Kruzifix und ein Bild, das einen Papagei auf einem Felsen zeigte, dahinter der Ozean. »Hat Nero das gemalt?« Sie zeigte auf das Bild.

»Ja. Er war ein richtiger Künstler, wissen Sie. Ich habe ihn oft beobachtet, wenn er malte. Sein Gesicht war dabei ganz entspannt und weich, beinahe gütig. Es hatte nichts von der Härte, die er anderen gegenüber so oft zeigte.«

Sandra lächelte ihm freundlich zu. »Können Sie sich vorstellen, dass ihn jemand umbringen wollte?«

Fabijan blickte ängstlich in die Runde. »Ich kenne keinen von diesen Drogenleuten, außer Mirko, und das auch nur, weil er oft im *Midnight Café* rumhängt. Aber an wen Nero das Zeug verkauft hat, davon wollte ich nichts wissen. Und er hat es mir Gott sei Dank auch nie erzählt.«

Zelenika räusperte sich. »Wir müssen das jetzt fragen, Herr Novosel, also bringen wir's hinter uns. Wo waren Sie …«

»Ich war bei meinem Cousin in Crikvenica.«

»Das kam ja wie aus der Pistole geschossen«, bemerkte Milić, »Sie haben sich gut vorbereitet.« Er zwinkerte Fabijan zu, was entweder bedeutete, dass er den Betreffenden nicht leiden konnte oder ihm nicht glaubte.

»Ich … habe mit der Frage gerechnet.«

Milić nickte verständnisvoll oder tat zumindest so. »Sie sind sehr gläubig, nicht wahr?«

»Wie bitte?«

»Das Kruzifix und die Jesusbilder.«

»Oh ja, ich gehe regelmäßig in die Kirche. Ich bin gerade aus Trsat zurück. Eigentlich wollte ich Mönch werden.«

»Und warum sind Sie's nicht geworden?«, fragte Milić mit einschmeichelnder Stimme.

»Weiß nicht.«

»Wegen des Zölibats vielleicht?«, warf Zelenika ein.

Fabijan Novosel wurde rot. »Nein, bestimmt nicht deswegen.«

»Ach, erzählen Sie mir doch nichts. Nie wieder Grabschen und Fummeln, für den Rest Ihres Lebens. Ich kann Sie verstehen, mein Freund.«

Milić notierte sich etwas auf seinem Notizblock und sagte, ohne aufzusehen: »Mein Kollege ist ein großer Frauenschwarm und kann sich ein Leben ohne seine weiblichen Fans nicht vorstellen.«

Fabijan musterte Zelenika verstohlen. Er schien Milićs Worten zu glauben, das verriet sein anerkennender Blick.

»Sagt Ihnen der Name Bob etwas?«, wollte Sandra wissen.

»Bob?« Er dachte eine Weile nach. »Nein, im Zusammenhang mit Nero sagt mir der Name nichts.«

»Wissen Sie, wo diese Odri wohnt?«

»Die genaue Adresse kenne ich nicht, aber ich war mal dabei, als Nero sie abgeholt hat, um noch etwas trinken zu gehen. Ich kann Ihnen das Haus beschreiben.«

Während sie am Bivio in Kantrida nach dem Haus Ausschau hielten, das Fabijan ihnen genannt hatte, qualmte

Zelenika das Auto voll. Kantrida war der westlichste Teil der Stadt, in dem sich das Fußballstadion und das Schwimmbad befanden. Auf dem Weg nach Opatija waren sie hier bereits durchgefahren.

Da Zelenika gerade eine harte Zeit durchmachte und genug mit seinem Alkoholentzug zu tun hatte, verkniffen sich die anderen ihr Genörgel. Aber Sandra fragte sich, wie lange sie den penetranten Rauch noch würde ertragen können. Zelenika saß neben ihr. Er hatte wie selbstverständlich vorne Platz genommen, und Sedlar war es wahrscheinlich zu dumm gewesen, sich mit ihm um den Platz zu streiten.

»Als Kind war ich hier immer beim Baden«, schwärmte Milić. »In der Bucht von Bivio hab ich zum ersten Mal ein Mädchen geküsst.«

»Wen denn, Dolores?«, fragte Zelenika.

»Sehr witzig.«

»Wieso, hätte doch sein können.«

»Kannst du mit dem Sitz nach vorne rutschen? Meine Knie tun weh.« Milić saß hinter Zelenika und wedelte mit der Hand vor seinem Gesicht herum.

Zelenika grummelte etwas und betätigte dann missmutig den Hebel.

Milić wandte sich an Sedlar und sagte: »Dieser Rauch setzt sich ja auch überall fest. Die Haare stinken, die Kleidung …«

Abfällig sah Zelenika nach hinten. »Kann schon sein, dass du stinkst, aber bestimmt nicht wegen meinem Zigarettenrauch.«

»Oh doch. Meine Mutter sagt, sie muss meine Kleidung jeden Tag waschen.«

»Deine Mutter fällt ja auch schon in Ohnmacht, wenn du einen Fleck an der Schuhsohle hast.«

»Sie ist eben eine sehr ordentliche Frau.«

»Und du bist ein Kind im Körper eines alten Mannes«, knurrte Zelenika, während er seine Kippe im Aschenbecher ausdrückte.

»Wer? *Ich*? Du bist doch derjenige, der wütend mit dem Fuß aufstampft und heult: ›Will aber rauchen. Will aber rauchen.‹ Und von wegen Körper eines alten Mannes – ich werde grundsätzlich zehn Jahre jünger geschätzt.«

»Von wem? Von den Freundinnen deiner Mutter?«

Sandra hatte genug. »Schluss ihr beiden! Helft mir lieber, das gelbe Haus mit den braunen Fensterumrandungen zu suchen. Und Milić, Sie könnten mir endlich sagen, warum Sie Fabijan Novosel nicht leiden können.«

»So würde ich das nicht ausdrücken. Aber ich denke, er spielt uns den schüchternen, gutmütigen Jungen nur vor.«

»Warum denken Sie das?«

Milić seufzte. »Ich bitte Sie. Er kann keiner Fliege etwas zuleide tun, ist ein armes Opfer und dann noch die verpasste Chance als Mönch. Es hat doch nur noch die Fahrkarte nach Kalkutta gefehlt.«

»Aber vielleicht ist er wirklich so. Solche Leute soll's doch geben«, warf Zelenika ein.

Endlich hatte Sandra das Haus entdeckt und brachte den Wagen zum Stehen.

»Ja, das glaube ich auch«, sagte Sedlar. »Nicht nur, weil Leo ihn so beschrieben hat.«

Milić schüttelte den Kopf. »Irgendwie ist mir der Kerl zu glatt.«

»Na ja, stimmt schon«, lenkte Zelenika ein. »Er ist ziemlich rot geworden, als wir ihn nach Bob gefragt haben.«

Sandra sah ihn an. »Du glaubst, er weiß, wer Bob ist?«

»Ja«, meinte Zelenika. »Da war so ein nervöses Flackern in seinen Augen.«

»Das ist mir wiederum nicht aufgefallen«, meinte Milić

nachdenklich. »Was mir allerdings nicht aus dem Kopf geht, ist diese Geschichte mit der Jakšić.«

»Warum?« Zelenika sah ihn an.

»Ich weiß auch nicht. Irgendwie ist das Ganze doch furchtbar tragisch, oder?«

Zelenika zuckte die Schultern. »Wir haben alle unsere traurigen Geschichten.«

Odri Rendulić wirkte nicht besonders erfreut über den Polizeibesuch. Sie öffnete die Tür nur einen Spaltbreit. Obwohl sie verschlafen aussah und zerzaustes Haar hatte, war sie bildhübsch. Sandra stellte ihre Leute vor, woraufhin Odri sie widerwillig hereinließ. Sie gab sich keine Mühe, freundlich zu sein. Auch machte sie keine Anstalten, sich umzuziehen, sondern trug wie selbstverständlich ihren Flanellschlafanzug, während sie die Polizisten ins Wohnzimmer bat. Das Haus war elegant eingerichtet, und wie es aussah, musste Odri nicht gerade Hunger leiden. In der Vitrine standen edelstes Geschirr und Kristallgläser, und an der Wand war der größte Bildschirm angebracht, den Sandra je gesehen hatte. »Was machen Sie beruflich, Frau Rendulić?«

»Noch nichts.« Sie fiel in den Ledersessel und sah zu der überdimensionalen Couch hinüber, auf der die anderen einer nach dem anderen Platz nahmen. Mit ihrer schlanken Figur und dem Marienkäfer-Flanellschlafanzug sah sie wie ein Kind aus. Ihr Gesicht war perfekt geschnitten, mit einem Schmollmund und einer geraden Nase. Sedlar dachte wahrscheinlich gerade, dass sie wie Angelina Jolie aussah.

»Ich bin erst vor ein paar Monaten mit meinem Philosophiestudium fertig geworden.«

Nicht gerade das Potenzial für eine Bilderbuchkarriere, überlegte Sandra. Außerdem war sie bestimmt schon um die dreißig, hatte es also wohl nicht eilig, Geld zu verdienen. »Gehört das Haus Ihren Eltern?«

»Ganz recht. Mein Vater ist Arzt, und meine Mutter besitzt das Restaurant *Laguna.*« Soweit Sandra wusste, war der Laden der teuerste weit und breit. Dort speisten nur Prominente und Neureiche.

»Dann ist das auch geklärt«, meinte Zelenika leichthin und klopfte auf den Wohnzimmertisch. »Ah, Ahorn-Massivholz, wunderbare Qualität, ganz toll.«

Milić lächelte gequält. »Er guckt zu viel Columbo.«

»Sie wissen, weshalb wir hier sind?«, fragte Sandra.

»Ja, Fab hat mich vorhin angerufen.«

»Ach, hat er das?«, unterbrach Milić sie interessiert.

»Sie wirken nicht gerade am Boden zerstört, wenn ich das sagen darf.« Der Sarkasmus in Zelenikas Stimme war unüberhörbar.

Odri hob die Augenbrauen und sah ihn überheblich an. »Wir waren nicht mehr zusammen. Warum sollte ich mir da die Augen ausheulen?«

»Zusammen oder nicht, so lange ist die Sache zwischen Ihnen noch nicht her. Selbst wenn Sie ihn einfach nur gekannt hätten, könnte man mal kurz traurig sein.«

»Wann kennt man einen Menschen schon wirklich? Nach einem Monat? Nach zehn Jahren? Nach fünfzig Jahren? Oder nie?«

Milić kicherte. »Man merkt, dass Sie Philosophie studiert haben.«

»Ich würde gerne wissen«, fuhr Sandra fort, »aus welchem Grund Sie die Beziehung beendet haben.«

»Geht Sie das etwas an?«

So eine verzogene Göre! »Hören Sie, es ist mir scheißegal, ob Ihre Eltern Ärzte, Anwälte oder Diplomaten sind. Wenn ich mich erst mal festgebissen habe, werden Sie mich so schnell nicht mehr los. Also versuchen Sie lieber, Sympathiepunkte bei mir zu sammeln.«

Für ein paar Sekunden war es mäuschenstill. Schließlich warf Odri ihr Haar nach hinten und meinte: »Ich wollte nichts mehr mit ihm zu tun haben, weil ich gemerkt habe, dass er krumme Dinger dreht. Außerdem hatte ich das Gefühl, dass er auf mein Geld aus ist.«

»Auf das Geld Ihrer Eltern«, berichtigte Sedlar.

»Nur, damit wir da nichts durcheinanderbringen.« Milić stellte sich wieder einmal dämlicher, als er war.

»Na, von mir aus.« Odri tat gelangweilt, wohl auch deshalb, weil ihr Sandras Zurechtweisung von vorhin noch peinlich war. Offenbar war sie es nicht gewohnt, in die Schranken gewiesen zu werden.

»Wie lange waren Sie zusammen?«, fragte Sandra.

»Drei Wochen.«

»Wo haben Sie sich kennengelernt?«

»Im *Midnight Café*. Ich habe dort zufällig Fab getroffen, den ich noch von früher kannte. Er hat mir Nero vorgestellt.«

»Wie hat er reagiert, als Sie Schluss gemacht haben?«

»Zuerst hat er gebettelt, ich soll ihm noch eine Chance geben, und er würde sich ändern. Dann, als das nichts nutzte, hat er mich als verdammte Schlampe beschimpft.«

»Sagt Ihnen der Name Bob etwas?«

»Bob Marley, Bob Dylan, Bob Geldof …« Sie sah Sandra provokant an, die ihren Blick schweigend erwiderte – und wartete. Als Sandra keine Anstalten machte wegzusehen, meinte Odri etwas verhaltener: »Nein, ich kenne niemanden, der so heißt.«

Bildete Sandra es sich ein oder war die Antwort viel zu selbstverständlich gekommen? Worüber hatte Odri mit Fabijan Novosel am Telefon gesprochen?

Zurück im Präsidium zeigte Tamara auf Mandićs Tür, als sie Sandra und die drei anderen erblickte. »Zum Chef. Sofort. Stimmung mittelmäßig.«

Zelenika stöhnte, aber nicht so laut, dass Mandić es hören konnte.

Sedlar lachte in sich hinein. »Danke. Roger und over.«

Tamara fixierte ihn finster, während sie blind weitertippte. »Hören Sie, Kollege, ich denke, es ist für uns alle angenehmer, wenn ich mich kurz fasse. Unserer aller Zeit ist wertvoll, oder nicht?«

Sedlar blickte anerkennend drein. »Das war jetzt aber verdammt viel Text. Daran werde ich mich noch lange erinnern.«

Tamara schüttelte den Kopf und wandte sich wieder ihrem Computer zu.

Die vier betraten Mandićs Büro, allen voran Sandra. »Hallo, Chef.«

Mandić telefonierte gerade und bedeutete ihnen mit einer Handbewegung, Platz zu nehmen. Sie setzten sich auf die rosa gepolsterten Stühle.

»Ja, Goldstück. Nein, Goldstück. Schon klar, Goldstück. Gut, bis später. Ich küss dich.« Er legte auf und sagte: »Meine Frau.«

»Wirklich?«, fragte Zelenika. »Ich dachte, jemand von der Presse.«

Mandić lehnte sich nach hinten und verschränkte die Arme vor der Brust. »Klären Sie mich über den Fall auf.«

Sandra berichtete knapp und präzise, was sich inzwischen ereignet hatte und mit wem sie gesprochen hatten.

»Na ja, immerhin ein paar Anhaltspunkte. Aber etwas richtig Stichhaltiges ist nicht dabei, oder?«

»Doch, Chef«, entgegnete Sandra. »Die Geschichte mit der Jakšić ist nicht unbedeutend, und dann gibt es ja noch Fabijan Novosel.«

»Und? Was ist mit ihm?«

»Wir sollten ihn vielleicht noch genauer unter die Lupe nehmen. Zelenika meint, er hätte bei der Erwähnung des Namens Bob irgendwie nervös ausgesehen. Ich habe nichts davon mitbekommen, aber wir sollten trotzdem dranbleiben. Diese Odri Rendulić ist auch keineswegs unverdächtig. Sie hat es nicht nötig, sich die Hände schmutzig zu machen, aber sie weiß vielleicht etwas. Was ich auch merkwürdig finde, ist, dass Novosel sie in der Zwischenzeit angerufen hat. Warum sollte er das tun, wenn die beiden nichts zu verbergen haben?«

»Und was wollt ihr jetzt tun? Immer weiter mit den Gedankengängen!«

»Entschuldigung, Chef«, warf Zelenika ein, »aber das heißt jetzt Brainstorming.«

Mandić schnaubte unwillig.

Sandra räusperte sich: »Ich denke, wir sollten den Straßenreiniger möglichst bald abholen, damit er sich Mirko Rak und Fabijan Novosel ansieht.«

»Und Ron Travić«, ergänzte Milić.

Zelenika musterte Sandra und meinte: »Ja, wahrscheinlich ist es nur ein Hirngespinst von Vlastić, aber einen Versuch ist es wert. Du hast recht.«

»Das mit dem Hirngespinst sehe ich eigentlich auch so, aber man weiß nie. Schaden kann es jedenfalls nicht.«

Mandić verschränkte die Hände ineinander. »Mich interessiert vor allem dieser Mirko Rak. Ihr sagt, er hat ein langes Strafregister und kein Alibi. Sollte uns das nicht interessieren?«

Sandra rieb sich die Augen. »Ich weiß nicht recht. Ich glaube, Mord ist vielleicht eine Nummer zu groß für ihn.«

Mandić holte tief Luft und starrte mit leerem Blick auf ein Blümchenbild an der Wand. Manchmal bekam man das

Gefühl, er hätte einen komplett vergessen, dachte Sandra. Wie oft hatte sie in solchen Situationen schon seinen Namen rufen und sich vergewissern wollen, dass er geistig noch anwesend war? Und dann sagte er plötzlich etwas, das bewies, dass er sich lediglich auf einen Gedanken konzentriert hatte. »Was ist mit diesen Mietern?«

»Wer, das uralte Ehepaar, das schwerhörig und halb blind ist?«, meinte Milić amüsiert.

»Nein, die anderen.«

»Eine Wohnung steht leer, und die Travićs aus dem ersten Stock nutzen ihre Bude nur, wenn sie zu faul sind, den weiten Weg zurück nach Opatija zu machen, wo sie ihren eigentlichen Wohnsitz haben. Frau Travić hat erzählt, dass sie manchmal in Rijeka übernachten, wenn sie shoppen gehen oder ins Theater oder sich mit Freunden treffen. In jener Nacht waren sie nicht da, sondern zu Hause in Opatija.«

»Haben Sie das überprüft?«

Milić antwortete wie aus der Pistole geschossen: »Der Mann war beruflich in Zagreb, auf irgend so einem Seminar, hab das noch mal gecheckt. Und die Frau lag krank im Bett. Ich hab sogar mit ihrem Arzt gesprochen.«

Die anderen sahen ihn überrascht an. Offenbar wusste nicht mal Zelenika von Milićs Aktion.

»Was die anderen Parteien betrifft«, sagte Zelenika, »die sind verreist.«

»Nun gut«, meinte Mandić. »Es wird wie immer irgendwo ein Leck geben, aber offensichtlich ist es nicht leicht zu finden.«

Sandra und ihre Kollegen nickten brav.

»Also«, fuhr er fort und schlug mit der Hand auf den Tisch. »Heute machen wir früher Schluss. Horvat, Sedlar: Wir sehen uns später im *Mornar*. Milić, Zelenika: Den

Schnellkochtopf-Fall können Sie ab morgen zu den Akten legen.«

»Gehen Sie doch bitte schon mal vor in unser Büro, Sedlar«, sagte Sandra. »Ich muss mir mal eben die Nase pudern.« Sedlar tat wie ihm geheißen, während Sandra in der Toilette verschwand. Wenig später kam sie wieder heraus, holte sich einen Kaffee aus dem Automaten und hielt einen Plausch mit Ika, die sich darüber beschwerte, dass sie »bei der verdammten Dreckshitze«, wie sie sich ausdrückte, nicht arbeiten könne.

»Aber du hast doch Überstunden. Frag den Chef einfach, ob du früher gehen kannst.«

»Früher gehen!«, schnaubte sie. »Der würde sich eher vor einen Bus werfen, als mich nach Hause zu schicken. Er hat gesagt, wenn ich da bin, fühlt er sich geborgen. Schmiert mir Honig ums Maul und denkt, ich nehme ihm ab, dass ich und mein Wischmop ihn glücklich machen.«

»Du hast es nicht leicht. Aber jetzt muss ich leider wieder an die Arbeit, tut mir leid, Ika.«

»Mach's gut.«

Sandra ging in ihr Büro und stellte den Rest des Kaffees auf ihren Schreibtisch. »Sitzen Sie schon an dem Bericht?«, fragte sie, wobei sie sich um einen besonders freundlichen Tonfall bemühte.

Sedlar sah sie amüsiert an. »Mittlerweile habe ich begriffen, dass Sie nicht gerne Berichte tippen.«

»Okay, ich gebe es zu. Ich hasse es aus tiefster Seele und bin froh, dass Sie da sind, um die Drecksarbeit für mich zu erledigen.«

»Wie erfrischend ein offenes Wort doch sein kann«, rief Sedlar betont fröhlich und fing an zu tippen.

Sandra setzte sich auf ihren Stuhl und wühlte sich durch

die Zettel neben dem Telefon. »Wo ist denn die verdammte Nummer …?«, murmelte sie vor sich hin.

Sedlar hielt inne. »Welche Nummer?«

»Die von Mato irgendwas. Wie heißt er noch, unser heroischer Straßenreiniger?«

»Mato Vlastić.« Sedlar langte in die dreistöckige Plastikablage, fischte ein Blatt heraus und reichte es ihr. »Hier. Da sind alle Personen mit Telefonnummer und Adresse aufgelistet, die mit dem Fall Anton Paulić zu tun haben. Ist übersichtlicher. Die wichtigen Nummern habe ich in ihrem Telefon gespeichert.«

»Wann haben Sie das denn gemacht?«

»Na, in den letzten zwanzig Minuten, als Sie sich die Nase gepudert haben.«

Zögernd griff sie nach dem Blatt. »Ich würde ja gerne Danke sagen, aber Sie haben ja jetzt schon das Gefühl, als wäre ich ohne Sie total aufgeschmissen. Mein Gott, Sie sind schlimmer als Perica.«

Sedlar sah ihr ins Gesicht, dann sagte er: »Der ist auf eins gespeichert, und Matos Nummer steht ganz oben auf der Liste.«

Sie warf einen Blick darauf. »Nichts für ungut, Sedlar, aber wenn Sie es richtig hätten machen wollen, dann hätten Sie neben den Daten noch ein Foto aufgeklebt, damit ich gleich weiß, um wen es sich handelt … Nun sehen Sie mich nicht so an, das war ein Scherz.«

Sie tippte Matos Nummer ein, der sich schon nach dem ersten Klingeln meldete. »Halloooo?«

»Hallo, Herr Vlastić, hier Inspektor Horvat. Wow, Sie waren aber schnell am Apparat.«

»Meine Wohnung ist sehr klein. Genau genommen steht das Telefon zwischen der Spüle und dem Esstisch. Und um diese Zeit bin ich meistens beim Abspülen oder beim Essen.«

»Ah ja.« Sandra hatte vergessen, was sie fragen wollte.

»Jetzt gerade war ich schon beim Abspülen.«

»Herr Vlastić, diesen Mann, den Sie uns beschrieben haben … Von dem Sie sagten, er wäre im Eiltempo vom Tatort verschwunden …«

»Ja, was ist mit dem?«

»Hatte er eine Brille und war von schmächtiger Statur?«

»Hmm …« Es entstand eine lange Pause. Sandra dachte schon, die Verbindung sei unterbrochen worden, als Mato endlich sagte: »Nein, hatte er nicht.« Fabijan Novosel konnte es also nicht gewesen sein.

»Oder war er kräftig gebaut, groß und hatte welliges Haar?«

»Nein.«

»Scheiße.«

»Wie bitte?«

»Entschuldigen Sie, Herr Vlastić. Das ist mir so rausgerutscht.«

Mirko Rak schied also ebenfalls aus. Ein letzter Versuch: Ron Travić. »War er groß, schlank, gut gekleidet?«

»Äh … geht das noch ’ne Weile so weiter? Weil, dann trockne ich mir die Hände ab und setz mich hin.«

»Das war die letzte Frage.«

»Nein, auch nicht. Glaube ich.«

Sandra holte tief Luft. »Herr Vlastić, sind Sie sicher, dass besagter Mann überhaupt in jener Nacht unterwegs war? Vielleicht war es eine Nacht vorher, oder vielleicht haben Sie da was durcheinandergebracht.«

Pause.

»Herr Vlastić?«

»Also, jetzt, wo Sie es sagen …«

»Ja?«

»Jetzt bin ich mir nicht mehr sicher.«

Sandra biss sich in die geballte Faust, um nicht laut aufschreien zu müssen. Sedlar betrachtete sie amüsiert.

»Danke, Herr Vlastić. Auf Wiedersehen.«

»Wiedersehen, Frau Inspektor.«

Sandra legte, besser gesagt, knallte den Hörer auf. »Das ist zum Durchdrehen!«

»Warum haben Sie ihn überhaupt angerufen?«

»Weil ich verrückt bin.«

Sedlar zuckte die Schultern. »Okay.«

Sandra kaute nachdenklich auf ihrer Unterlippe herum. »Vielleicht war es doch eine Frau.«

»Warum möchten Sie so gerne, dass die arme Odri die Täterin ist?«, fragte Sedlar, dessen Finger in gleichmäßigem Tempo über die Tastatur flogen.

Sandra gähnte, hielt sich beide Hände vor den Mund und nahm gleich darauf einen kräftigen Schluck Kaffee. »So ist es ja nun auch wieder nicht, Sedlar. Man muss nur alle Möglichkeiten abwägen.«

»Sie können sie nicht leiden. Mich würde nur interessieren, warum.«

»Weil sie eine eingebildete Zicke ist, die sich auf den Lorbeeren ihrer Eltern ausruht.«

Sedlar hörte auf zu tippen und sah sie an. »Ja, ja. Das Leben ist ungerecht, nicht wahr? Da gibt es Leute, denen alles in den Schoß fällt und die nichts dafür zu tun brauchen. Nicht genug damit, dass sie in Saus und Braus leben, nein, die Miststücke sehen auch noch toll aus. Und genau das macht uns dann ein bisschen neidisch.«

Vor Überraschung fiel ihr die Kinnlade herunter. »Sie denken, ich bin neidisch?« Aufgewühlt schob sie Papiere und Akten hin und her, die verstreut auf dem Tisch lagen. »Entschuldigung, selbst wenn sie attraktiv wäre, bin ich ja wohl nicht so hässlich, dass ich auf sie neidisch sein müsste.«

»Das sind Sie auf keinen Fall. Hässlich, meine ich.«

»Oh, danke, sehr freundlich.«

»Nein, wirklich.« Sedlar war bestürzt über Sandras heftige Reaktion. »Ich kann mich nicht immer so gut ausdrücken, aber Sie wissen doch, was ich meine.«

»Nein, keine Ahnung.«

»Ist das jetzt ein Fishing for compliments?«

»Dass ich nicht lache.«

»Sie sehen nicht schlechter aus als Odri Rendulić. Ich wollte damit nur sagen, dass sie praktisch *alles* hat, ohne etwas dafür getan zu haben. Wir sind alle nur Menschen, und ab und zu ist jeder mal auf jemanden neidisch. Das ist nicht schlimm, wirklich.«

Ja, klar. Zuerst zog er sie auf, und dann tat er verständnisvoll. »Absoluter Unsinn, Sedlar. Ich bin nicht neidisch. Und dass das Leben nicht fair ist, weiß ich spätestens seit der ersten Klasse. Abgesehen davon kann ich den Satz nicht mehr hören. Sie sind doch so ein begeisterter Kinogänger. Hängt es Ihnen nicht langsam zum Hals heraus, dass das in Filmen so oft vorkommt? Irgendjemand sagt, ›das ist nicht fair‹, darauf erwidert der andere: ›Fair? Das Leben ist nicht fair!‹ Als wenn wir das nicht alle wüssten.«

»Sie sind neidisch«, beharrte er weiter. »Kein Grund zur Scham, das ist jeder von uns hin und wieder. Es bedeutet ja nicht, dass man dem anderen nichts gönnt, oder dass man deshalb ein schlechter Mensch ist. Manchmal ist es nur ein Hinweis darauf, in welche Richtung man seinen Fokus im Leben richten sollte.«

Sandra musterte ihn. Er hatte behutsam gesprochen und sein Gesicht verriet, dass er sie für nichts verurteilte. »Ja gut, Sie haben gewonnen, ich gebe es zu. Ich bin vielleicht sogar ein bisschen neidisch auf die Frau, wie sie da so arrogant vor mir sitzt, in ihrem teuren Pyjama, und mich hochnäsig behandelt. Ich gebe zu, dass ich ihr am liebsten eine geknallt hätte. Aber nicht, weil ich neidisch bin, sondern weil ich eine verdammte Wut darauf habe, dass ich mir im Leben alles hart erarbeiten musste und dass der einzige Mann, den ich je geliebt habe, tot ist … und überhaupt …«

Die plötzliche Stille im Raum war Sandra für einen Moment peinlich. Sie schloss die Augen und versuchte, sich zu beruhigen. Was musste Sedlar von ihr halten? Innerhalb von zwei Tagen hatte sie zweimal die Fassung verloren. Gestern gegenüber Frau Paulić und heute die Sache mit der Rendulić. Eigentlich sollte sie dem neuen Kollegen ein Vorbild sein.

»Sie haben etwas, das Odri Rendulić nie haben wird«, meinte Sedlar ruhig.

»Eine zu kleine Wohnung?«

»Nein.« Er lächelte. »Sie haben eine gehörige Portion Lebenserfahrung und Mut. Sie haben Menschenkenntnis und stehen für sich selbst ein. Ich glaube, das ist es, was letztlich zählt. Wenn Sie beide später alt sind und zurückblicken – wer von Ihnen beiden wird wohl die größere Befriedigung darüber empfinden, wie er sein Leben gelebt hat?«

Sandra sah ihn an, dann lächelte sie. »Also, falls ich nicht vorher erschossen werde, dann bin ich es vielleicht.« Sie sahen sich an, dann, viel zu spät, wandte sie den Blick ab.

17

Bevor sie für den heutigen Tag Schluss machten, wollten sie noch schnell in Zelenikas Büro. Sandra und ihre Kollegen hatten nicht daran gedacht, ein Geschenk für Ika zu kaufen, was ihnen noch nie passiert war. Die gute Seele hatte heute Geburtstag. Glücklicherweise war es Zelenika noch eingefallen, denn Ika hatte den ganzen Tag über nichts erwähnt! Normalerweise vergaßen sie Ikas Ehrentag nie, denn er fiel ja mit einem Feiertag zusammen, was eine recht gute Eselsbrücke darstellte. Sie pflegten dann alle drei zusammenzulegen, um ihr eine Kleinigkeit zu kaufen. Doch bei dem Stress in der letzten Zeit hatten sie es schlicht vergessen. Also würden sie ihr heute ein Geldgeschenk machen. Besser als nichts.

»Wie viel soll ich denn ungefähr geben?«, wollte Sedlar wissen.

»So viel du willst oder kannst, mein Freund«, antwortete Zelenika.

»Ich gebe hundert Kuna.« Sandra warf einen Geldschein auf den Tisch.

Sedlar tat es ihr gleich.

Milić legte fünfzig Kuna auf die zwei Geldscheine.

»Nun komm schon, Milić«, schimpfte Zelenika, »sei nicht so ein Geizkragen. Die Frau arbeitet hart für miese Kohle.«

»Aber ich hab schon so viel für Dolores' Geschenk ausgegeben. Sie hat am Mittwoch Geburtstag, und wenn ich mich mit ihr versöhnen will, kann ich schließlich nicht mit einem ordinären Silberring ankommen.«

Zelenika sah ihn argwöhnisch an. »Was um Himmels willen hast du ihr gekauft? Eine neue Spülmaschine, einen Fernseher, ein Fußmassagegerät?«

Milić schüttelte den Kopf. »Nein«, sagte er zaghaft, »ich habe ihr eine Kette mit einem Anhänger gekauft. Dazu Blumen und Pralinen. Das alles bekommt sie per Kurier. Danach muss ich nur noch auf ihren Anruf warten.« Er lächelte stolz.

»Hoffentlich wartest du nicht umsonst«, kommentierte Zelenika.

»Wie süß«, kam es von Sandra, »eine Kette mit Anhänger.« Sie bereute ihre Reaktion sofort, als sie die amüsierten Gesichter ihrer Kollegen sah.

»Was denn für einen Anhänger?«

»Das geht dich nichts an, Zelenika«, sagte Milić schnippisch.

»Nun sag schon. Ein Anker? Ihr Sternzeichen?« Zelenika boxte ihn schelmisch in den Oberarm. »Oder bist du ein ganz Wilder und hast ihr ein Herz gekauft?«

Milić seufzte leise. »Es ist ein Viereck, und ich habe eine Gravur machen lassen mit einem Herz, in dem steht: ›Dolores und Jakov lieben sich‹.«

Sandra hielt sich die Hand vor den Mund, damit die anderen nicht merkten, dass sie ein Lachen unterdrückte.

Auch Sedlar biss sich auf die Unterlippe.

Zelenika sah Milić einfach nur an und nickte, als hätte er ohnehin jede Hoffnung aufgegeben. »Na ja, ich habe schon Schlimmeres gesehen. Wenn du es hättest richtig machen wollen, hättest du noch ein *forever* hinten drangehängt. Also los, Kumpel. Hau noch einen Blauen obendrauf, damit es hundert Kuna sind.«

Milić verdrehte die Augen, gehorchte aber widerwillig und legte noch einen Schein dazu.

Zelenika steuerte ganze zwei Hunderter bei und wollte die Scheine gerade an sich nehmen und nach Ika rufen, als Milić meinte: »Du bist ein Angeber.«

»Ich?« Zelenika tippte sich mit dem Finger auf die Brust. »Wieso das denn? Sie erfährt doch nicht, wie viel von wem kommt.«

Milić zog eine angesäuerte Grimasse. »Mag schon sein. Aber wir drei stehen jetzt dämlich da, und du bist der großzügige Gönner. Pah!«

»Stimmt irgendwie«, murmelte Sedlar.

»Wisst ihr was? Leckt mich doch alle am Arsch! Ich habe gesagt, jeder kann geben, was er will. Und Lockenköpfchen hier hätte sie mit fünfzig Kuna abgespeist.«

»Also, ich tu auch noch hundert obendrauf«, sagte Sandra.

Sedlar holte daraufhin ebenfalls noch einen Hunderter aus der Hosentasche.

»Aber ist das jetzt nicht übertrieben?« Sandra sah von einem zum anderen. »Wir haben sie gern, aber vergessen wir nicht – Ika ist unsere Putzfrau und nicht unsere Mutter.«

»Also ich mag sie jetzt schon lieber als meine Mutter«, sagte Sedlar.

»Ihr seid doch gestört.« Sandra tippte sich mit dem Zeigefinger an die Schläfe.

Milić zückte erneut seinen Geldbeutel und holte zaghaft einen weiteren Hunderter hervor.

Zelenika nahm die Scheine, holte ein Kuvert aus der Schublade und steckte sie hinein. Mit großen Schritten ging er zur Tür und machte sie auf. »Ika? Schwing deinen dicken Hintern hierher.«

»Bekomm ich jetzt mein Geschenk? Ich dachte schon, ihr hättet mich dieses Jahr vergessen«, sagte sie, als sie den Kopf ins Zimmer steckte. »Ich hab extra nichts gesagt, weil ich testen wollte, ob ihr daran denkt.«

»Natürlich tun wir das!«

»Also wirklich«, räusperte sich Milić, »wir und deinen Ehrentag vergessen? Absurd!«

Ika sah von einem zum anderen. »Und warum habt ihr mir dann nicht schon heute Morgen gratuliert?«

»Weil wir es so richtig feierlich machen wollten«, erwiderte Zelenika schnell. »Also Leute, was haben wir gestern besprochen? Happy Birthday to you …«

Die anderen stimmten geistesgegenwärtig ein. Am Ende fragte Ika: »Und wo ist jetzt mein Geschenk?«

»Wir dachten, dieses Jahr solltest du dir selbst etwas kaufen, was dir gefällt.« Zelenika überreichte ihr den Umschlag.

Ika spähte hinein, legte die Stirn in Falten und sah ungläubig auf das Geld. »Achthundert Kuna?«, rief sie schrill. »Wisst ihr irgendwas, das ich nicht weiß? Muss ich bald sterben?«

»Wohl kaum.« Zelenika zündete sich eine Zigarette an.

»Warum schenkt ihr mir so viel? Bis jetzt habt ihr mir immer nur so einen Schrott wie Nussknacker und beschichtete Pfannen gekauft. Und jetzt achthundert Kuna?«

»Viel Spaß damit.« Zelenika blies den Rauch aus. »Und jetzt krieg dich wieder ein und mach nicht so ein Geschiss darum.«

Ika blickte wieder auf die Scheine. »Lieber Gott, danke.«

»Seit wann glaubst *du* an Gott?«, fragte Zelenika.

»Seit eben.«

Das *Mornar* war ungefähr sechs bis sieben Minuten vom

Präsidium entfernt. Es befand sich in der Straße Riva Boduli, direkt am Hafen und nur ein paar Schritte vom Tatort entfernt, in dem Anton Paulić aufgefunden wurde.

Sandra und Sedlar machten sich gemeinsam auf den Weg, nachdem sie sich von den anderen verabschiedet hatten. Mandić hatte noch ein wichtiges Telefonat mit den Kollegen aus Zagreb zu führen und wollte nachkommen. Sandra war froh, dass sie nach dem Verlassen des Präsidiums nach rechts mussten, denn nach links bedeutete, bergauf zu gehen, was bei dieser Hitze umso anstrengender war. Trotzdem kamen sie leicht verschwitzt im *Mornar* an. Sandra war schon öfter hier gewesen, auch letztes Jahr zur Weihnachtsfeier. Es war ein hübsches Restaurant mit einem leicht antiquierten Touch. Die weißgetünchten Wände und die Atmosphäre erinnerten ein bisschen an eine *konoba*[7], aber es befand sich im Erdgeschoss und für eine *konoba* war es letztendlich nicht urig genug. Sandra mochte das Restaurant, auch weil es sie an ihre Kindheit erinnerte. Die Lampen verströmten ein angenehmes, gelbes Licht. Die Klientel war gemischt: gehoben, bodenständig, Einheimische und Touristen. Das Essen lag in der mittleren Preisklasse. Sandra hielt nach Jelena Ausschau, konnte sie jedoch nirgends entdecken. Als der Kellner sie zu ihrem Tisch führte, ließ Sandra ihren Blick über die Gäste schweifen. Sie ärgerte sich, dass sie eine Jeans angezogen hatte und nicht eine ihrer schwarzen Stoffhosen. »Ich glaube, ich bin etwas underdressed.«

»Warum haben Sie nichts zum Umziehen mitgenommen?«

Sie schnappte sich die Menükarte und warf Sedlar einen

---

7 konoba = Keller bzw. kleines Restaurant an der kroatischen Küste mit authentischer Küche; Flair häufig mit viel Holz und Steinwänden.

verärgerten Blick zu. »Falscher Kommentar. Sie hätten sagen sollen, dass ich wie immer blendend aussehe.«

»Ach so, verstehe. Sie sehen blendend aus. Und Ihre Bluse ist wirklich ganz nett, das reißt es raus.«

»Sie Idiot«, murmelte Sandra und klappte die Menükarte auf.

Er lachte.

»Mit dem Essen warten wir natürlich auf Mandić«, meinte Sandra.

»Ja, natürlich. Ich habe sowieso keinen großen Hunger.« Sedlar lehnte sich entspannt zurück. »Nehmen wir einen Aperitif? Vielleicht einen Gin Tonic oder einen Campari?«

Sie schüttelte den Kopf. »Lieber nicht. Ich muss noch Auto fahren.«

»Dann fahren Sie halt mal mit dem Taxi.«

»Na gut, dann Wein.« Sofort hatte sie das Gefühl, dass sie zu schnell nachgegeben hatte. Als ob sie es kaum erwarten könnte, einen zu trinken.

Plötzlich stand Jelena neben Sandra und sagte: »Hallo!« In ihrem schwarz-weißen Outfit wirkte sie jünger als sonst.

»Hallo, Jelena. Das ist mein Kollege Danijel Sedlar. Und das ist Jelena Jurić.«

»Guten Tag«, sagte Jelena an Sedlar gewandt. Und weil Sandra sie so gut kannte, merkte sie gleich, dass er ihr gefiel.

»Freut mich«, sagte Sedlar. »Ist das eine Freundin von Ihnen?«

»Freundin und Nachbarin«, erklärte Sandra.

»Wie praktisch.«

»Was wollt ihr trinken?«, fragte Jelena.

Sie bestellten einen Rotwein. Jelena warf Sandra einen mahnenden Blick zu, bevor sie ging.

Sedlar erzählte von seiner Arbeit in Pula, Sandra von

dem Haus, in dem sie wohnte, und dem verrückten Hausmeister. Als sie über Umwege beim Thema Fußball gelandet und beim dritten Glas Rotwein angelangt waren, blickte Sandra auf die Uhr. »Es ist zwanzig nach vier. Soll ich den Chef mal anrufen?«

In diesem Moment klingelte ihr Handy. Es war Mandić. »Ich muss absagen, Horvat.«

»Absagen? Warum? Ist was dazwischengekommen?« Der Alkohol zeigte langsam Wirkung. Hoffentlich fiel ihrem Chef nichts auf.

»Ach, meine Frau wusste nichts von dem Essen heute mit Ihnen. Ich habe vergessen, es ihr zu erzählen. Jetzt hat sie für ihren Bruder eine Überraschungsparty organisiert, weil er diese begehrte Stelle bekommen hat. Das ist ihr in letzter Sekunde noch eingefallen, und jetzt telefoniert sie herum, um die Familie zusammenzutrommeln. Als hätten wir alle nichts Besseres vor, als hinter den Sesseln hervorzuspringen und *Überraaaschuuung* zu rufen. Was soll ich sagen? Weiber, Sie wissen ja, wie die sind.«

»Weiß ich, ja.«

»Oh, Entschuldigung, Horvat. Ich vergesse manchmal, dass Sie auch eine Frau sind.«

»Na, vielen Dank, Chef.« Das war ja heute ihr Glückstag. Was bitteschön sahen ihre männlichen Kollegen in ihr? Eine geschlechtslose Beamtin?

»Ach, Horvat, Sie wissen, was ich meine. Dann machen Sie sich mit Sedlar einen schönen Nachmittag, wir holen unser Essen nach. Und vergessen Sie nicht, die Rechnung zu verlangen. Ich übernehme das.«

»Danke, Chef. Bis morgen.« Sie verstaute ihr Handy wieder in der Handtasche. »Er kann nicht kommen.«

»Schade. Na, dann ... Trinken wir noch einen Wein?«

»Lieber nicht. Ich bin schon beim dritten Glas, und ich

glaube, ich bin ein bisschen beschwipst.« Sie sah zwar noch nicht verschwommen, aber sie fühlte sich schwerelos und gelöst. »Sollten wir nicht doch etwas essen?« Sie winkte Jelena zu sich, die sofort herbeigeeilt kam.

»Kannst du uns ein paar Kräcker bringen?« Sandra nahm einen großen Schluck Rotwein.

»Kräcker?« Jelena sah sie an, als hätte sie Rattenschwänze verlangt. »Sandra, das hier ist ein Restaurant und keine Snackbar.«

»Draußen steht Bistro. Also tu doch nicht so, als würden wir im Ritz sitzen.«

Jelena sah sie missmutig an.

»Na gut, irgendwas Kleines, sonst bekomme ich bei meinen Eltern nichts mehr runter, und dann fängt meine Mutter wieder zu nörgeln an. Und Sedlar hat auch keinen Hunger. Also? Was machen wir da? Wirst du uns rausschmeißen?« Sie fing an zu lachen. Okay, sie war wirklich ein bisschen betrunken, aber in diesem Moment war ihr alles egal. Immerhin lachte Sedlar, und das war doch ein gutes Zeichen. Ob er den Alkohol auch spürte?

Ha, jetzt lachte auch Jelena! Und die war wohl kaum betrunken.

»Soll ich euch einen Meeresfrüchtesalat mit frischem Baguette und Knoblauchpaste bringen? Ihr müsst etwas essen. Es geht nicht, dass die Leute nur zum Saufen hier reinkommen.«

»Na guuut, dann bring uns eben den blöden Meeresfrüchtesalat.« Jelena war schon ein paar Meter entfernt, als Sandra ihr nachrief: »Und bling uns noch'n Wein.« Offensichtlich hatte sie eine Spur zu laut gesprochen, denn ein paar Gäste starrten sie pikiert an.

»Lieber etwas anderes als Wein«, rief Sedlar gedämpft in Jelenas Richtung.

»Hab ich mich betrunken angehört? Na los, seien Sie ährlich. Haben die's gemerkt? Keine Hemmungen, nur raus mit der Spraae!«

»Wenn Sie mich kurz zu Wort kommen lassen ... Ja, Sie klingen so besoffen wie ein Hafenarbeiter am Zahltag.«

Sandra sah ihn kopfschüttelnd an. »Oh Gott, Sie sind ja so gemein. So ein gemeiner Ensch sind Sie.«

»Nein, das war nur ein Scherz. Sie klingen, als hätten Sie einen Akzent.«

»Einen Assent? Was 'n für einen?«

Sedlar tat, als überlegte er. »Keine Ahnung, lassen Sie mich nachdenken. Könnte eine asiatische Sprache sein.«

Sandra winkte ab. »Ach, Sie vaarschen mich doch nur.«

Jelena trat erneut an ihren Tisch und servierte jedem von ihnen einen Meeresfrüchtesalat, der köstlich aussah. Das Brot duftete, als wäre es gerade frisch gebacken worden. Als nächstes stellte Jelena ihnen zwei große Tassen Kaffee, eine Flasche Mineralwasser und zwei Gläser hin.

Sie aßen schweigend. Es verging eine ganze Weile, in der keiner von beiden etwas sagte. Der Kaffee ließ Sandras Kopf ganz langsam wieder klarer werden.

»Finden Sie es schön, alleine zu leben?«, fragte Sedlar plötzlich.

»Was bleibt mir denn anderes übrig?«

»Ja, ich weiß. Ich meinte nur, ob es für Sie in Ordnung ist oder ob Sie diesen Zustand nicht mögen.«

Sandra stocherte in ihrem Salat herum. »Ich finde das so verwirrend, irgendwie. Manchmal möchte ich schon eine Familie, aber mir rennt die Zeit davon. Bald werde ich achtunddreißig. Und dann gibt es Tage, wo ich froh bin, alleine zu sein und keine schmutzigen Socken waschen und hinter niemandem herräumen zu müssen. Ach Gott, jetzt höre ich mich an wie die Paulić.«

»Nur beinahe«, grinste Sedlar.

»Das ändert sich dauernd, ist irgendwie stimmungsabhängig, keine Ahnung. Dabei habe ich sowieso keine Wahl, oder? Da steht ja niemand und fragt mich, ob ich ihn heiraten und Kinder mit ihm haben will. Ich muss mich gar nicht entscheiden. Oder vielleicht habe ich mich ja insgeheim schon entschieden, alleine zu bleiben. Meine Mutter sagt, ich bin alleine, weil ich so schwierig bin. Und Sie haben auch gesagt, dass ich schwierig bin. Gestern erst.«

Sedlar schwieg. Er schob seinen Teller zur Seite, rührte in seinem Kaffee und warf zwei Zuckerwürfel hinein. Hatte er überhaupt zugehört? Er sagte kein Wort. Dann endlich: »Was heißt schon schwierig? Jeder ist doch auf seine Weise schwierig. Ich kenne keine unkomplizierten Menschen. Manche scheinen auf den ersten Blick unkompliziert, aber das sind die schlimmsten. Solche, die jedem Konflikt aus dem Weg gehen.«

»Sind Sie auch schwierig? Was ist an Ihnen schwierig?« Sandra nahm einen großen Schluck Wasser. Sogar das schmeckte hier irgendwie edler.

»Ich?« Ratlos hob er die Hände. »Das können andere immer viel besser beurteilen als man selbst. Denken Sie nicht auch?«

»Ich warte, Sedlar.«

Er wand sich ein wenig, dann meinte er: »Also gut, ich bin manchmal ein Hitzkopf.«

Sandra nickte halbherzig. »Ach, wirklich? Wer hätte das gedacht?« Sie lächelte versöhnlich. »Aber ich spüre, da ist noch etwas Tieferes in Ihnen, ein Geheimnis, das Sie sorgsam hüten.«

Er lächelte. »Ich glaube, Sie steigern sich da in etwas hinein.«

»Sie haben keine Geschwister, nicht wahr?«

Er schüttelte den Kopf, ließ sie dabei allerdings nicht aus den Augen. Zwar lächelte er nicht mehr, er machte aber auch keinen wirklich ernsten Eindruck.

»Und Ihre Eltern, sind die in Pula?«

Sedlar seufzte und fuhr sich durch die Haare. War er genervt von ihrer Fragerei? Vielleicht sollte sie besser aufhören, aber sie hatte ihre Neugier manchmal nicht unter Kontrolle. »Ja, meine Eltern leben in Pula. Allerdings haben wir kein gutes Verhältnis.« Er legte den Kaffeelöffel zurück auf die Untertasse. »Wir stehen uns nicht besonders nah.«

Verlegen blickten sie auf den Tisch. Sandra drehte ihre Kaffeetasse hin und her. »Komisch. So was ist einem immer peinlich, dabei ist es gar keine Seltenheit.«

»Kann sein.«

»Sind Ihre Eltern mit Ihrem Beruf nicht einverstanden?«

Sedlar schüttelte unmerklich den Kopf. »Das weiß ich gar nicht so genau. Ich bin mit siebzehn ausgezogen, und seitdem sehe ich die beiden ein- oder zweimal im Jahr.«

»Und wohin sind Sie mit siebzehn gezogen?«

»Zu meiner Tante. Die war ziemlich cool.«

»Haben Sie Ihre Eltern nicht vermisst?«

Um Sedlars Mund spielte ein kleines Lächeln. »Was wird das, eine Psychoanalyse?«

»Haben Sie schon mal eine gemacht? Bei Ihrem Cousin vielleicht?«

»Nein.« Er ließ seinen Blick durch den Raum wandern. Im Hintergrund sang Randy Crawford *Almaz*. Wahrscheinlich die CD von Jelena, sie war ein großer Fan der Sängerin. Sandra wurde bei diesem Lied immer ein bisschen traurig. Ob Sedlars Geschichte sie deshalb so berührte?

»Und Sie, Horvat? Haben Sie schon mal eine Psychoanalyse gemacht?«

»Ja, ein paar Monate. War ziemlich nutzlos.«

Er nahm einen Schluck Kaffee, wischte sich mit dem Handrücken über den Mund und lachte. »Könnten Sie das näher erläutern? Das klingt etwas kryptisch«, sagte er, immer noch grinsend, was auf Sandra ansteckend wirkte.

»Na ja, ich wollte die Beziehung zu meiner Familie verbessern. Meine Mutter nörgelt ständig an mir herum, und zu meinem Vater habe ich keinen Zugang, wir sind uns ziemlich fremd. Das Verhältnis zu meiner Schwester ist auch nicht ideal. Die übliche Familienkiste halt.«

»Und die Moral von der Therapiegeschichte war welche?«

Sie zuckte mit den Schultern. »Dass meine Familie völlig normal ist, so wie alle anderen auch. Jeder von uns hat einen an der Klatsche, und am besten lässt man alles so, wie es ist. Einmal habe ich meine Mutter gefragt, ob wir nicht versuchen könnten, konstruktiv zu streiten und die Wunden, die wir uns gegenseitig zugefügt haben, gemeinsam zu heilen.«

»Was hat sie gesagt?«

»Sie hat mich ganz besorgt gemustert und gefragt, ob ich in irgendeiner Sekte bin.«

»Verstehe«, meinte Sedlar amüsiert.

»Sie sind mir noch eine Antwort schuldig. Haben Sie Ihre Eltern nie vermisst?«

»Eigentlich nicht.«

»Wie war es bei Ihrer Tante?«

»Warum fühle ich mich gerade wie Clarice Starling, die Hannibal Lecter gegenübersitzt?«

Sandra sah ihn an und wartete geduldig auf eine Antwort.

»Ich hatte es gut bei ihr.«

»Was war denn mit Ihren Eltern, Sedlar?«

»Sie waren unglaublich karrierebesessen und hatten kaum

Zeit für mich.« Er lächelte bitter. »Genau genommen kann ich mich an kein einziges nettes Wort von ihnen erinnern. Ich konnte es ihnen nie recht machen. Meine Mutter war Stationsschwester in der gynäkologischen Abteilung des örtlichen Krankenhauses. Sie hat sich mehr für ihre Patienten interessiert als für mich. Mein Vater hatte einige Friseurläden und wollte, dass ich sie später mal übernehme.«

Sandra konnte sich ein Grinsen nicht verkneifen. »Lassen Sie mich das klarstellen: Sie haben Ihren Vater enttäuscht, weil Sie kein Friseur geworden sind?«

»Na ja. Ich hätte weniger Dauerwellen legen als vielmehr den Betrieb führen sollen. Jedenfalls ... bei meiner Tante war's ganz gut, aber irgendwann, mit achtzehn oder neunzehn, bin ich ein bisschen ausgetickt, hab mir die falschen Freunde gesucht und Dope geraucht.«

Sandra fuhr zurück. »*Sie*, der nicht das geringste Verständnis für Kriminelle hat, haben Dope geraucht?«

»Geht es noch ein bisschen lauter? Ich glaube, das Personal in der Küche hat Sie noch nicht gehört.«

»Oh, tut mir leid.« Sie hielt sich die Hand vor den Mund und sah sich um. Die Gäste an den Nebentischen wandten die Köpfe in ihre Richtung. Sandra beugte sich über den Tisch und flüsterte: »Aber wenn Sie selber solche Sachen gemacht haben, warum haben Sie dann kein Mitgefühl für Leute, die die Kurve nicht gekriegt haben?«

»Weil man irgendwann erwachsen werden muss und selbst für sein Leben verantwortlich ist. Als Jugendlicher ist man bescheuert, man denkt, man weiß alles. Aber irgendwann sollte es Klick machen.«

»Und wenn es das nicht tut?«

»Dann muss man nicht kriminell werden. Man kann sich eine Katze kaufen oder nach Indien fahren, um zu meditieren.«

»Toller Tipp, Sedlar.« Sie starrte ihn spöttisch an. »Wenn ich irgendwann mal in ein tiefes Loch falle, kaufe ich mir eine Katze und fahre mit ihr nach Indien. Keine Ahnung, warum die Leute Antidepressiva nehmen, wo doch alles so einfach ist …«

»Ja, ja. Machen Sie sich nur lustig über mich. Aber manchmal sind die Dinge simpler, als wir denken. Nur dass heutzutage alles so kompliziert gemacht wird.«

Sandras Handy klingelte. Sie griff in ihre Tasche und blickte auf das Display. »Mama?« Der Anruf hatte sie so abrupt aus dem Gespräch gerissen, dass die Stimme ihrer Mutter irgendwie unwirklich klang.

»Ich werde nie verstehen, warum ihr mir das antut.«

»Wer tut dir was an?« Sandra stützte den Kopf auf die Hand, weil sie wusste, dass jetzt eine längere Wehklage kommen würde.

»Nataša hat abgesagt.« Ihre Stimme klang dramatischer als ein Theaterstück von Shakespeare.

»Abgesagt? Wie meinst du das, abgesagt?«

»Na, abgesagt eben. Sie kommt nicht. Kannst du dir das vorstellen? Ich habe schon vor zwei Wochen die Gans beim Metzger Vuković bestellt – und du weißt, wie sehr Metzger Vuković Bestellungen hasst. Er behandelt einen dann immer, als würde er dir das Zeug umsonst geben. Jedenfalls bin ich heute Morgen um halb fünf, ich wiederhole, um HALB FÜNF aufgestanden, mit Tante Vesna nach Trsat gefahren, und dann habe ich mich in die Küche gestellt, gekocht, gebacken, glasiert, frittiert und komme mir jetzt wie eine Idiotin vor. Gleich gehe ich nach draußen und werfe alles den Hunden aus der Nachbarschaft zum Fraß vor.«

Sandra wusste, dass ihre Mutter das niemals tun würde, dafür war sie zu geizig, auch wenn sie selbst sich wohl eher als sparsam bezeichnet hätte. Aber sie liebte nun mal theatralische Auftritte, bei denen sie die Hauptrolle spielte.

»Aber warum hat Nataša abgesagt? Das sieht ihr gar nicht ähnlich.«

»Sie ist angeblich krank.«

»Angeblich krank? Glaubst du, sie lügt?«

Ihre Mutter schnaubte: »Ich glaube, dass sie glaubt, dass sie krank ist.«

»Hä?«

»Sie hat sich wahrscheinlich gewünscht, dass sie krank ist und nicht zu kommen braucht, und jetzt glaubt sie, dass sie tatsächlich krank ist.«

»Mama, das ist doch krank.« Sandra machte eine wegwerfende Geste. Sedlar musterte sie. »Ich glaube das einfach nicht. Was hat sie denn?«

»Angeblich eine Magen-Darm-Grippe.«

»Und hör auf, ständig das Wort *angeblich* zu benutzen. Das nervt.«

»Oh, spielen wir jetzt das Spiel der verbotenen Wörter? Nun gehe ich meiner anderen Tochter auch schon auf die Nerven. Ich bin sicher, wäre ich eine Mutter, die sich keinen Pfifferling um euch schert, wärt ihr zufrieden. Das sieht man ja immer wieder, dass Kinder, die schlecht behandelt wurden, ihre Eltern viel mehr respektieren.«

»Das hat nichts mit Respekt zu tun, sondern mit einem krankhaften Hungern nach Liebe.«

»Du wolltest doch das Wort *krank* nicht mehr benutzen.«

»Also gut, was machen wir jetzt?«

»Sie hat gesagt, wir holen es bald nach. Danke auch, dass mir dieser wichtige Tag verdorben wurde. Nach so einer Absage möchte ich heute Abend lieber allein sein. Dann machen wir es halt nachträglich. Aber eins könnt ihr euch merken: Ich werde mich nie wieder stundenlang in die

Küche stellen. Das tue ich mir nicht mehr an. Dann gibt es nächstes Mal eben eine aufgewärmte Gavrilović-Dose.«

Auch das würde ihre Mutter niemals tun, aber Sandra wollte kein Öl mehr ins Feuer gießen. »Na gut. Es ergibt wohl wirklich mehr Sinn, wenn wir das Essen nachholen. Ich melde mich morgen bei dir. Grüß Tata von mir.«

»Er steht hier neben mir.« Auch das noch! Jetzt musste sie sich noch eine Tirade anhören. Im Hintergrund wurde getuschelt und gemurmelt, dann endlich: »Hallo, Sandra. Wie geht es dir?« Das war immer das Erste, was ihr Vater am Telefon sagte.

»Gut. Seid nicht traurig, weil Nataša nicht kommen kann.«

»Ja, hoffentlich wird sie bald gesund. Das ist das Wichtigste.«

»Ja, richtig«, pflichtete Sandra ihm bei.

»Ach, wir hätten euch beide heute so gerne hier gehabt. Ich habe mich schon wochenlang darauf gefreut.« Manchmal schnürte es Sandra bei solchen Worten regelrecht die Kehle zu. In ihrer Kindheit hatten ihren Vater die Bedürfnisse seiner Kinder nicht interessiert. Seit er in Rente war, hatte er offensichtlich über vieles nachgedacht und einen ungeheuren Nachholbedarf entwickelt. Es fiel ihm schwer zu verstehen, dass es jetzt umgekehrt war und seine Kinder keine Zeit für ihn hatten.

»Tja, was soll ich sagen?«, erwiderte Sandra.

»Dann sehen wir uns bald?«

»Ja, bestimmt.«

»Hier ist wieder deine Mutter.« Oh Gott, blieb ihr denn heute nichts erspart?

»Tja, dann nehme ich jetzt ein Fußbad«, kam es vom anderen Ende der Leitung. »Vielleicht verschwinden dann die Krämpfe. Danach lege ich mich ins Bett und schlucke drei Aspirin. Hoffentlich bekomme ich davon keine Nierensteine oder so was. Bis dann.« Sie legte auf.

»Ich glaube, ich dreh durch.« Sandra schaltete ihr Handy aus und warf es in ihre Tasche zurück. »Das war meine Mutter.«

»War nicht zu überhören. Ihre Schwester ist krank und kann nicht kommen.«

»Und meine Mutter denkt, es stimmt nicht. Dabei bin ich sicher, dass Nataša nicht lügt.«

»Ja, die liebe Familie.«

Sie saßen sich gegenüber und nickten. Sandra dachte, dass die Szene für Außenstehende lustig ausgesehen haben musste. Plötzlich lag so etwas wie Spannung in der Luft, die Sandra jedoch nicht als unangenehm empfand.

»Nachdem Sie heute nichts mehr vorhaben, können wir jetzt vielleicht doch etwas Richtiges essen. Was meinen Sie?«

»Gute Idee, Sedlar.« Sie nahm die Speisekarte zur Hand und meinte: »Aber wartet zu Hause nicht Ihre Frau auf Sie?«

Ohne aufzublicken antwortete er: »Eigentlich nicht.«

Sandra überlegte, ob sie es nicht lieber gut sein lassen sollte, doch ihre Neugier siegte schließlich. »Was meinen Sie mit *eigentlich nicht*?«

Sedlar schloss für ein paar Sekunden die Augen, öffnete sie wieder und sagte: »Tja, was meine ich damit? Also, wir … wir haben Krach.«

»Aber das geht doch vorbei.« Sobald sie die Worte ausgesprochen hatte, merkte sie, dass sie sich wie eine Frage angehört hatten.

»Die Abstände werden immer kürzer und die Kräche immer heftiger. Was halten Sie von dem gefüllten Tintenfisch?«

Sandra sah ihn an. »Tintenfisch, okay… Möchten Sie darüber reden?«

Er schüttelte den Kopf. »Nein! Über Tintenfisch muss man nicht reden. Wenn er nicht schmeckt, lasse ich ihn einfach zurückgehen.«

»Schon gut.«

Sedlar winkte Jelena heran und gab ihre Bestellung auf. Nachdem sie verschwunden war, sagte er: »Wer hätte gedacht, dass ich heute alleine mit Ihnen zu Abend essen würde, Inspektor.«

»Tja, die Wege des Herrn sind unergründlich.« Sie blinzelte.

»Oh«, rief Sedlar und verzog in gespielter Anerkennung den Mund, »haben wir hier eine verhinderte Nonne am Tisch sitzen? Hätte nicht gedacht, dass Sie die Bibel lesen. Sie und Fabijan Novosel hätten sich viel zu erzählen.«

Sie lächelte, dann meinte sie: »Ehrlich gesagt habe ich das nicht aus der Bibel, sondern von Morgan Freeman aus *Bruce Allmächtig*.«

Er sah ihr in die Augen. Ein breites Lächeln entblößte seine perfekten Zähne. »Ich mag Frauen, die Bibelverse und Filme zitieren können.«

Sie beugte sich etwas nach vorne. »Aus welchem Film ist das?«

»Das ist von mir.«

18

Was war das? Ein Vorschlaghammer in ihrem Kopf? Sandra versuchte mit aller Kraft, den Kopf vom Kissen zu heben, was ihr nur mit Mühe gelang. Dieser Krach! Sie brauchte noch weitere fünf Sekunden, um zu begreifen, dass er von der Türklingel herrührte. Sie blickte auf den Wecker, der auf ihrem Nachttischchen stand, konnte aber nichts erkennen. Müde griff sie danach und hielt ihn sich vor die Nase. »Waaaas? Zehn nach neun?«, kreischte sie panisch.

Sie sprang aus dem Bett und registrierte im selben Moment ihre rasenden Kopfschmerzen und die penetrant schrillende Türklingel. Sandra ging in den Flur, warf einen Blick in den Spiegel und erschrak. Sie sah aus wie eine Säuferin, die die Nacht unter einer Brücke verbracht hatte. Sie vertrug einfach keinen Rotwein. Wie oft musste sie sich das noch beweisen, bevor sie es endlich kapierte? Aber sie war nun mal kein Kind von Traurigkeit, und angeblich sollte Wein ja auch gesund fürs Herz sein. Aber er machte eben auch einen Brummschädel. Oder waren das doch die Caipirinhas gewesen?

Unter Schmerzen fasste sie sich an den Kopf, der sich anfühlte, als könnte er ihr jeden Moment vom Rumpf fallen. »Verdammt, hätte ich nur nicht so viel getrunken«, murmelte sie vor sich hin, während sie zur Sprechanlage ging. »Wer ist da?«

»Ich bin's, Sedlar. Die Kollegen haben versucht, Sie telefonisch zu erreichen, weil Sie nicht zur Arbeit erschienen sind. Deshalb haben sie mich vorbeigeschickt. Ich soll nachsehen, ob alles in Ordnung ist und wo Sie bleiben.«

»Ziemlich viel Geschwafel für eine so einfache Frage. Nehmen Sie sich ein Beispiel an Tamara.« Sie drückte auf den Knopf, um ihn reinzulassen. Während es unten summte, machte sie die Wohnungstür auf und lief ins Bad. So durfte er sie auf keinen Fall sehen! Schnell schloss sie die Tür hinter sich und stellte sich vor den Spiegel. Es musste gerettet werden, was zu retten war. Oder zumindest musste sie es versuchen. Erst einmal schnell unter die Dusche und dann Make-up auflegen, was die Tübchen hergaben. Sie zog sich aus und drehte schon mal die Dusche auf.

»Inspektor Horvat?«, hörte sie Sedlar rufen.

»Ich bin im Bad und brauche noch 'ne Weile«, rief sie durch die geschlossene Tür. »Geben Sie bitte Mandić Bescheid, dass ich verschla… nein, sagen Sie, dass ich krank bin. Kopfschmerzen. Was übrigens auch stimmt. Sagen Sie, ich komme erst jetzt gerade auf die Beine. Setzen Sie sich inzwischen ins Wohnzimmer. Ich beeile mich. Und hören Sie auf, *Inspektor* zu sagen. Wenn wir alleine sind, können Sie mich beim Namen nennen. Äh, beim Nachnamen natürlich.«

Keine Reaktion.

»Hallo? Sedlar?« Sie legte ihr Ohr an die Tür.

»Was?« Er hörte sich an, als wäre er nicht ganz bei der Sache. »Ich wusste gar nicht, dass Sie so auf Julia Roberts abfahren.«

»Auf sie abfahren, ist wohl nicht der richtige Begriff. Aber ich muss mich jetzt fertig machen. Setzen Sie sich und versuchen Sie bitte nicht, von irgendwelchen Gegenständen auf meine Person zu schließen.«

»Ich warte.«

Sandra nahm zwei Aspirin aus dem Wandschrank und löste sie in ihrem Zahnputzbecher auf.

Als sie eine Viertelstunde später geduscht und geschminkt die Tür des Badezimmers öffnete, streckte sie zuerst nur den Kopf heraus. Sie sah Sedlar auf der Couch sitzen und die *Cosmopolitan* lesen. Auch das noch! Ihre Bücher im Regal würden ihn wahrscheinlich auch zum Schmunzeln bringen. Sie besaß alle Romane von Jane Austen. Teilweise waren die Exemplare komplett zerfleddert, weil Sandra sie mehrmals gelesen hatte.

Schnell huschte sie ins Schlafzimmer, um sich anzuziehen. Als sie fünf Minuten später in brauner Hose und dunkelblauem T-Shirt vor ihm stand, musterte er sie von oben bis unten.

»Ich weiß, ich sehe schrecklich aus.«

Er wiegte den Kopf hin und her. »Der Alkohol und die lange Nacht haben ihre Spuren hinterlassen. Sie sehen gut aus. Auf eine verruchte Art, aber gut.«

»Auf eine verruchte Art?«, wiederholte sie langsam. »Wollen Sie sagen, ich sehe aus wie eine Schlampe?«

Er schüttelte den Kopf. »Nein, doch nicht wie eine Schlampe. Eher wie eine Frau, die viel erlebt hat.«

»Sedlar, Sie sind ein gefühlloser Rohling und haben keine Ahnung von Frauen, wenn ich das mal so sagen darf!«

»Welcher Mann hat das schon?«, murmelte er.

Grimmig blickte sie auf ihn herab.

Sedlar lächelte. »Es war gestern nett mit Ihnen, Horvat.«

Der plötzliche Themenwechsel verwirrte sie. Ja, es war wirklich nett gewesen. Nachdem sie mit Sedlar acht Stunden im *Mornar* gesessen hatte, hatte man sie schließlich um elf oder halb zwölf Uhr hinauswerfen müssen. Danach waren sie noch in eine Kneipe weitergezogen, wo nur Loser rumhingen, und zu allem Überfluss hatten sie zwei Kerle erkannt, die sie mal verhaftet hatte. Sedlar und sie hatten noch ein paar Caipirinhas getrunken und danach fast eine halbe Stunde auf ein Taxi gewartet. Er war bei ihr geblieben, obwohl er zu Fuß hätte nach Hause gehen können. Zum Abschied hatte er ihr auf die Schulter geklopft und gesagt: »Ich schau dir in die Augen, Kleines.« Dabei hatte er gelacht und war dann hinter einer Hausecke verschwunden.

»Soso, Sie lesen die *Cosmopolitan*«, riss er sie aus ihren Gedanken.

»Na und? Soll ich Männerzeitschriften lesen, nur weil ich bei der Polizei bin?«

»Den Test, den Sie gemacht haben, fand ich sehr aufschlussreich.«

»Welchen Test?« Sie stützte die Hände in die Hüften und versuchte, souverän auszusehen.

»Seite fünfundneunzig. *Mögen Sie es lieber hart oder zart?*«

Sie winkte ab. »Ach das. Die Zeitschrift gehört einer Freundin.« Jelena, um genau zu sein, aber das wollte sie ihm nicht sagen. Wer weiß, was bei dem Test herausgekommen war. Jelena kaufte die *Cosmopolitan* und gab sie dann immer an Sandra weiter. Im Gegenzug bekam sie von Sandra die *National Geographic*.

Sedlar hob den Kopf. »Ich glaube Ihnen kein Wort.«

Sie seufzte. »Es ist aber so. Was ist denn bei dem Test rausgekommen? Im Gegensatz zu Ihnen habe ich das übersprungen.«

Sedlar zog eine verstörte Grimasse. »Wäre ich der Partner Ihrer Freundin, ich hätte Angst, dass sie irgendwann die Peitsche aus der Schublade holt.«

»Im Ernst?«

»Wenn ich es Ihnen doch sage.«

»Tja, man lernt die Menschen eben nie vollständig kennen, nicht wahr?«

Sedlar lächelte. »Oh ja, Sie sagen es.« Er stand auf, und Sandra ging in den Flur, um sich ihre Schuhe anzuziehen.

Sedlar beobachtete sie. »Sie haben mir nicht gesagt, dass Sie Julia Roberts lieben.«

»Lieben?« Sandra schlüpfte in ihre Slipper.

»Sie haben alle DVDs von ihr.«

»Julia ist die Größte. Ich habe jeden ihrer Filme mehrmals gesehen, außer *Pretty Woman*, den mag ich nicht.«

»Komisch, dass Sie das sagen.«

Sie nahm ihre Tasche von der Kommode. »Warum?«

»Das ist der einzige Film mit ihr, mit dem ich nichts anfangen kann.«

Sandra sah ihn überrascht an. »Geht mir genauso. Ich finde es schade, dass sie ausgerechnet mit so einem verlogenen Märchen ihren Durchbruch hatte.«

»Bevor ihr Prinz kam, hat sie gar nicht gecheckt, dass da was schiefläuft, und plötzlich bekommt sie durch ihn alles, sogar den Durchblick.«

Sandra zuckte mit den Schultern. »Na ja, es gibt auch lustige Momente.«

Sedlar schüttelte ungläubig den Kopf. »Ich bitte Sie. Auf die Frage, warum sie sich prostituiert, antwortet Vivian, dass ihre Freundin gesagt hätte, das sei toll. Und dann der Hotelmanager mit dem butterweichen Herz … Ohne Männer wäre sie mit ihrem Spatzenhirn heute noch in diesem Sumpf. Also bitte!«

»Was Sie nicht sagen. Sie sind ja ein richtiger Frauenrechtler, Sedlar. Ein verkannter Feminist sozusagen.«

»Na, das nun nicht gerade.« Die Bezeichnung schien ihm zu missfallen. »Ich wollte nur sagen, dass Frauen wie Eva Jakšić wahrscheinlich zu sehr in ihrer tragischen Geschichte feststecken, als dass es nur mal eine helfende Hand bräuchte, um sie da rauszuziehen.«

Sandra dachte darüber nach. »Ich weiß noch, dass die Leute im Kino geklatscht haben, als Vivian den arroganten Verkäuferinnen, die sie nicht hatten bedienen wollen, die Leviten liest, aber in Wirklichkeit würden die meisten von uns auch auf so jemanden herabsehen. Ist es nicht interessant, dass wir uns eher mit Filmfiguren identifizieren als mit realen Mitmenschen?« Sie hob die Hände. »Aber letztendlich ist es nur ein Film, der der Unterhaltung dient, oder? Ich meine, die Geschichte ist zwar nicht realistisch, aber sie ist amüsant.«

»Haben Sie gewusst, dass der Drehbuchautor ursprünglich ein völlig anderes Skript abgeliefert hat? In der Originalfassung ist Vivian süchtig und landet am Ende wieder auf der Straße. Der Arme musste das Ganze dann Richtung Komödie umschreiben.«

Sandra sah ihn nachdenklich an. »Wissen Sie, dass ich sonst noch niemandem gesagt habe, dass ich *Pretty Woman* nicht mag? Irgendwie findet jeder den Film toll, und ich habe mich nie wirklich getraut, das Gegenteil zu behaupten.«

»Ich bin froh, dass ich helfen konnte.« Ein ironischer Zug lag um seinen Mund.

»Sollten wir nicht langsam los? Wenn es um Filme geht, kennen Sie kein Zeitlimit, Sedlar.«

Er machte die Haustür auf, und sie schob sich an ihm vorbei. »Alter vor Schönheit«, sagte er.

»Irgendwann landet meine Hand in Ihrem Gesicht.« Sie schloss ab und sah ihn von der Seite an.

»Ich freue mich schon darauf.«

Sedlar setzte sich ans Steuer. Auf dem Weg ins Präsidium rief Sandra Nataša auf dem Handy an. Ihre Schwester meldete sich mit schwacher Stimme. Also war sie doch krank.

Nicht dass Sandra wirklich daran gezweifelt hätte, aber ihre Mutter schaffte es immer wieder, sie zu verunsichern.

»Mama rief mich an und meinte, du seist krank. Wie geht es dir?«

»Körperlich schlecht. Seelisch sehr schlecht.«

»Was ist los?«

»Ich versuche, Verständnis für Mama aufzubringen, sie so zu akzeptieren, wie sie ist, aber das fällt oft schwer.«

»Wem sagst du das.« Sandra dachte daran, wie ihre Schwester sie vorgestern am Telefon noch zu mehr Toleranz ermahnt hatte. Aber das wollte sie ihr jetzt nicht vorhalten.

»Sie hat mir Schuldgefühle gemacht, weil ich krank bin. Statt mich zu fragen, was genau los ist, und mir gute Besserung zu wünschen, fängt sie an zu jammern, wie viel Zeit sie mit den Vorbereitungen vergeudet hat. Kannst du dir das vorstellen?«

»Bildhaft.«

»Ich finde das total gemein.« Ihre Schwester hörte sich an, als würde sie gleich anfangen zu weinen.

Sandra holte tief Luft. »Ich habe viel Zeit mit dem Versuch zugebracht, sie zu verstehen und Erklärungen für ihr Verhalten zu finden, aber es ist mir nie vollständig gelungen. Es ist eben, wie es ist.«

»Ich weiß.« Ein lautes Schnäuzen drang durchs Telefon, und Sandra hielt den Hörer ein paar Zentimeter von ihrem Ohr weg.

»Ich besuche dich bald, wenn es dir recht ist.«

»Ja, gerne, Sandra. Übrigens, dein Chef hat sich vorgestern beim Yoga ziemlich dämlich angestellt und Unruhe in den Kurs gebracht. Bei jeder Stellung hat er geflucht, einmal sogar ganz schlimm.«

»Was hat er gesagt?«

»Nein, ich will das nicht wiederholen.«

»Bitte!«

»Nein.«

»Jetzt sag schon.«

»Es ist vulgär.«

»Raus damit.«

»Er sagte, Zitat: ›Mein verficktes Kreuz hält das nicht aus. Aua, aua‹, Zitat Ende.«

»Ja, das sieht ihm ähnlich.«

»Du musst mit ihm reden, Sandra. So kann er sich in der Gruppe nicht benehmen. Er hat den Sinn von Yoga überhaupt nicht erfasst.«

»Mit ihm reden? Den Teufel werde ich tun.«

»Bitte!«

»Na gut, ich kann es ja mal versuchen.«

»Ich danke dir. Sag ihm, entweder er benimmt sich anständig, oder er soll nicht mehr kommen.«

Sandra wusste, dass sie das Mandić nie im Leben so sagen konnte, aber sie wollte versuchen, ihm den Sinn von Yoga zu erklären. Allzu viel wusste sie selbst nicht darüber, aber zumindest das Grundprinzip war ihr vertraut. »Okay.«

Sandra und Sedlar standen vor Mandićs Büro. Ohne aufzublicken sagte Tamara: »Stimmung beschissen. Viel Glück.«

Als sie eintraten, waren Zelenika und Milić das Erste, was sie sahen.

»Ah, Horvat!«, rief Mandić mit ironischem Unterton. »Ich hoffe, Sie haben ausgeschlafen und schenken uns einen Teil Ihrer wertvollen Zeit, damit wir an Ihrer Kompetenz und Intelligenz teilhaben können.«

»Tut mir leid. Ich hatte schreckliche Kopfschmerzen und bin erst in den frühen Morgenstunden eingesch…«

»Haben Sie keinen Telefonanschluss?«, brüllte Mandić.

»War der Akku Ihres Handys leer? Haben Sie unsere Telefonnummer vergessen?«

»Ist ja gut, Chef. Tut mir leid.«

»Was glauben Sie denn!? Ich habe mir schon die größten Sorgen gemacht und sie erschossen in einer Blutlache in Ihrer Wohnung auf dem Boden liegen sehen.«

»Oh Mann, Chef«, meinte Zelenika, »Sie haben Ihr Hobby wirklich zum Beruf gemacht, was?«

Mandićs Blick brachte ihn augenblicklich zum Schweigen. »Das ist nicht lustig.«

»Natürlich nicht.« Zelenika räusperte sich.

Mandić wandte sich wieder an Sandra: »Ich weiß, dass Sie in all den Jahren noch nie zu spät gekommen sind«, sagte er in etwas gnädigerem Tonfall. »Was haben Sie sich denn nur dabei gedacht?«

»Dass es für alles ein erstes Mal gibt?«, gab Sandra zurück, und alle außer Mandić lachten.

»Ich lach mich tot. Jetzt hören Sie mal auf mit Ihren Witzen.«

Sandra lächelte ihn versöhnlich an. »Wenn man verschläft, kann man nicht anrufen. Das ist sozusagen ein Widerspruch in sich.«

»Dann machen Sie sich jetzt gefälligst an die Arbeit! Und dass mir das nicht noch mal vorkommt!«

»Jawohl!« Als Sandra mit Sedlar schon am Herausgehen war, steckte sie noch einmal den Kopf durch die Tür und sagte: »Aber danke, dass Sie sich meinetwegen Sorgen gemacht haben. Ich liebe Sie, Sie verdammter Patriarch.«

»Raus!«

Grinsend knallte Sandra die Tür hinter sich zu. Tamara hielt sich lachend die Hand vor den Mund. »Ich wette, das war ihm jetzt richtig unangenehm.« Anerkennend hob sie den rechten Daumen.

19

»Was meinen Sie? Sollten wir nicht noch mal mit Fabijan Novosel sprechen?« Sedlar saß hinter seinem Schreibtisch und spielte mit einem Kugelschreiber.

Sandra hatte eine riesige Tasse Kaffee vor sich stehen und rührte darin herum. »Ja, vielleicht haben Sie recht. Warum ist mir seine Reaktion auf den Namen Bob nicht aufgefallen?«, fragte sie nachdenklich. »Normalerweise entgeht mir so etwas nicht.« War sie durch irgendetwas abgelenkt gewesen?

Zelenika und Milić kamen herein. »Wir legen den Schnellkochtopf-Fall zu den Akten«, meinte Zelenika. Er wirkte angeschlagen. Aber in den letzten Tagen hatte er sowieso die meiste Zeit mürrisch und krank ausgesehen. Sandra hätte schwer sagen können, inwieweit sein Zustand mit dem unaufgeklärten Fall zu tun hatte.

»Tut mir leid, aber da können wir wohl nichts machen.« Sandra wusste, was es für einen Kriminalbeamten bedeutete, einen Mordfall nicht abschließen zu können. Es war ein Gefühl von Versagen, aber sie hatte gelernt, dass es manchmal auch eine Erleichterung sein konnte, nicht länger auf etwas herumkauen zu müssen. »Wir sollten Fab noch mal überprüfen.«

»Inwiefern?«, fragte Zelenika.

Sandra rieb sich die Schläfen. Sie konnte es kaum erwarten, sich richtig auszuschlafen. »Checkt den Kerl durch, von oben bis unten. Alles, was ihr an Informationen zusammenkratzen könnt.«

»Gut.« Zelenika wandte sich zum Gehen und sagte an Milić gewandt: »Komm, Lockenköpfchen.«

»Ich dachte schon, Sedlars Cousin wäre dein neues Lockenköpfchen, aber ich bin froh, dass ich immer noch deine Nummer eins bin.«

Von draußen konnte Sandra noch dumpf Zelenikas Stimme hören: »Lass diese schwulen Bemerkungen!«

Sie griff nach dem Zettel, auf dem Sedlar alle Telefonnummern sortiert hatte, die zu dem Fall gehörten. Zuerst rief sie Neros Mutter an, danach Odri. Ihre Hoffnung, dass sich eine der beiden doch noch darauf besann, einen Bob zu kennen, wurde enttäuscht.

»Also, ich weiß nicht, Sedlar, aber Bob muss für etwas anderes stehen. Ich glaube einfach nicht, dass wir nach einem Robert suchen müssen.«

»Scheint so, ja.«

»Hätte unser Mordopfer nicht einfach den richtigen Namen aufschreiben können? Dann hätten wir jetzt nicht so viel Arbeit am Hals.«

Sedlar rutschte nachdenklich auf seinem Stuhl herum. »Vielleicht sollten wir diese trottelige Vermieterin noch mal anrufen.«

»Frau Buchbinder?« Sie blinzelte. »Na gut. Schaden kann's nicht.« Während Sandra die Nummer eintippte, warf sie einen Blick auf Sedlar. Er musterte sie. Um nicht verlegen zu werden, tat sie, als würde sie sich ganz auf das Telefonat konzentrieren.

Frau Buchbinder meldete sich nach dem sechsten Klingeln. Sie war ganz aus der Puste.

»Guten Tag, Frau Buchbinder, hier spricht Inspektor Horvat. Entschuldigung, wenn ich Sie störe.«

»Ach, die liebe Frau Inspektor. Ich habe gerade eben mit meiner Schwester telefoniert und ihr von dem Vorfall erzählt. Ich sagte ihr, was für eine reizende, bescheidene Person Sie doch sind. Eine Inspektorin hätte ich mir wichtigtuerisch und arrogant vorgestellt, mit einem teuren Kostüm von Christina Dior oder so.«

Sandra verzichtete darauf, sie bezüglich des Designernamens zu korrigieren. »Wirklich sehr nett von Ihnen, Frau Buchbinder. Vielen Dank. Ich wollte …«

»Ach ja. Ich finde, die Menschen machen sich einfach zu wenig Komplimente, nicht wahr? Dabei verschönt einem das doch den Tag und lässt einen Menschen strahlen. Aber nein, die Welt ist ja mittlerweile zu stolz dafür, dabei …«

»Frau Buchbinder, Sie haben vollkommen recht. Aber ich wollte noch eine Frage an Sie loswerden: Ist Ihnen in der Zwischenzeit noch etwas eingefallen? Haben Sie vielleicht doch schon mal von einem Bob gehört?«

»Nein, meine Liebe. Ich wünschte wirklich, ich könnte Ihnen helfen. Leider habe ich von dem armen Herrn Paulić nicht viel gewusst.«

»Aber vielleicht haben Sie hin und wieder ein Telefongespräch mitbekommen. Rein zufällig natürlich«, fügte Sandra schnell hinzu.

Frau Buchbinder schien nachzudenken. »Nur zwei oder drei Mal. Aber nichts von Bedeutung. Einmal hat er mit einem Freund telefoniert, da ging es darum, wo sie sich treffen und welchen Film sie sich ansehen wollen. Beim zweiten Mal hat er, glaube ich, mit einer Verflossenen telefoniert.«

»Wie kommen Sie darauf?«

»Er sprach davon, dass er ihr doch auch mal geholfen hätte und sie ihm jetzt etwas unter die Arme greifen könnte. Ich habe nur Wortfetzen mitbekommen, ich stand in der Küche und habe gerade abgespült. Das Wasser hat gerauscht, und die Tür zu seinem Zimmer war geschlossen, aber er wurde während des Gesprächs immer lauter, deshalb habe ich das eine oder andere verstanden.«

»Was hat er noch gesagt?«

»Ich habe gehört, wie er sagte, dass sie eine richtige Spießerin geworden ist. Mehr konnte ich nicht verstehen. Ich habe das alles nicht so ernst genommen, wissen Sie. Es klang nach den üblichen Vorwürfen.«

Sandra bemerkte, dass Sedlar interessiert zuhörte. »Sonst können Sie mir über das Gespräch nichts sagen?«

»Er nannte sie ein paarmal Baby.«

Sandra wurde hellhörig. »Baby? Nannte er sie vielleicht ... Bobby?«

Am anderen Ende wurde es eine ganze Weile still. »Ich weiß nicht.« Frau Buchbinder klang plötzlich kleinlaut. »Ich kann kein Englisch, wissen Sie. So richtig unterscheiden kann ich das nicht. Baby, Bobby, klingt sehr ähnlich.«

»Möglich wär's also?«

»Ja, möglich wär's.«

Zelenika kam herein und hielt ein Blatt Papier in der Hand.

»Wo ist Milić?«, wunderte sich Sandra. Normalerweise folgte er Zelenika auf Schritt und Tritt. »Der ist beleidigt, aber du kennst ihn ja. Er ist wie ein Kind, das bockt, wenn ihm etwas nicht passt.«

»Der kriegt sich schon wieder ein.« Sandra nickte ihm aufmunternd zu. »Und jetzt pfeif ihn her, sonst trete ich ihm in das Körperteil, das er zum Sitzen braucht.«

»Lockenköpfchen!«, brüllte Zelenika. »Mach, dass du herkommst.«

»Leck mich!«, kam es von draußen.

Ika ging mit einem Eimer an Sandras Büro vorbei und wedelte mit der Hand vor ihrem Gesicht herum, um klarzumachen, was sie von der Situation hielt.

»Gut, kein Problem, Milić. Ich gebe das an Inspektor Horvat weiter, die dein Verhalten sicher nicht amüsieren wird. Aber das ist deine Entscheidung. Du wirst schon wissen, was du …«

Plötzlich stand Milić in der Tür. Er versuchte zu lächeln und steckte betont gelassen die Hände in die Hosentaschen.

Zelenika verdrehte die Augen. »Okay, Leute. Mir scheint, es kommt etwas Licht in die Sache.« Zelenika zog sich einen Stuhl heran und reichte Sandra das Blatt Papier. »Ich habe Fabijan Novosel gründlich durchgecheckt, von oben bis unten. Sein Konto ist ständig überzogen, und er hat weder ein Auto noch ein Handy.«

»Und das sind die Nummern, die er von seinem Telefonanschluss aus angewählt hat?«

»Sieh sie dir genau an«, sagte Zelenika.

Sandra tat, wie ihr geheißen. Was ihr sofort auffiel, war, dass Fab seit gestern Nachmittag eine Nummer sieben Mal angerufen hatte. »Wow. Scheint, als hätte er mit irgendjemandem viel zu besprechen gehabt …«

»Ganz genau. Und fällt dir auch die Zeit auf? Dieser Jemand wurde just dann interessant für ihn, als wir bei ihm waren.«

»Nun mach es doch nicht so spannend«, warf Sedlar ein. »Wem gehört die Nummer?«

»Es ist der Festnetzanschluss von Ronald Travić.«

Sandra sah Zelenika an. »Travić?«

»Fab hat die Nummer der Travićs in Opatija über die Auskunft erhalten. Schau, hier, das war kurz bevor er das erste Mal bei Ronald Travić angerufen hat.«

»Könnte das unser Bob sein?«, fragte Sedlar in die Runde.

Sandra klopfte mit den Fingern auf dem Schreibtisch

herum. »Ronald ist doch eher Ron als Bob. Und hat er sich uns nicht als Ron vorgestellt?«

»Was machen wir jetzt?« Zelenika sah Sandra abwartend an.

»Ihr beide fahrt zu Fabijan Novosel und bringt den Kerl endlich zum Reden. Sedlar und ich statten Ronald Travić in Opatija einen Besuch ab.«

Bis Opatija war es eine halbe Stunde Fahrt. Sie schlängelten sich durch die kurvenreiche Straße, vorbei an Palmen und Büschen, die für ein paar Sekunden Schatten spendeten. Sie konnten nicht besonders schnell fahren, da vor ihnen ein Holländer mit Wohnwagen vor jeder Kurve heftig abbremste. Sie kamen an einer Eisdiele vorbei, und Sandra wünschte, sie könnte jetzt dort sitzen, vor einem riesigen Eisbecher, den Blick aufs weite Meer gerichtet.

In Gedanken ging sie sämtliche Indizien noch einmal durch. »Ist das nicht merkwürdig?«, meinte Sedlar plötzlich.

»Was?«

»Sobald wir weg sind, hängt sich Fabijan Novosel ans Telefon und ruft dauernd Travićs Nummer an.«

»Das Seltsamste ist, dass die beiden vorher keinerlei Kontakt gehabt zu haben scheinen, sonst hätte er nicht die Auskunft anrufen müssen.«

Aus dem Augenwinkel sah sie, wie Sedlar nickte. »Trotzdem: Es muss eine Verbindung zwischen Novosel und Travić geben. Wahrscheinlich kannten sie sich über Nero. Aber was hat ein erfolgreicher Anwalt, der in Opatija wohnt, mit der Welt von Nero und Fab zu tun?«

»Drogen wahrscheinlich.«

Schweigend fuhren sie die kurvige Küstenstraße entlang.

»Ich liebe das Meer«, sagte Sedlar nach einer Weile.

Sandra warf ihm einen kurzen Blick zu. »Manchmal würde ich gerne auf einer einsamen Insel leben, ohne Fernsehen und Radio. Nicht nur wegen des Meers, sondern auch wegen der Ruhe.«

Er grinste. »Klingt schön, für zwei Wochen. Aber spätestens nach einem Monat wären Sie fertig. Zu Tode gelangweilt. Keine Herausforderung und kein Tagesablauf. Das ist, als ob man in der Todeszelle sitzt, nur der Ausblick ist schöner.«

»Sie haben ja eine depressive Vorstellung von einer einsamen Insel.«

Sedlar sah sie an. »Vielleicht wäre es erträglicher, wenn die Einsamkeit durch ein Verbrechen gestört würde und man mit Ermittlungen beschäftigt wäre. Was halten Sie davon? Mord mit Meerblick? Hat was, oder?«

»Das haben wir jetzt auch schon, falls es Ihnen nicht aufgefallen sein sollte.«

»Ich bin sehr gespannt, was Ronald Travić uns zu erzählen hat.«

Ihr Handy klingelte. Sandra nahm es aus ihrer Jackentasche und reichte es Sedlar. »Hier, kümmern *Sie* sich darum.«

»Aber ich muss fahren.«

»Na und? Können Sie nicht gleichzeitig fahren und telefonieren?«

Sedlar meldete sich. Er hörte der Stimme am anderen Ende zu und sah geistesabwesend auf die Straße. »Danke, Zelenika. Bis später.« Wortlos gab er Sandra das Handy zurück. Er wirkte aufgewühlt.

»Was ist los?«

Sedlar fuhr noch etwa zwei Kilometer weiter, bevor er den Wagen nach rechts lenkte und vor einem Gasthaus anhielt. Die Terrasse war voller Leute, die entspannt in ihren

Stühlen saßen und das Nichtstun genossen. Autos waren davor geparkt. Eine junge Frau saß auf der Motorhaube ihres Wagens mit ungarischem Kennzeichen und blickte durch ein Fernglas hinunter aufs Meer.

Sedlar schaltete den Motor aus. Sandra sah ihn abwartend an.

Er fuhr sich flüchtig mit der Hand durch die Haare, bevor er sagte: »Die Jakšić hat sich erhängt.«

Sandra starrte ihn ungläubig an. Sie brachte kein Wort heraus. In ihrem Kopf tauchten tausend Gedanken gleichzeitig auf. Die Jakšić. Erhängt. War das ihre Schuld?

»Zelenika sagt, Frau Marković ging gerade durchs Treppenhaus, als der schwere Tisch im Salon umgefallen ist. War wohl entsetzlich laut. Daraufhin hat sie geklopft und Sturm geklingelt, und als niemand reagierte, hat sie die Polizei gerufen. Sieht aus, als hätte die Jakšić ein Seil genommen und es um den Lüster über ihrem Tisch im Salon geschlungen.«

Die beiden sahen sich an. Sandra fragte sich, ob Sedlar sich auch schuldig fühlte. Natürlich, sie machten nur ihren Job, aber sie hatten die Fassade dieser Frau zum Einstürzen gebracht. Mit so etwas konnte nicht jeder umgehen.

»Gibt es einen Brief?«, fragte sie leise.

»Nein. Kein Abschiedsbrief.«

»Vielleicht war sie doch die Mörderin.« Sandra dachte laut nach.

»Und die Verbindung zwischen Novosel und Travić?«

Sandra überlegte. »Oder sie hat nichts damit zu tun, und ihr Selbstmord hat einen anderen Grund.«

»Welchen?«

»Sie hat gesagt, sie sei eine zweiundsechzigjährige Versagerin. Möglicherweise hat sie später tiefer gegraben.« Sandra seufzte. »Wenn man darüber nachdenkt – materiell ging es ihr prächtig, aber trotzdem hat sie nichts erreicht, was von Bedeutung ist.«

Sedlar sah sie schweigend an, dann meinte er: »Könnte sein.«

Ein paar Minuten lang saßen sie einfach da und verdauten die Nachricht.

»Lassen Sie uns Plätze tauschen. Ich will fahren.«

Sedlar stieg aus und ging um den Wagen herum. Sandra rutschte auf den Fahrersitz, ließ den Motor an und schaltete das Radio ein, weil sie keine Lust zum Reden hatte.

20

Den Rest der Strecke legten sie schweigend zurück. Sedlar wirkte bedrückt. Ob er auch in einem fort an die Jakšić denken musste? War Sedlar im Grunde ein sensibler Mensch? Und ließ er womöglich manche Dinge nur aus Selbstschutz nicht an sich heran? Sandra musste an ein länger zurückliegendes Verhör mit einer Frau denken. »Es ist mir durchaus nicht gleichgültig, ob Sie mich für kühl halten«, hatte diese gesagt. »Aber mir wurden im Leben einfach zu viele Wunden zugefügt. Deshalb halte ich negative Dinge von mir fern.« Manche Beamte fragten bewusst nicht nach der Kindheit der Täter oder welche Verletzungen sie zu Verbrechern hatten werden lassen, weil sie sonst Mitleid mit ihnen gehabt hätten. Keine gute Ausgangsbasis für Verhöre und Verhaftungen.

Endlich waren sie in Opatija, und Sedlar klingelte an der Haustür der Travićs. Bereits nach kurzer Zeit wurde geöffnet. Vor ihnen stand der Hausherr, leger gekleidet in einem dunklen Anzug. Die Krawatte war gelockert und die obersten zwei Knöpfe des Hemds geöffnet.

»Guten Tag, Herr Travić«, sagte Sandra.

»Guten Tag. Heute nur zu zweit? Wo ist denn Ihr charmanter Kollege? Besucht er einen Kurs für gutes Benehmen?« Wie es aussah, hatte Zelenika einen bleibenden Eindruck hinterlassen.

Sandra lächelte gequält. »Lassen wir das, Herr Travić. Wir haben Wichtigeres zu besprechen.«

»Haben wir das?«

»Dürfen wir reinkommen oder müssen wir uns auf der Türschwelle mit Ihnen unterhalten? So viel zum Thema gutes Benehmen.«

Der Hausherr zog ein grimmiges Gesicht und ließ sie eintreten.

Sandra betrachtete die Gemälde an der Wand, die ihr bei ihrem letzten Besuch nicht aufgefallen waren, und wünschte, sie hätte sich näher mit Malerei befasst. Dann hätte sie jetzt etwas Gewichtiges dazu sagen und Sedlar beeindrucken können.

»Kommen Sie. Wir gehen ins Wohnzimmer«, sagte Travić und ging voraus. Sandra beobachtete Sedlar, der ihm lässig folgte und sich durch den Prunk nicht beeindrucken ließ.

»Bitte setzen Sie sich.« Travić konnte seine Aversion kaum verbergen, aber schlechte Manieren wollte er sich nicht noch einmal nachsagen lassen.

Sandra und Sedlar nahmen auf der riesigen Couch Platz. Travić setzte sich auf einen Hocker. »Kann ich Ihnen etwas zu trinken anbieten?«

Beide lehnten dankend ab. »Wo ist denn Ihre Hausangestellte?«, wollte Sedlar wissen.

»Sie hat heute und morgen frei, wegen der Feiertage. Ehrlich gesagt ist sie nicht zu gebrauchen, sie macht wirklich nur das Nötigste. So eine wie Eli werden wir wohl nicht mehr bekommen«, meinte er nachdenklich.

»War das Ihre vorherige Haushälterin?«, wollte Sedlar wissen.

Travić nickte. »So ist es. Eli ist ebenfalls ermordet worden. Man weiß nicht, wer es war.«

Sandra erstarrte. Sprach Travić etwa von Elvira Veluka? »Wie war ihr richtiger Name?«

»Ihr richtiger Name? Elvira.«

»Veluka?«

»Ja!«, rief er überrascht. »Sind Sie in den Fall involviert? In der Zeitung stand, dass die Polizei im Dunkeln tappt.«

»Meine Kollegen arbeiten daran. Frau Veluka hat ein großes Geheimnis daraus gemacht, bei wem sie schwarz ihre Rente aufgebessert hat. Nun wissen wir's.«

Travić missfiel der Begriff Schwarzarbeit, doch er ging nicht weiter darauf ein. »Ehrlich gesagt: Wir wollten der Polizei nicht sagen, dass Elvira bei uns gearbeitet hat. Das heißt, meine Frau wollte es nicht. Sie ist sehr zerbrechlich, müssen Sie wissen. Sie meinte, sie hätte nicht die Kraft für Verhöre und das alles.«

»Schwarzarbeit ist kein Kavaliersdelikt.«

»Wollen Sie mir jetzt Handschellen anlegen, weil ich eine Putzfrau schwarz beschäftigt habe, oder was?«

Sandra ignorierte seinen Sarkasmus. »Sie haben der Polizei wichtige Informationen vorenthalten …

»Sie wissen schon, dass ich mit ein, zwei Telefonaten dafür sorgen kann, dass …«

»Ihre Beziehungen sind mir scheißegal!«, rief Sandra erbost. »Was glauben Sie eigentlich, wen Sie vor sich haben? Sie wollen mir allen Ernstes erzählen, dass Ihre Frau zu zerbrechlich ist, um mit der Polizei zu sprechen? Hören Sie sich selbst reden, Travić? Verschonen Sie auch die Partner Ihrer Klienten, weil sie ›zu zerbrechlich‹ sind?«

»Sie verstehen das nicht.« Er klang gereizt.

»Da haben Sie recht.« Sandra zwang sich, das Gespräch in einem sachlicheren Ton weiterzuführen. »Also sagen Sie mir doch bitte, was Sie wissen.«

Travić ließ ein paar Sekunden verstreichen, bevor er zu sprechen begann. »Sie war keine Frau großer Worte, sondern hat einfach ihre Arbeit gemacht. Wir haben uns gut verstanden. Meine Frau hat sich allerdings eingebildet, dass Eli sie nicht ausstehen kann. Wahrscheinlich hat sie Elis Art nicht verstanden. Meine Frau nimmt alles persönlich.«

»Wo ist Ihre Frau jetzt?«, fragte Sandra.

»Ach, wir haben uns ein bisschen gezankt, und jetzt spielt sie die Gekränkte. Sie kommt bestimmt gleich. Sie muss die Klingel gehört haben.«

»Gezankt, hm?«, warf Sedlar wie beiläufig ein, doch Travić war smart genug, ihn zu durchschauen.

»Über unsere unterschiedlichen Ansichten in Sachen Urlaubsziele«, erwiderte er überheblich lächelnd.

Sandra blickte sich um. »Wir möchten Ihre Frau bei der Befragung dabei haben. Dann müssen wir nicht alles doppelt erklären. Könnten Sie sie bitte dazuholen?«

Travić seufzte. »Ja, gut.« Er erhob sich, ging in den Flur und rief: »Iva? Kommst du bitte? Jemand von der Polizei möchte uns ein paar Fragen stellen.« Zurück im Wohnzimmer sagte er: »Sie wird gleich hier sein.« Er steckte die Hände in die Hosentaschen und ging langsam hin und her. »Wunderbares Wetter, nicht wahr? So einen schönen Sommer hatten wir schon viele Jahre nicht mehr.«

»Allerdings«, pflichtete Sandra ihm bei. Sie räusperte sich. Das Schweigen wog schwer in dem großen Raum.

Travić ging zur Kommode, auf der ein paar Flaschen standen, und goss eine gelbe Flüssigkeit in ein Kristallglas.

»Wow«, stieß Sedlar hervor. »Um diese Tageszeit?«

Über Travićs Gesicht huschte ein müdes Lächeln. »Ich bin gestresst und komme gerade von einem Kollegen. Wir haben die ganze Nacht an einem Fall gearbeitet, bei ihm zu Hause.«

»Waren Sie denn die Tage davor zu Hause?« Sandra wechselte einen Blick mit Sedlar.

Travić rieb sich die Augen. »Nein, ich war zuerst in Zagreb, und dann musste ich an diesem Fall arbeiten, der zwar viel Geld bringt, aber … Nun, das geht schon alles sehr an die Substanz.«

»Seit wann sind Sie wieder hier?«, fragte Sandra.

Er sah sie an. »Ich bin vor etwa einer Stunde nach Hause gekommen.«

»Und wie lange waren Sie zwischen ihrer Zagreb-Reise und dem Besuch bei Ihrem Kollegen zu Hause?«

Travić schien etwas verdutzt über die Frage. »Ich war um die Mittagszeit zurück. Das habe ich Ihnen beim letzten Mal schon gesagt. Später, am frühen Abend, bin ich zu meinem Kollegen gefahren.«

»Und seitdem?«

»Nichts seitdem. Ich war die ganze Zeit bei ihm. Er hat ein Haus auf Rab. Hin- und herzufahren wäre unsinnig gewesen. Warum stellen Sie mir so seltsame Fragen? Haben Sie mich etwa im Verdacht?« Er sah Sandra in die Augen. In seinem Gesicht konnte sie Erschütterung erkennen. Keine Angst. Er war einfach nur schockiert.

Er war es nicht, schoss es ihr durch den Kopf. Fab hatte gar nicht mit Travić telefoniert, sondern mit Iva!

Sandra stand auf. »Herr Travić, holen Sie bitte sofort Ihre Frau. Sonst müssen wir eingreifen. Ersparen Sie uns diese Unannehmlichkeiten.«

Travić sah sie verwirrt an und wirkte einige Sekunden lang wie benommen. Er stellte sein Glas auf der Kommode ab und ging schnellen Schrittes nach oben. In der oberen Etage hörten sie ihn den Namen seiner Frau rufen.

»Sie ist abgehauen«, sagte Sedlar und sah Sandra an. »Das darf doch nicht wahr sein.«

Sandra ging in den Flur und rief nach Travić. Er erschien auf dem Treppenabsatz, und man sah ihm an, dass er vollkommen verstört war. »Sie ist weg.« Er sagte es beinahe flüsternd. »Ich verstehe das nicht. Bevor Sie kamen, war sie noch da und wollte ein Bad nehmen. Warum verschwindet sie, ohne etwas zu sagen? Das hat sie noch nie gemacht.«

»Sehen Sie bitte nach, ob ihr Auto noch da ist«, sagte Sandra bestimmt. Travić eilte die Stufen nach unten, öffnete die Haustür und stürzte nach draußen. Sandra und Sedlar folgten ihm. Die Situation schien sich zu einem persönlichen Lebensdrama für Travić zu entwickeln. Er musste sich fühlen, als wäre er in einem Albtraum gefangen.

Sandra bemerkte schon von Weitem, dass die Garagentür offenstand. Bei ihrer Ankunft war das noch nicht der Fall gewesen, da war sie sich ganz sicher. Travić stand vor der leeren Garage und starrte wortlos hinein. Schließlich stieß er hervor: »Ihr Auto ist weg.« Er sah zu Sandra. »Was geht hier vor? Warum ist meine Frau geflohen?«

Sandra holte tief Luft. »Das erkläre ich Ihnen gleich. Was fährt sie für ein Auto, Herr Travić?«

»Einen schwarzen Jaguar.«

»Können Sie mir bitte ein Foto von Ihrer Frau geben?«

Sie hatte erwartet, dass er noch mal ins Haus gehen musste, stattdessen zückte er seine Brieftasche, klappte sie auf und zog ein Foto aus einem der Fächer. Darauf sah Iva Travić aus wie die Unschuld in Person.

»Danke, Herr Travić. Ich muss telefonieren. Mein Kollege wird Ihnen erklären, was los ist.« Sie wandte sich ab und holte ihr Handy aus der Tasche. Hinter sich hörte sie, wie Sedlar dem schockierten Travić in groben Zügen den Fall darlegte.

»Zelenika! Wir sind im Haus der Travićs. Die Frau ist geflüchtet, während wir im Wohnzimmer auf sie gewartet haben. Ich rufe jetzt im Präsidium an und gebe eine Beschreibung durch. Wir müssen den Bus- und Hauptbahnhof absuchen lassen, damit sie uns nicht durch die Lappen geht. Informiere bitte sofort den Grenzschutz und den Flughafen auf Krk.«

»In Ordnung.«

»Habt ihr etwas bei Fabijan Novosel rausgefunden?«

»Ja, wir haben uns angeregt unterhalten. Rate mal, wie der Mädchenname deiner flüchtigen Frau Travić lautet.«

»Nun sag schon!«

»Bobić.«

»Bobić? Und Nero hat sie Bob genannt?«

»Genau. Der liebe Fab sitzt gerade neben mir im Auto, und die Handschellen stehen ihm wirklich gut. Er wusste von Nero, dass Iva Bobić mittlerweile reich verheiratet war. Nero hat sie mit irgendwas erpresst, um auch ein Stück vom Kuchen abzubekommen. Schlussendlich hat Iva offenbar die Nerven verloren.«

»Und als Nero tot war«, fuhr Sandra fort, »hat der gottesfürchtige Fab begriffen, dass Iva ihn auf dem Gewissen hatte. Hat *er* sie daraufhin erpresst?«

»Ja. Und er hatte sogar noch mehr in der Hand als vorher Nero.« Zelenika lachte auf. »Der Idiot wollte fünfhunderttausend Kuna von ihr und sich in die Karibik absetzen.«

»Da ist noch etwas, Zelenika.«

»Und zwar?«

»Elvira Veluka. Sie hat bei den Travićs gearbeitet.«

»Was willst du damit sagen? Dass der Schnellkochtopf-Fall auch auf das Konto der Travić geht?«

»Davon muss ich ausgehen. Ich weiß allerdings noch nicht, warum. Herr Travić sagt, dass Frau Veluka ihn mochte, aber seine Frau nicht.«

Zelenika lachte verbittert auf. »Wenn *nicht mögen* ein Mordmotiv wäre, dann wäre ich schon eine Million Mal ermordet worden.«

»Wir werden den Grund schon noch herausfinden. Bis später, Zelenika.« Sandra drückte auf den roten Knopf und sah zu Travić, der in fünf Minuten um Jahre gealtert schien.

Als Sandra und Sedlar zwanzig Minuten später im Auto saßen und Richtung Rijeka fuhren, klingelte ihr Handy. Wieder Zelenika. »Wir haben sie auf dem Busbahnhof aufgegriffen.«

»Wo seid ihr jetzt?«, wollte Sandra wissen.

»Auf dem Weg ins Präsidium. Wir sehen uns dort.«

»Gut. Ach, noch etwas. Wenn sie leugnet, musst du einfach mehr Druck …«

»Ist nicht nötig. Sie leugnet nicht.«

»Oh, gut.« Sandra war überrascht. Es kam nicht oft vor, dass ein Mörder gleich geständig war. Viele von ihnen stritten zunächst alles ab oder verstrickten sich in Widersprüche, bis sie gar nicht mehr anders konnten, als angesichts der Beweislage einzuknicken. Nur wenige fingen gleich zu reden an.

Sandra konnte ihre Neugier kaum zügeln. Wie hatte es eine Frau aus einfachen Verhältnissen geschafft, sich einen solchen Mann zu angeln? Und wie hatte sie es fertiggebracht, die Haushaltshilfe und obendrein noch einen Kleinkriminellen zu töten? Nachdenklich betrat Sandra das Gebäude und stieg die Treppen hinauf. Sie hörte Sedlars schnelle Schritte hinter sich. Oben angekommen stieß sie die Tür zum Vernehmungsraum auf. Dort saß Iva Travić. Wunderschön, zerbrechlich, mitleiderregend. Ihre Fingernägel waren perfekt manikürt, und trotz der hektischen Flucht saß ihre Frisur noch tadellos. Jede Strähne war an ihrem Platz.

Sedlar stellte sich hinter Sandra, die sich einen Stuhl herangezogen hatte. Auf der anderen Seite des Tisches saßen Mandić, Zelenika und Milić.

»Ich bin Inspektor Horvat. Erinnern Sie sich?«

»Natürlich erinnere ich mich.« Iva Travić sprach ruhig und gefasst.

»Wo wollten Sie hin, Frau Travić?«

Sie zuckte mit den Schultern. »Ich wollte weg, mit dem nächsten Bus.« Wieder dieser Eindruck von Schüchternheit. Sie vermied es, ihnen ins Gesicht zu sehen. »Der wäre nach Split gefahren. Idiotisch. Ich hätte wissen müssen, dass ich nicht weit komme. Aber einen Versuch war es wert.«

Sandra kam gleich zur Sache: »Sie haben Anton Paulić und Elvira Veluka getötet?«

Die Befragte blickte schweigend auf die Tischplatte.

»Wie ist es dazu gekommen?«

Iva Travić setzte zum Sprechen an, brach dann aber ab.

»Fangen wir mit Frau Veluka an. Warum haben Sie die alte Frau getötet?«

»Das wollte ich nicht. Wirklich. Aber sie mochte mich von Anfang an nicht. Wahrscheinlich dachte sie, ich hätte Ron nur wegen des Geldes geheiratet.« Sie schüttelte vehement den Kopf. »Das stimmt aber nicht. Ich glaube, seine Eltern denken das auch. Warum sind die Menschen nur so verbohrt?«

»Zurück zu Frau Veluka«, mahnte Sandra nachdrücklich.

»Am Anfang waren es nur ein paar klitzekleine Sticheleien. So Dinge, die man ihr nicht direkt zum Vorwurf machen konnte, verstehen Sie? Wenn ich Ron das erzählt hätte, hätte ich als kleinlich oder übersensibel dagestanden. Schließlich hat sie schon ein paar Jahre bei ihm gearbeitet – und dann kam ich.«

»Wie in Hitchcocks *Rebecca*«, murmelte Sedlar vor sich hin.

Iva Travić blickte auf und sah ihn an. »Schlimmer. Ich konnte sehen, wie sie mich beobachtete, voller Hass. Eines Morgens ist die Situation eskaliert. Da habe ich ihr an den Kopf geworfen, dass sie nur eine Angestellte ist und mein Mann und ich sie bezahlen. Daraufhin hat sie schallend gelacht und meinte, ich hätte doch keine müde Kuna, wenn Ron nicht wäre. Sie hatte über Umwege von meiner Vergangenheit erfahren. Irgendeine Bekannte von ihr war früher mal unsere Nachbarin. Diese Stadt ist mit ihren hundertvierundvierzigtausend Einwohnern sehr überschaubar. Jedenfalls wollte sie Ron davon erzählen.« Iva Travić fuhr sich mit der Zunge über die Lippen. »Könnte ich bitte ein Glas Wasser bekommen?«

Mandić stand auf. »Ich hole es Ihnen. Bin gleich zurück.«

Als er draußen war, rutschten Sandra und ihre Kollegen unruhig auf ihren Stühlen herum und vermieden es, Iva Travić anzusehen. Solange Mandić nicht zurück war, wollten sie das Gespräch nicht wieder aufnehmen. Das Band lief weiter. Endlich ging die Tür auf und Mandić kam mit einer Tasse Tee herein. »Hier. Ist ein ayurvedischer Erfrischungstee. Das ist besser als Wasser.«

»Danke.« Frau Travić nahm einen Schluck, verzog das Gesicht und fuhr fort: »Jedenfalls hat sie gesagt, sie würde Ron alles erzählen. Der Ärmste wüsste ja gar nicht, was er sich da ins Haus geholt hätte. Dann ging sie nach Hause. Stellen Sie sich das mal vor. Lässt alles stehen und liegen und geht, ohne ihre Arbeit zu erledigen, für die sie ziemlich gut bezahlt wird. Ich fand keine Sekunde Ruhe. Den ganzen Tag bin ich im Haus auf und ab gelaufen. Ron war mit einem Freund für ein paar Tage auf Sizilien, beim Segeln.

Spät abends fuhr ich verzweifelt zu ihr. Ich wollte sie zur Vernunft bringen. Am Ende habe ich ihr sogar Geld angeboten. Daraufhin hat sie mir ins Gesicht gespuckt.«

»Und dann sind Sie ausgerastet«, sagte Zelenika.

Sie sah ihn kurz an und wandte den Blick wieder ab. »Ja.« Sie schluckte. »Ich habe noch alles abgewischt, um keine Fingerabdrücke zu hinterlassen. Es war ... ich hatte eine Todesangst, dass mich jemand gesehen hat, aber um diese Zeit war kaum noch jemand auf der Straße unterwegs.«

Mandić seufzte laut auf. »Großer Gott, Frau Travić. Warum haben Sie so verbissen an Ihrer scheinheiligen Fassade festgehalten? Sie sind ja buchstäblich über Leichen gegangen!«

Sie schwieg, blickte auf ihre teuren Schuhe und schüttelte kaum merklich den Kopf. »Sie haben ja keine Ahnung, was es heißt, wenn Ihre Eltern Asoziale sind. Was es heißt, die versifftesten Klamotten der Klasse zu tragen und nicht genug Geld für die Busfahrkarte zu haben, sondern jeden Tag zu Fuß zu gehen. Und wissen Sie was?« Sie blickte in die Runde. »Ich hatte keine Angst davor, meinen Besitz zu verlieren. Ich hatte Angst, meinen Mann zu verlieren. Ich liebe meinen Mann. Und es ist mir egal, ob Sie mir das glauben.«

»Hat Nero Sie erpresst?« Sandra beugte sich vor. »Wollte er zerstören, was Sie sich aufgebaut haben?«

Sie nickte. Tränen liefen ihr übers Gesicht, die sie mit dem Handrücken abwischte. »Es ist so erniedrigend, dass alle denken, ich hätte aus Habgier getötet. Weil ich dieses bequeme Leben nicht aufgeben wollte.« Sie schüttelte wieder den Kopf, dann lachte sie verbittert auf. »Ich liebe meinen Mann. Er ist der erste Mensch, der sich wirklich für mich interessiert hat, für meine Sorgen und Gefühle.«

Sandra seufzte leise. »Ich glaube Ihnen. Aber es ist nun einmal so, dass alles, was wir im Leben tun, Konsequenzen hat. Sie haben mit einer Lüge gelebt.«

»Ja, ich bin mit einem Geheimnis in diese Ehe gegangen, und ich weiß auch, dass so etwas immer ein schlechter Ausgangspunkt ist.« Sie biss sich auf die Unterlippe. »Außerdem wollte der Mistkerl außer Geld … auch mit mir schlafen.«

»Kannten Sie Nero noch aus Zeiten, in denen es Ihnen nicht so gut ging?«

»Mit fünfzehn habe ich die Schule abgebrochen und bin in Kreise geraten, für die ich mich heute schäme. Nero hat mehrere Jahre zu meinem Leben gehört. Wir haben zusammen gestohlen, betrogen und gekifft, aber er war nie wirklich süchtig. Ich leider schon. Ich bin an noch härtere Kaliber geraten, als Nero eins war. Üble Leute, wirklich üble Leute.«

»Heroin?«

»Ja. Aber er hat nie mit mir Schluss gemacht.«

»Sie haben mit ihm Schluss gemacht, nachdem Sie den Kampf gegen die Drogensucht aufgenommen haben.«

Iva Travić sah sie an. »Woher wissen Sie das?«

»Reine Vermutung.«

»Frau Travić …«, Zelenikas Stimme klang ungewohnt freundlich. »Sie haben Nero jahrelang nicht gesehen. Ist das richtig?«

Sie nickte.

»Wie hat er erfahren, dass es Ihnen heute so gut geht?«

Iva Travić blickte auf. »Von irgendjemandem, keine Ahnung. Ist auch egal, jedenfalls hat er mich angerufen und unter Druck gesetzt.«

Sandra überlegte. »Aber woher wusste er, dass Ihr Mann nicht über Ihre Vergangenheit im Bilde ist?«

Frau Travić strich sich eine Strähne aus dem Gesicht. »Hat er sich gedacht. Nero war nicht dumm. Er sagte, wahrscheinlich wüsste mein Mann von meiner Herkunft und eventuell auch von dem Marihuana, aber nichts von meiner kriminellen Vergangenheit und dem Heroin, und … na ja … die Art und Weise, wie ich zu Geld gekommen bin.«

Mandić hob die Hände. »Sie haben sich prostituiert?«

Sie schüttelte vehement den Kopf. »Nicht regelmäßig, nein … aber … na ja.«

»Frau Travić«, fing Sandra an, »glauben Sie wirklich, dass Ihr Mann Sie verlassen hätte, wenn das ans Licht gekommen wäre?« Sie sah ihr in die Augen, und als Iva nicht reagierte, fügte sie hinzu: »Das war doch alles vor seiner Zeit. Ich meine, Sie beide haben eine gute Ehe geführt, und Sie sagen, er hätte sich für Ihre Sorgen und Gefühle interessiert – und das alles wäre auf einmal null und nichtig gewesen, wenn er die Wahrheit erfahren hätte?«

»Ja«, sagte sie nur.

»Aber wie kann das sein?«

»Dass ich aus einer kaputten Familie komme, war schon schlimm genug. Es war harte Arbeit, von seinen Eltern einigermaßen akzeptiert zu werden. Als ich ihm erzählte, dass ich Marihuana und Kokain genommen habe, wollte er schon die Hochzeit verschieben, aber ich bin ihm nachgelaufen und habe tagelang geflennt. In solchen Dingen ist er ein furchtbarer Spießer. Nein, den Rest der Geschichte hätte er niemals akzeptiert. Er hätte mich verlassen, und ich hätte wieder vor diesem Haufen Müll gestanden, der sich mein Leben nennt. Ich hätte in einer Spedition in einem Schrankenhäuschen gesessen und alle zehn Minuten auf einen Knopf gedrückt, um einen Lkw hineinzulassen. Und da wundern Sie sich, dass ich über Leichen gegangen bin?

Waren die beiden nicht irgendwie selbst schuld? Hätten sie mich in Ruhe gelassen, wäre nichts von alledem passiert.«

Eine Weile war es im Raum völlig still.

»Wie viel wollte Nero?«, fragte Zelenika.

»Fünfzigtausend.«

»Kuna?«

Sie sah ihn an und lächelte verbittert. »Natürlich nicht. Fünfzigtausend Euro. Zuerst hat er nur angerufen, und ich habe immer wieder aufgelegt. Dann hat er mich verfolgt und herausgefunden, dass ich jeden dritten Mittwoch des Monats in Rijeka einen Frauenabend habe. Da gehen ein paar Freundinnen und ich etwas essen. Also hat er mir aufgelauert. Er wartete, bis ich nach Hause kam. Als ich ihn im Hauseingang stehen sah, wurde mir klar, dass ich ihn nie wieder loswerden würde. Mein Mann hatte zu diesem Zeitpunkt schon gemerkt, dass ich nervös war und dass etwas mit mir nicht stimmte. Also sagte ich Nero, er solle unten im Hauseingang auf mich warten, ich müsse nur schnell auf die Toilette, danach würde ich mit ihm in ein Café gehen, um alles in Ruhe zu besprechen. Als er zustimmte, hastete ich nach oben, holte das Fleischermesser aus der Küche, steckte es in meine Handtasche und verlängerte den Schulterriemen, um problemlos hineingreifen zu können. Als ich wieder nach unten kam, bat ich Nero um eine Zigarette. Er war damit beschäftigt, in seinen Taschen zu kramen und sah mich nicht mehr an, was ich als Erleichterung empfand. Die nächsten Sekunden erlebte ich wie hinter einem Schleier. Das Messer war scharf, mein Mann hatte es ein paar Tage zuvor geschliffen.

Milić sah sie an. »Woher wussten Sie, wie Sie zustechen mussten, damit er nicht schreien konnte?«

»Ich wusste gar nichts, sondern habe wohl instinktiv alles richtig gemacht. Ich war wie in Trance. Als Nero mit dem Tod rang, kamen Bilder aus vergangenen Tagen zurück und die Erkenntnis, dass er auch seine netten Seiten hatte.« Sie machte eine Pause und schluckte. »Aber in dem Moment konnte ich mir kein Mitleid leisten. Es war zu spät, um einen Rückzieher zu machen. Seinen Blick werde ich nie vergessen. Es lag mehr Enttäuschung darin als Überraschung. Er fasste sich an die Kehle und sah mich an. Es war schrecklich. So schrecklich. Aber ich musste es hinter mich bringen. Natürlich hätte jeden Moment jemand im Hausflur auftauchen können, aber ich hatte keine andere Wahl und konnte außerdem sowieso nicht mehr klar denken.«

Sandra betrachtete sie. »Und um die Mieter mussten Sie sich keine Sorgen machen, weil sie entweder schon schliefen oder nicht anwesend waren.«

»Ja, die Markovićs wohnen ganz oben und waren ohnehin längst im Bett. Die Jakšić war entweder mit einem Freund beschäftigt oder unterwegs, und die Wohnung gegenüber von unserer steht leer.« Sie atmete tief durch. »Später hatte ich Angst, dass man mich mit dem Mord in Verbindung bringen könnte, aber ich dachte, wenn ich gehe und behaupte, in den letzten Tagen gar nicht da gewesen zu sein, muss ich mir keine Sorgen machen. Unser verkalkter Hausarzt hat mir später noch bestätigt, dass ich krank im Bett lag. Ich habe ihn von zu Hause aus angerufen und erzählt, dass ich den ganzen Tag mit Schüttelfrost und Fieber im Bett verbracht hätte. Das war wie früher in der Schule. Die einzige Sorge, die ich noch hatte, war Fab.«

»Und das zu Recht«, bemerkte Zelenika, »hätten Sie ihn auch umgebracht?«

»Ich weiß nicht.« Sie schüttelte den Kopf. »Ich weiß es einfach nicht. Wenn Fab nicht aufgehört hätte, mich zu erpressen, dann ... Ich konnte nicht mehr zurück.«

»Hat er Sie in letzter Zeit oft angerufen?«

»Ja. Und ich dachte: Nimmt das denn nie ein Ende? Nero war wenigstens nicht so plump, mich ständig zu Hause anzurufen, wie dieser Trottel Fab. Stattdessen hat er mir zum Beispiel einen Zettel in den Briefkasten geworfen, wenn er wusste, dass Ron verreist war. Darauf stand dann, ich solle zu einer bestimmten Uhrzeit an der Telefonzelle am Ufer sein. Wenn nicht, dann würde er Ärger machen.« Sie verzog höhnisch den Mund. »Dieses erbärmliche, kleine Würstchen.«

»Und in einem dieser Telefongespräche offenbarte Fab seine Erpressungsabsichten?« Milić schob seine Brille zurecht und wartete geduldig auf ihre Antwort.

Nach einer langen Pause sagte sie: »Ja, so war es. Ich dachte, jetzt, wo die Veluka nicht mehr ist, habe ich nichts mehr zu befürchten. Aber dann kam es doch anders. Wenn es ums Geld geht, können die Menschen sehr unmenschlich werden.«

»Was haben Sie mit dem Messer gemacht?«, fragte Sandra.

»Ich habe es im Hafen ins Meer geworfen.«

21

Sandra sah zum Fenster hinaus und hielt eine Tasse Kaffee in der Hand. Über dem Hafen wölbte sich ein unendlicher blassblauer Himmel. Sedlar kam herein. Er ging langsam auf sie zu, stellte sich neben sie, und gemeinsam blickten sie nach draußen. »Woran denken Sie?«, fragte er.

»Mir ist gerade die Jakšić durch den Kopf geschossen. Sie war nicht dumm. Warum hat sie keinen Weg gefunden, ein neues Leben zu beginnen?«

»Vielleicht hat es ihr an Mut gefehlt.«

»Glauben Sie, wir haben Mitschuld an …« Sandra brach ab.

»Nein.«

Sie sah ihn an. »Wirklich nicht?«

»Vielleicht haben wir sie zu einem ungünstigen Zeitpunkt erwischt, aber sie hätte es wahrscheinlich sowieso irgendwann getan. Wissen Sie, wie sie mir vorkommt, wenn ich so darüber nachdenke? Wie ein Mensch, der sein ganzes Leben in einem Labyrinth herumirrt und den Ausgang nicht findet.«

»Ja«, meinte Sandra nachdenklich, »so in etwa war ihr Leben wohl.« Sie würde noch eine Weile brauchen, um die Geschichte zu verarbeiten. »Wurde die Travić schon abgeführt?«

»Ja. Sie wird wohl für sehr lange Zeit im Knast bleiben, vielleicht auch in der Psychiatrie.«

Sandra drehte sich um und sah ihn an. »Wie hätte sie

sich aus der Affäre ziehen können? Wenn sie Nero das Geld gezahlt hätte, wäre er irgendwann wiedergekommen. Er hätte niemals Ruhe gegeben. Das haben Erpresser so an sich. Und wenn sie ihrem Mann alles erzählt hätte, wäre sie ihn los gewesen und das Dolce Vita ebenfalls.« Sandra nahm einen Schluck von ihrem Kaffee. »Was hätten Sie an ihrer Stelle getan, Sedlar?«

Er steckte die Hände in die Taschen seiner Jeans und zuckte mit den Schultern. »Ich hätte alles gestanden.«

»Sind Sie sicher?«

»Ja. Ich würde es nicht ertragen, ein ganzes Leben lang in der Angst zu leben, dass mein Geheimnis herauskommt. Und wenn der Mann wirklich so ein voreingenommenes Arschloch ist, dann soll ihn doch der Teufel holen.«

Nachdenklich erwiderte Sandra: »Ich glaube nicht, dass es so einfach ist. Wenn man einen Menschen liebt, will man ihn nicht verlieren. Auch nicht, wenn man um seine Fehler weiß. Und die gute Frau mag sich ihre Ehe schöngeredet haben, aber sie wollte, verdammt noch mal, auch ihre Kreditkarten und die Villa nicht verlieren.«

»Wahrscheinlich haben Sie recht. Trotzdem würde ich alles sagen. Was nutzt einem das Geld, wenn man sich nicht mehr im Spiegel ansehen kann?« Er sah wieder zum Fenster hinaus. »Was, glauben Sie, wird aus ihrem Mann?«

Sandra blickte ihm forschend ins Gesicht. »Wie meinen Sie das?«

»Vielleicht gibt er ihr doch noch eine zweite Chance.«

»Nach allem, was sie getan hat? Das glauben Sie doch selbst nicht, oder?«

»Glauben Sie, dass man jemanden so sehr lieben kann, dass man für ihn mordet? Oder ihm einen Mord verzeiht?«

Es machte sie nervös, Sedlar so sprechen zu hören. »So was hat doch nichts mit Liebe zu tun, oder?«

»Wahrscheinlich nicht«, antwortete er nüchtern. Fast schien es, als bereute er, seine Gedanken laut ausgesprochen zu haben.

»Ich glaube nicht, dass man sich für die Liebe über Gesetze hinwegsetzen sollte. Über Konventionen allerdings durchaus.«

»Ach ja?« Sein Blick irritierte sie. Sie räusperte sich leise. »Ich meinte damit nicht die Ehe oder so etwas.«

»Unter anderen Umständen«, flüsterte er, »könnten wir auch privat ein Team sein. Aber leider stehen die Sterne schlecht für uns.«

Sie wandte den Blick ab. Umständlich stellte sie ihre Kaffeetasse auf den Tisch. Ihre Hände zitterten. Sandra wusste, dass es keinen Sinn hatte, so zu tun, als wüsste sie nicht, wovon er sprach. »Das stimmt wohl. Aber wir können Freunde sein, Sedlar.«

»Wie wär's mit Danijel?« Er nahm ihre Hand und drückte sie. Sandra genoss es, ihn für ein paar Sekunden zu berühren. »Ich bin froh, dass du zu uns nach Rijeka gekommen bist. Wir sind ein gutes Team.«

Langsam ließ er ihre Hand los. »Vielleicht könnten wir ja mal ins Kino gehen und uns einen Film mit Julia Roberts ansehen.« Er lächelte.

»Vielleicht. Irgendwann.«

Danksagung

Während des Schreibens und nachdem ein Manuskript beendet ist, kommen Leute ins Spiel, die ebenfalls viel Herzblut und Arbeit in ein Buch investieren:

Ein großes Dankeschön an bürosüd, die ein Cover erstellt haben, in das ich mich sofort verliebt habe.

Meinem Agenten Kai Gathemann danke ich für seinen professionellen Rat, außerdem für seine Hartnäckigkeit zum »Sommerfeeling« und seinen Humor.

Dem Team von Blanvalet gebührt mein Dank für die großartige Zusammenarbeit, besonders meiner Lektorin Kathrin Wolf, die sich für Rijeka stark gemacht hat!

Ulrike Gallwitz danke ich vielmals! Sie hat dem Manuskript den letzten Schliff gegeben. Mit größter Sorgfalt hat sie das Manuskript lektoriert und dabei nur so weit eingegriffen, wie es nötig war, quasi »verbessern aber nicht verbiegen.« Ein Traum für jede Autorin.

Bei Städten oder Regionen kann man sich nicht direkt bedanken, aber man kann dankbar sein, dass man in ihnen beheimatet ist. Für mich sind Kvarner (besonders Rijeka und Grobnik) und Bayern (besonders München) die schönsten Regionen der Welt. München und Rijeka inspirieren mich, und in gewisser Weise sind sie sich ähnlich: Schmelztiegel, die sich im Kern immer treu geblieben sind. Eine wunderbare Kombination, wie ich finde. In zwei Kulturen aufzuwachsen und zu leben empfand ich immer als Geschenk und Bereicherung.

Wenn ich an Rijeka denke, dann bringe ich damit auch die liebsten Menschen in Verbindung, die ich unmöglich alle aufzählen kann. *Hvala za se! Hvala na lipa sjećanja (koda je čera bilo), za smih, iskrenost i ozbiljnost (se va svoje vrime) i za vašu dobrotu i vaše prijateljstvo!*

Mord à la Provence

336 Seiten. ISBN 978-3-7341-0162-5

Sainte-Valérie, ein idyllisches Dorf in der Provence inmitten von Weinbergen und Olivenhainen. Der ehemalige Pariser Kommissar Pierre Durand würde den Spätsommer in seiner Wahlheimat genießen, wenn ihn nicht gerade seine Freundin verlassen hätte. Doch auch mit der dörflichen Ruhe ist es plötzlich vorbei: Der Lokalcasanova wird ermordet in einem Weinkeller aufgefunden – neben einem Rezept für ein *Coq au vin*. War es ein makabrer Racheakt eines gehörnten Ehemanns? Die Dorfbewohner halten fest zusammen. Und schon bald ahnt Pierre, dass sich hinter der schönen Fassade Sainte-Valéries ganze Abgründe auftun …